聖女召喚されました、
僧侶です
―男と勘違いされて
隠れ里でのんびり
暮らすことに
なりました

聖女召喚されました、僧侶です

男と勘違いされて隠れ里でのんびり暮らすことになりました

Mikura
ミ　ク　ラ

一迅社文庫アイリス

CONTENTS

リオネル
真の護衛騎士となった青年。
剣も魔法も家事もこなせる、
超有能な騎士。
しかし、髪色のせいで
不当に扱われていたため、
普段は黒い鎧姿で全身を
覆い隠している。
神宮寺真
実家の寺を手伝い始めた
ばかりの新米僧侶。
聖女召喚に巻き込まれて
帰郷できなくなったため、
異世界でも僧侶として
生きることに。
なぜか周囲からは「男」だと
勘違いされている。
聖女召喚されました、僧侶です
男と勘違いされて
隠れ里でのんびり
暮らすことに
なりました

Character

オルビド村の村長。
信心深い柔和な
老人。

村長の孫娘。
素直で可愛らしい
少女。

Words

二百年に一度、異世界から召喚される魔を払う力がある乙女。

魔力を込めて作られた薬。
飲んだり、塗布しただけで効果を発揮する。
しかし、長期間の保存はできないため、買い置きには向かない。

増えすぎた魔獣の中から進化する個体。
獰猛で、角を持っている。
魔力を豊富に含んでいるためか、魔獣よりも美味。
ただし、肉の色は毒々しい紫色をしている。

冤罪や己の国を失った王侯貴族など、世の中から消えたとされる人々の子孫が住む世間から隠された村。
「存在してはならない人」とされているため、外部からの接触は最低限度の隠れ里。

イラストレーション◆風　ことら

Seijo shoukan saremashita souryo desu.

聖女召喚されました、僧侶です。男と勘違いされて隠れ里でのんびり暮らすことになりました

序章　聖女召喚に遭う僧侶

照りつける太陽の熱を反射したアスファルトの上、念のためにと持ってきた仏教辞典等の分厚い本が入った鞄を持ち、熱を吸収する黒の衣を纏って歩くのは苦行だと、私はそう思う。

（暑い……喉いたい……むり……）

私、神宮寺真の職業は僧侶である。仏教系の短期大学に通いながら資格を取り、実家の寺を手伝い始めたばかりの新米だ。昨日から段々と喉の調子が悪くなっているとしても、僧侶はお盆の時期に休んでなどいられない。現在は檀家さんの家々を回って盆業の念仏を唱え、どうにか今日のノルマを終えたところだった。

「ゴホッ……あー……」

自分の声とは思えないほど低く、掠れた声。さっきまでギリギリ聞ける声だったけれど、もう駄目だ。仕事が終わるまでもってよかったと思うしかない。

（これ、完全に喉がやられた……病院行こう……駄目だお盆休みだ病院も休み……）

喉の痛みというのはなかなかに辛い症状である。いや、体のどこかが痛いのは何でも辛いけれど。病院に行けないと思うとなおさら痛く思えてきて、軽い絶望に襲われる私の目に白くてフリフリしたものが飛び込んできた。

白とピンクのフリフリヒラヒラの服で全身を包み、同じようなデザインの日傘を差した真っ黒な髪の女の子が歩いてくる。全身を黒の衣で包んで焦げ茶色に髪を染めた私とは対照的な、いわゆるロリータファッションの女子。

(……目に痛いなぁ)

白っぽい服が光を反射して物理的に目が痛い。このような田舎(いなか)でそんな格好をしていると別の意味で痛い目を向けられてしまいそうだが、彼女の心は鋼なのだろうか。しかし、それにしても眩(まぶ)しい。あまりの眩しさで目が開けていられないほどだ。思わず強く目を閉じた瞬間、突然浮遊感に襲われてバランスを崩し、そのまま地面に手をついた。

「おお!!　成功だ!!」

「聖女さま!!」

地面というか熱せられたアスファルトに手をついたつもりが何故(なぜ)か掌が冷たい。そして先ほどまで近くにはロリータ女子しかいなかったはずなのに、少なくとも十人以上の歓声が聞こえる。

今目を開けたらとても理解不能な状況を見てしまうことになりそうで、目を開けたくない。私は今とても疲れているし体調も悪いので早く帰りたいのだけど、目を開けてはいけない気がしてならない。

それでもいつまでも目を閉じている訳にもいかないだろう。恐る恐る開いた目に入ってきたのは、つるりとした石の床。どう見てもアスファルトどころかコンクリートの類でもない。

続いて顔を上げて見えたのは豪華な装飾が施された、いかにも富豪であるというファッションの人々と、疲労困憊の魔術師のような格好をしている者たち。彼らの衣装には和風テイストのデザインが組み込まれており、どことなく親しみが感じられる。しかし頭、正確には髪色が赤、青、緑とあまりにもカラフルで見慣れない。

疲れすぎて幻覚が見えているのだろうか。それとも夏の暑さで気絶して夢でも見ているのか。どちらにせよ良くない状態なので病院に行きたい。病院は盆休みだけれど。

「……あ、貴女さっきの……」

隣からアニメのように可愛らしい声が聞こえてきて目を向ける。そこにいたのは先ほどのロリータ女子だ。お人形さんのように愛らしい顔を不安そうに曇らせて、どこか縋るように私を見ている。私もおそらく似たような表情をしていることだろう。自分の置かれている状況が呑み込めない。

「突然で驚かれたでしょう。聖女さま」

「え？」

立派なヒゲを蓄えた派手な身なりの男性が、隣の女の子の前に膝を突いて頭を垂れる。聖女と呼ばれた彼女は戸惑いがちに頭を上げるよう男性に言った。

「おお、お優しい聖女さま。この度はまことに勝手ながら我が国を救っていただきたく、お呼びいたしました」

男性の説明によるとこの国は魔を払う聖女を異世界から召喚し、国を守る伝統があるのだという。聖女が現れた後二百年は平和が続くが、その後は魔物が増えて国が荒れる。国が荒れる度に聖女を召喚し、また平和を取り戻すようにしている、らしい。聖女側の都合は一切考えていない迷惑な行為に思えるが彼らも必死なのだろう。その顔は真剣そのものである。

「黒髪の乙女、まさしく貴女は聖女さま……しかし、一緒に現れたこちらの方は……」

男性は困ったような顔で私を見る。そんな顔で見られても私とて困るのだが。

どうやら聖女として隣の彼女を召喚したら、近くにいた私まで召喚されてしまったという話である。私に用がないのならさっさと元の世界に帰してほしい、と思って口を開いたら酷く嗄れた低い声が出て周りにとてつもなく驚いた顔をされ、すぐに口を閉じることになった。どうやら私の喉は完全に駄目になっている。一刻も早く帰って休まなければ。

「その人はお坊さん、だと思います」

「オボウさん、とは?」

「ええと……坊主とか僧侶とか、聖職、みたいな」

「おお、僧侶さまでしたか。それはありがたい。何せ我が国には聖職者がまったく足りておりませぬので」

（いやいやちょっと待って、なんでそうなるんですか）

何故私までこの世界に残る前提で話が進んでいるのか。聖女召喚に巻き込まれただけの新米僧侶を喜んで迎えないで帰してくれ。私が聖女でないのなら帰っても何の問題もないはずだ、帰らせてほしい。とそのような感じのことをガラガラの声で必死に訴える。

「申し訳ない、元の世界に帰す方法は分からないのです。この国で生きて頂くしか……」

…………ああ、何も聞かなかったことにしたい。

一章　異世界の僧侶、常識知らず

異世界の聖女召喚に巻き込まれ元の世界に帰ることができなくなってしまった哀れな僧侶、神宮寺真。これからはこの異世界で僧侶として生きていくしかない――なんて、笑えない冗談である。

今まで幾度となく行われてきた聖女召喚に別の人間が巻き込まれたのは初めての事態らしくこの国のお偉い方は困惑していたが、彼らは誠実であろうとしてくれているようだ。非常に申し訳なさそうな顔で真摯な謝罪をされ、今後の生活についても考えてくれると約束してくれた。

現在は宛がわれた客室にて風呂を堪能し、ベッドにてゆっくり休ませてもらっている。

(あの様子ならできる限りのサポートはしてくれそうだし、とりあえず生活には困らない、かな)

謝って償いをすれば済むような問題ではない。だからといって私が怒ったところで解決するものでもない。むしろこの理不尽な召喚に対し怒鳴り散らして心象を悪くすれば、双方によくない結果になるだろう。

いまだ混乱の最中で、怒りやらなにやらの感情が湧いてこないのかもしれないけれど。とにかく生活の保障がされるであろうことに一安心だ。

（ただ、大変そうなのは文化の違いだなぁ）

召喚の間から移動する際、スリッパのような靴を支給された。私が使っていた草履は形を真似て新しく作るので待っていてほしいと回収されてしまい、人前では絶対に裸足にならないこと、歩く時も必ず何かをはくことを言い聞かせられ、初端から面食らった。

これはこの世界の宗教に関わるルールであるらしい。偉大な大地の神を素足で踏むべからず、歩く時は常に魔力を纏った靴や靴下で覆うべし。そこから転じて、素足はベッドの上か風呂でしか見られないもの。人に見せるのは恥ずかしいこと、見ていいのは夫婦だけであるという価値観が生まれ、今では法律で定められているほど。

これらの事柄が「まずこれを読んでほしい」と渡された本に書かれていた。そしてこの本は驚くことに日本語で書かれている。文字はひらがなしか存在しないのか全文ひらがなであり読み難くはあるが、言葉も文字も慣れ親しんだ日本語が使われていてとても安心した。異世界に来て言葉も通じず文字も読めない、そんな状況にならなくてよかったと心底思う。

この本は異世界からやってくる聖女向けの説明が詰まったマニュアルであるので、私には関係ないことも載っているものの、大まかなことは分かった。何度も聖女を召喚しているだけあって、初めてこの世界にやってきた人間への対応に慣れがある。聖女の他の人間が巻き込まれたのは予想外の事態だが、それでも必死に丁寧に接しようとしてくれているのは伝わってきた。

私は今後、この世界で僧侶として働いてほしいと言われている。生活に支障が出ないように補佐もつけてくれるらしい。

(至れり尽くせり、だ。文句は言えない)

ただこの世界の宗教は私の知っている仏教ではない。そんな世界で僧侶などやっていけるのか、それはかなり不安である。

どう考えても仕事内容は元の世界とまったく別の物になるだろうし、説法も仏教関連でないのは間違いない。それは向こうも分かっているだろうに「それでもどうかこの世界でも僧侶となっていただきたい」と頭を下げられたら断れなかった。ＮＯと言えない日本人なのだ、私は。

そうして頼み込んでくるくらいなのだから、やり方などもきっと教えてくれるのだろう。そう思うことで不安を頭から追い出した。

――その翌日。

「聖女さまとの接触禁止、ですか……」

いまだ酷いガラガラ声のまま呟いた私の言葉に、伝令係は申し訳なさそうな顔をして頭を下げた。

「貴方さまは聖女さまと同じ世界からやってきたお人です。突然知らぬ場所に連れてこられてしまった者同士、親しくなりやすいでしょう。ですが、その……まことに勝手なことですが、この国にとっては大変不都合なのです」

曰く、聖女にはこの国の王族の血を引く貴族家の誰かと結婚してもらい、子をなしてもらわなければならない。傍に同郷の人間がいると、恋愛ごとで面倒が起きるかもしれないという。

聖女の周りには家柄も容姿も確かな異性を配置し、誰と結ばれてもいいように配慮がなされているらしい。つまり逆ハーレム状態である。乙女ゲームでありそうな設定だと思いつつ考えてみる。そんな状態のところにもう一人、聖女でない人間がいてもし聖女と同じ相手を好きになってしまったら――。

（恋愛は人間関係を狂わせるからなぁ……）

恋は時に人の思考を極端に歪ませるもの。私が聖女を害さないとも限らないとそう思われているのだろう。

この国は今、大変困った状態だ。聖女に危険が迫る可能性は一つ残らず排除したいに決まっている。してもいないことを疑われるのは少し、いやかなり不愉快ではあるが心配になる気持ちも理解できる。彼らは私がどういう人間なのか、知らないのだから。

「ええ、わかりました。私はお世話になっている身ですし……そちらの気持ちも理解できるつもりです。ただ、その……こちらの常識が、私には欠如していますので……」

聖女は現在、この世界について勉強中であるらしい。私にも同じような教育を施してくれるだろうか、と思いながら目の前の伝令係を見つめると彼は笑顔で頷いてくれた。

「勿論、貴方さまへの支援は惜しみません。住む場所も、教会も専用の物を準備するとのこと。

食料や衣料もご心配なく。また生活の際は、護衛を兼ねた補佐役を手配いたします。何事も相談しやすいよう同性の者を、と話を進めていますが……もしご要望がありましたらお聞きいたします」

「ああ、いや、ありがたいので補佐の方はそのままで。……お願いがあるのは他のことなのですが……この世界の僧侶というものが何をするのか、教えていただけませんか。元の世界とは違うと思いますので」

そう言うとほっとしたような、柔らかい笑みを浮かべられた。その表情の真意は分からないが、とりあえずにこにこと愛想良く笑っておく。良好な関係は大事なのだ。

「それは勿論でございます。住居ができるまでの間に学んでいただくことができるよう、手配済みです。他にはございますか?」

まったくもって至れり尽くせりである。他に何が必要であるかは実際に生活しながらでないと分からない。それを伝えれば相手もその通りであると同意してくれる。そういった要望は私の護衛兼補佐の人間に伝えればいいらしい。となれば、他の望みらしい望みは……。

(畳、かなぁ……)

私は生まれも育ちも和風物件、すなわち寺である。畳のない生活は少し落ち着かない。できることなら寝室は畳と布団でお願いしたいところだ。もっとお願いするなら教会ではなく寺を建ててほしい。いや、さすがにこれは望みすぎだろうが。そもそも異世界に畳があるかどうかが問題である。

望み薄ながら伝令係にそれらを頼んでみれば、なんと笑顔で了承してくれた。

「過去の聖女さまにもタタミを望まれる方はいらっしゃいました。こちらの世界でも作れる代物です。畳を使った堂と、寝所くらいならできるでしょう。お任せください」

「ありがとうござッゲホ…ま、す……!」

あまりにも頼もしい伝令係の笑顔に感動しながら感謝を伝えようと少々大きな声を出そうとしたら、まったく治る様子のない喉にはそれが負担だったらしい。勢いよく咳き込んでしまった。

「大丈夫ですか僧侶さま……⁉」

「だ、だいじょうぶです、声を抑えればいいので……」

しかし、それにしても。何故こんなに喉の調子が悪いのか。一日経てばそれなりに回復してもいいだろうに。

その疑問が解決するのはもう少し先のことである。それよりも先に、別の重大な問題に気づかされることになった。

私が生活する際に護衛と補佐をしてくれるという人物が紹介されたのは僧侶としての仕事を学び終え、住む家が出来上がり引越しの準備を終えた、旅立ちの日。

私の背丈は女としては少しばかり高めで、一六〇センチ半ばである。しかしその人物は私の背丈を悠々と超えていた。私が見上げるほどなのだから大変背が高い。その上黒い鎧で頭の先からつま先までを包んでおり顔も見えない。全身鎧で分かり難いが、おそらく細身である方だろう。男にしては。

（同性の護衛という時点で疑問をもつべきだった……）

女性で腕の立つ者を見つけるのはきっと難しい。それをつけてくれるなんて本当にありがたいと先ほどまで思っていた。しかしやってきたのはどう見ても女ではない。

あの時の「同性の者で手配しているが、要望があれば」という話は、男の補佐が嫌なら女の補佐を用意する、という意味だったのだ。

つまり、私はこの国の人たちに男として認識されていたのである。

（男装もしていないのに男と思われているなんて……）

ちょっと、いやかなりショックだ。たしかに僧衣だと元から少ない凹凸がさらに寸胴に見えるかもしれないが、顔は普通に女らしいはずだ。声だって普段ならこんなに酷くない。一ヶ月近く経った今でも何故かまだ喉の調子は回復せず、低く嗄れているような声のままだが――まさかそのせいで変声期の少年だとでも思われたのだろうか。

（ああ、でもいつ私が男じゃないって言い出せばいい？　タイミングが分からない）

おそらく、いや確実に。この国のお偉いさんたちは私を〝男〟という前提で、色んな物を準備してくれているだろう。目の前の護衛の男性しかり、用意された生活用品等の物資しかり。

しかし私は女である。この性別の違いでどのような問題が発生するのか考えなければならない。発覚した事態にどう対応するべきか、思考の海に沈みそうになっていたところに声を掛けられ、ハッと顔を上げた。

「……リオネルと申します。僧侶さまの、好きなようにお呼びください」

それは目の前の黒い鎧から発せられた声だった。それから察するに鎧の中身は若い男性であるらしい。どことなく暗く、覇気がない声だった。表情は見えないが声の調子を聞く限り大変元気がないように思える。

それでもとりあえず笑顔で挨拶だ。第一印象は大事なのである。

「神宮寺真です。よろしくお願いします、リオネルさん」

返事はなく、表情も見えない鎧の彼に笑顔が引きつりそうになった。自分がどう思われているのか、彼が何を考えているのかまったく分からない。

「えーと……では行きましょうか」

荷物を積んだ馬車の列は今か今かと出発の時を待っている。歩き出した私の後を黒い鎧は無言でついてきた。……どうやら私と会話をする気はないらしい。

こんな状態では性別のことなど切り出せそうにない。溜息を堪えながら二人で馬車に乗り込んだ。

これから家が建てられているという村まではひたすら馬車に揺られる予定である。後続には荷物がぎっしり詰まれた馬車が続いており、こちらとは違って結構な揺れ具合だ。私たちが乗っているこの馬車は人が乗る専用のものなのだろう。揺れは電車よりも弱いほどで、座席はやわらかい。普段なら心地よい眠気に誘われるところなのだが。

向かい合っている鎧の騎士は力なく、軽く項垂(うなだ)れているようにも見える。どことなく空気も重く、有り体に言えば居心地の悪さを感じる。最初の挨拶も元気がなさそうであったし、返事も億劫(おっくう)になるくらい具合が悪いのだろうか。

「あの、大丈夫ですか？　どこか具合でも？」

「……いえ、特に。僧侶さまこそ、喉の調子が悪いようですが」

ゆるゆると首を振りながらそう言われた。具合が悪いわけではないらしい。顔が見えないので本当のところは分からないけれど、逆に自分の嗄れた声の方を心配されてしまった。

「ああ、まあ……こっちに来る前からなんですけど、治らなくて」

こちらに来てから喉は酷使していないというのに、いまだ回復の兆しが見えないおかしな状態である。しかしそれ以外の症状はまったくないのだ。痛みは引かないが、さらに悪化することもない。まるで時が止まってしまったかのように同じ状態が続いている。

そのように考えていると鎧の頭がゆっくりと横に傾いていった。軽く首を傾(かし)げるだけの動作だが、顔が見えない彼の場合こういう動きがやけに印象深く思えてしまう。

「……異世界から来られた聖女さまは、魔力の干渉を受けない限り肉体の時が止まります。同じく、僧侶さまもそうではないかと」

「え……それはつまり……ずっとこのままということですか？」

それはかなり、心底困る。この喉の痛みという症状は集中力を欠くのだ。おかげでこの世界の僧侶の仕事を教えられている間も大分苦労したのである。具体的に言えば聞いたはずの仕事内容が右から左に抜けていく。唯一の救いは講義形式だったのでしっかり内容を書き残してあり、それを見返せばいつでも復習ができることだ。

この世界の僧侶の仕事は医者、もしくは薬剤師に近い。予想はしていたが私が今までやっていた仕事とはまったくの別物、ただ名前が同じなだけで業務内容が違いすぎる。まず覚えなければいけないのは薬草の調合の仕方であり、しかもそれは「魔力」というこの世界特有の力を使うものだった。

世界を渡った時、私にも魔力という力が与えられたらしい。必死に集中すればぼんやりとその力を感じることができる。これを使って薬を作れと言われた時の私の衝撃ときたらない。

（……理科の実験みたいなものだし、書かれた手順通りにすればいいんだから不可能ではなかったけど）

見たことも聞いたこともないような技術で薬の調合をやらされた上に集中力のなかった私は、とても物覚えの悪い生徒であったに違いない。それでも薬は作れるようになったのでこうしてこの世界の「僧侶」として働けることになった訳だ。新米どころか初心者の一歩手前レベルのような気がしないでもないけれど、それはこれから経験を積んでいけばどうにかなると前向きに考えていたのだが。

(それなのにずっとこの体調のままで、覚えたての薬の調合なんて……どんな毒物が出来上がってもおかしくない)

不調さえ治れば調合の復習も集中できて仕事も捗るだろうと思っていたのに、どうしよう。不安になって気持ちが沈んでいく。

「あの……僧侶さまは、魔法薬をお作りになるのですから、それを使えば……」

「!! なるほど……! ありがとうございます!」

リオネルの言葉にパッと気持ちが晴れていく。魔力を込めて作られた薬、すなわち魔法薬は使用者の体に製作者の魔力が作用して様々な効果をもたらす。これを作るのがこの国の僧侶の最も大事な仕事なのだ。

講義の最終日。その日は実際に調合をして、薬の出来を講師が鑑定し、僧侶としての資格を与えられるかどうかという試験だった。私はそこで基本となる薬を全て作らされ、その薬の出来を見た講師の顔は引きつり気味であったが、合格を貰うことができた。表情からして品質はギリギリだったのかもしれないが、そこは初めて作ったものであるのだから許してほしい。それに、自分に使うなら多少出来が悪くても問題ないだろう。

そんな私の試作品が入った鞄を漁る。作ったのは解毒剤に除草剤、栄養剤、軽い風邪に効く薬と、それから傷薬だ。元の世界から持ってきた鞄なので私物が入り乱れて探し物がし難い。

……住居に着いたら整理しよう。特に辞書など持ち歩くには重すぎる。

(喉の痛みは、病じゃなくて傷のようなものだから……飲む傷薬、これでいいはず)

軟膏(なんこう)タイプは作業工程が多く難易度が高かったので、試験では飲んで内側から治癒する液体の傷薬を作ったのだ。さっそくそれを口に含む。瞬間、漢方薬のような薬臭さと鮮烈な苦味が口の中に広がった。現代の錠剤薬のありがたみが目に染みる心地と言えばいいだろうか。

ちょっと吐き気を催しながらもどうにか飲み込めば、スッと喉の痛みが消えていく。即効性と効力には優れるが、味の方は大問題である。……これは、すぐにでも軟膏タイプの薬が作れるように精進せねば。そしていつかは味の改善ができるようにしたい。

「あー、あー……よかった、戻ってる」

軽く声を出せば普段通りの自分の声が聞こえてきた。安心してほっと息を吐いた時、ふと視線を感じて顔を上げる。分かり難いけれど顔を覆う鎧の隙間(すきま)からリオネルがじっと私を見つめているような気がした。

「えっと、何か?」

「……いえ、特には」

「……そうですか……」

やはり力のない声である。そしてどこか壁を感じる態度である。

（纏う空気がどんよりしてるんだよなぁ……悪い人では、ないと思うんだけど）

先ほどは私の落ち込み具合を見かねて魔法薬を使えばいいと助言をくれたのだろうし、何かあって酷く落ち込んで愛想がなくなっているだけで、悪人ではないはずだ。少しでも打ち解けられれば性別の相談だってできるかもしれない。

そう思って何度か話題を振ってみたものの一言二言で会話が途切れ、私の気力の方が先に尽きた。そして目的地の村までの四時間ほどを見知らぬ相手と無言のまま二人きりで過ごすという、なかなかの苦行を強いられることになったのであった。


「僧侶さま！　ようこそオルビド村へ！」

「ようこそおいでくださいました！　僧侶さま!!」

重たい空気と長時間座りっぱなしの姿勢から解放され、清々(すがすが)しい気持ちで馬車から降りた瞬間。熱烈な歓迎を受けた。

降り立った途端に目に飛び込んでくる人、人、人。耳に飛び込んでくる僧侶さまコール。心の準備ができていなかった私にはかなりの衝撃だった。唐突に五十人ほどの人間に囲まれ、その大合唱ともいえる歓迎の言葉と光り輝く期待に満ちた目を一身に受けた私は、呆(ほう)けながら半笑いになるしかない。静かな森の中に切り開かれた小さな村とは思えないほどの熱気である。

私が馬車から降り立ってすぐ固まってしまったせいで出口を塞(ふさ)がれ、降りるに降りられなかったリオネルに声を掛けられるまで、すっかり意識が彼方（かなた）に飛んでいた。……いけない、しっかりしなくては。

「はじめまして、神宮寺真です。新米の僧侶ですが、よろしくお願いします」

どうにか浮かべた愛想笑いで軽く挨拶をしておく。しかし私の後ろについているリオネルは無言のままである。口が鉛のごとく重たい彼のことは私が紹介した方が良さそうだ。

「こちらは私の補佐をしてくださるリオネルさんです。今日（きょう）から二人でお世話になります」

背後からとても視線を感じる。余計なことをするなという意味だろうか。でも挨拶は大事だろう、私はここで暮らすのだし、私の補佐をしなければならないリオネルだって長期の滞在は避けられないはず。印象は悪いより良い方がいいに決まっている。

それにしても何故か若い娘さんたちからの視線が熱い気がする。……気のせいだと思いたい。

(声も元に戻ったのに、男に見えるのかな……何でだろう……)

集まっている村人を観察しながら、ふと気づいたことが一つ。男女の関係なく全員の髪が長めである。短髪と呼べる人はいないようだ。

彼らの髪は様々な色をして非常にカラフルでありながら日本人に多い暗い茶や黒色は見当たらない。そして男性は高い位置で髪を結っており、女性は皆髪をおろしているか、首より下で結わえている。これを見る限り男女で髪型に決まりがあるように思えるが——そうだとしたら、ポニーテールの私は男に寄り分けられてしまうのでは。

(……あとでリオネルさんに訊(き)いてみよう。ついでに女だって言えたらいいけど)

頬(ほお)を赤らめてこちらを見る乙女たちと、それを見てちょっと悔しそうにしている青年たちを見ていると少し、いやかなり厄介な事態になっている気がしてならない。

「わたしは村長をさせていただいております、オルロと申します。僧侶さま、リオネルさま。以後お見知りおきを。さあ、さっそく教会までご案内しましょう。こちらです」

村人の集団の中から柔和な顔をした一人の老人が歩み出た。顔の皺(しわ)にはしっかりと年月が刻まれているものの背筋は伸びていて足取りもたしかであり、あまり年齢を感じさせない。

しかしリオネルは名前を呼ばれるのに私は「僧侶さま」呼びである。毎度自己紹介はしているのだが、この世界に来てから一度も名前を呼ばれていない。……それが少し、寂しい。

オルロ村長に案内されながら私とリオネルは村の中を歩く。出迎えてくれた村人たちはそれぞれ仕事に戻り城から来た御者も帰路についたので、私たちの後ろについてくるのは荷車を引く村の男衆が数人だけだ。人が少なくなったことにほっとした。大勢に見つめられるのはやはり緊張してしまう。

「この村には今まで僧侶さまが滞在することがありませんでしたので、本当にありがたいと思っております。皆大喜びで、村人全員お出迎えに出てきてしまいまして……」

道すがらオルロが村の話をしてくれた。この村はあまり外との交流を持たず、月に一度商人が訪れる以外に外部の人間がやってくることもほとんどないという。この世界の医者であり、薬を作る「僧侶」も勿論いなかった。魔法薬は新鮮であるほど効き目が高く、時間が経つと効力が落ちていくため買い置きができない。二ヶ月もすれば効果は半分以下となってしまうのだ。そんな中で暮らしていくのは大変だっただろう。

それを感じさせないような明るい笑顔で、心底嬉しそうに話をする老人に相槌を打ちながら私も釣られて笑う。後ろについてくる鎧の中の人は顔も見えなければ声も発しないので、どういう心境なのか不明だ。少しは会話に入ってきてくれてもいいと思うのだけど。

「この村に教会が出来ると聞いた時は、それは嬉しゅうございました。毎日大地の神に祈りは捧げておりますが、やはり教会の礼拝堂で祈ることができるというのは、特別な気がいたしますなぁ」

この世界の僧侶は医者であり薬剤師であるが僧侶の住む教会は宗教の場でもある。こちらの人間はとても信心深い。信仰されているのは多神教で、日本の神々のように多くの神が存在し、その中でも特に大地の神が強く信仰されている。裸足になっていいのは風呂と寝具の上だけ、などという価値観が存在するほどなのだから相当なものだ。

私としては正直、面倒なことこの上ない。信仰がではなく、裸足になってはいけないという部分が、である。……家では靴下なんてはかないで裸足で過ごす方が多かったし、靴下があまり好きではないのだ。

私が今はいている足袋や草履も元々使っていたものではなく、職人が同じようなものをこしらえたもの。つまり大地を踏んでも許される、魔力の籠った特別製だ。向こうからはいてきた足袋と草履は使いものにならないと処分されてしまった。

歴代聖女の影響かこの世界にはところどころに和風の文化が窺える。和服を作る技術もあるのだろう。この足袋と草履に違和感はまったくなく、むしろはき心地はこちらの方がいい。

話がそれた。とにかく彼らはみな信心深い。おそらく毎日教会に通って、神に祈りを捧げるのであろう。それを静かに見届けるのも僧侶の仕事の一つである。

(ただ、私はまだこの世界の宗教がよく分かってないし、神に祈りを捧げる……っていうのもいまいちピンとこないんだよね)

日本では神などという超常の存在を信じたことはなかった。しかしこの世界にはきっと本当に、神がいるのだろう。そうでなければ元の世界にない魔力という不可思議な力を使って私が薬を作れたり、突然異世界につれて来られたりするはずがない。そんなことあってたまるか、と思う。こんな理不尽に巻き込んでくれた存在が神でなければ呪ってしまいそうだ。

(……いけない、前向きにいこう。暗くなったって何も解決しないんだから)

「ここです、僧侶さま。リオネルさま。立派な教会でございましょう?」

オルロの明るい声で顔を上げると真新しい木造建築の小さな教会がそこにあった。この世界は和風文化がそこかしこに見えるので寺や神社のような建物をちょっとだけ期待していたのだけど、さすがにそこまで日本式とはいかないらしい。

「中を見て回ってもよろしいでしょうか？」

「ええ、勿論です。その間に居住区の方に、荷物の運び入れも進めておきましょう」

「すみません、お願いします」

城から来た御者はもう帰ってしまったので、大量の荷物はこの村の人々の力を借りて運ぶことになる。荷解き（にほど）は自分でやるつもりだが運び入れだけは力のある男性にやってもらうとしよう。私は生物学上女であるため、力仕事ではどうしても劣る。

（教会のお堂に畳を使ってもらえるようにお願いしたんだけど、どうなってるかな？）

少しだけ期待を胸にいざ教会の扉を開いてみる。そこには確かに畳があった。……あったのだけれど。

「……タタミ椅子（いす）とは、変わったものを所望されましたね」

ここまで無言だったリオネルがぼそりと漏らすくらいには妙な光景だったらしい。座る部分と背もたれが畳で出来た長椅子がずらりと並ぶ礼拝堂の中は、畳に使われたであろう植物のにおいに満ちていた。イグサとは違うがこれはこれでいいにおい――と現実逃避をしてみるけれど、目の前の現実は変わらない。一体誰がこんなものを所望するというのか。

「私の想像ではこう……もっと…………いえ、やっぱりいいです」

この堂の床は一面石で出来ているのでおそらく靴をはいたまま上がり、最奥の中央にドンと置かれている像に向かって祈るのだろう。近づいて見てみるとその像だけは石ではなく粘土を焼いて作ったものであるようだ。リオネルに尋ねれば、それが大地の神であるという答えが返ってきた。

（やっぱり異世界なんだ。どれだけ似ていても、違う）

ここは私が暮らしていた世界ではない。僧侶の住居と畳を求めても、仏像が置かれ畳の敷き詰められた本堂が出来る訳がない。似たようなものが存在していても、ここは元の世界と同じではない。似たようなものが存在するからこそ、私の言葉は別の意味で解釈されてしまう。その事実にまったく別世界であることを突きつけられたような気がして、強い不安に襲われそうになった。

私はこの世界のルールに従って、この世界の価値観を覚えながら生きていかなければならない。受け入れなければならない。そうしなければ、きっとおかしくなってしまう。

（大丈夫、大丈夫。この国のお偉いさんもできる限りのサポートをしようとしてくれている。私はここでも生きていける）

不安を抑えて小さな溜息をついたのだが、無口な護衛は何も言わなかった。それはありがたいような、寂しいような。私は本当にこの人と仲良くやっていけるだろうか。

「さて、見学はこれくらいにして家の方に行きましょう。荷解きをしなきゃいけませんしね」

「……それが終わりましたら、お話がございます」

「ええ、分かりました。じゃあ早く終われるように頑張りましょうか！」

努めて明るく、笑顔を浮かべて。元の世界のことは頭の隅の方に追いやって。忘れられるように、忙しなく動くことにした。

実際に考える暇などないほど荷物は多く、教会と扉続きになっている居住区が家と呼べるほどの体裁を整えられたのは、すっかり日も暮れた夜になってからだった。

「あー……頑張ったなぁ……」

どうにか荷解きを八割方終えて、食事と風呂を済ませようやくゆっくりできる時間が訪れた。

私の部屋は希望通りの畳部屋だ。扉を開けたら靴を脱ぐ土間のようなスペースがあり、その奥に畳が六枚敷き詰められた空間がある。つまり六畳間の和室だ。この世界の夜は月が明るいので窓を隠さなければ明かりは小さくても困らない。この部屋を照らすのも小さな照明の魔道具が一つあれば充分である。

（畳部屋は落ち着く……やっと一息つけた）

この部屋はいわゆる私室であり仕事部屋は別に分けてあるため、一人でこの広さなら快適に寛げる。そして嬉しいことに寝具はベッドではなく布団が用意されていた。

早速布団を敷いてその上に寝転がる。この世界に布団があるということは畳と同じように過去の聖女が布団を作らせたのだろう。布団で眠れるのは普通に嬉しい。心底ありがたい。

足袋を脱ぎ捨て、解放感に満たされながら作務衣によく似た寝巻きの紐をしっかりと結ぶ。この世界で僧侶が着る服は黒色と決められているのか、寝巻きであるこの服も黒色だ。私に僧侶の講義をしていた講師も黒の服を着ていたので、おそらくそうなのだろうと勝手に納得する。

（さすが寝間着にされてるだけあって楽だ。ずっと僧衣でいるのは疲れるんだよね）

召喚された時に着ていたのは僧衣の中でも最も動きやすいとされているものではあったが、運動に適しているという訳ではない。しかしそれが私の服の好みと思われたのか、支給された服は全てこの僧衣を真似て作られており、同じものが箱の中に大量に収められていた。

（どう考えてもこっちの服の方が動きやすい……）

寝巻きとして支給されたこちらの作務衣のような服の方が活動に適している。僧侶も掃除をする際は衣を脱ぎ、作務衣に着替えて庭掃除などの作業をするものだ。しかもこちらの作務衣は伸縮性のある布で作られているようで、ストレッチも難なくこなせる。

この寝巻きで動き回るのが常識はずれの恥ずかしいことでなければ、ぜひこちらで活動したいところだが、それはリオネルに訊いてみなければ分からない。

（そういえば話があるって言ってたような……）

忙しくてすっかり忘れていたなと考えながらも足を揃え、体を前に倒す。誰でも一度は経験しているだろう長座体前屈のポーズになった時、扉が控えめにノックされた。

この家には私の他に補佐のリオネルも住んでいる。こんな時間に訪ねてくるのは彼以外にいない。きっと昼間に言っていた話とやらをしに来たのだろう。尋ねたいこともあったのでちょうど良いと思い、すぐに「どうぞ」と返事をした。そしてゆっくり開かれた扉から黒い鎧が見えたのだけれど、彼はドアを開けたまま一瞬固まってくるりと背を向けてしまう。

「……足をお隠しください」

「あ、すみません。少々おまちを」

　この世界で裸足を他人に見せる行いは露出狂に近いものである。こちらの世界特有のそういう感覚は普通の日本人であった私にはまったくないもので、足を隠さなければならないなんてことはすっかり忘れていた。

　だが、考えてもみてほしい。習慣や価値観が一ヶ月やそこらで変わるだろうか。それができれば苦労などしないと思う。

　ちょっと慌てて足袋をはきなおしながら今後はこれも気を付けねばと心に刻んでおく。リオネルには悪いことをしてしまったが、常識の違う異世界人なので許してほしい。

「すみません、もう大丈夫です」

　もう一度こちらを見る彼の目は鎧で見えないのに軽く睨まれているような気もする。しかし見えないのでたとえ睨まれていたとしても怖くはない。

（夜でも鎧なんだ、疲れないのかな。……私の護衛のための義務だったら申し訳ないけど……）

「……僧侶さまにお話があってまいりました」

「ええ、お昼にもおっしゃってましたもんね。よかったら靴を脱いで上がって……」

「いえ、このままで」

言葉を遮って断られてしまった。やはり分厚い壁を感じる態度である。立ち話は疲れないかなと思いながらもリオネル自身がそう望んでいるなら無理やり畳に上がらせる訳にもいくまい。ならばせめてと正座で背筋を伸ばし、相手の話を聞くことにする。そうするとリオネルは相変わらずの力ない声で話し始めた。

「この村は、世間から隠された村です」

それはこの村の成り立ちだった。ここに住んでいる人たちは、いわば世の中から消えたとされる人々の子孫。訳あって国が処分した「存在してはならない人」である。

例えば冤罪（えんざい）。国のために罪を被（かぶ）り表向きは大罪人として処刑されたが、この村に隠されて生きていた。

例えば逃亡者。何らかの理由で己の国を失った王族や貴族が、住む場所を求めてこの国にやってきて、匿（かくま）われた。

そのような人々が暮らしてきた、隠れた村。それがこのオルビド村である。そして聖女でないのに異世界からやってきてしまった私も、ここで隠れて暮らすべき人間だということだ。

（……まあ、私がいたら大変だろうからね）

この国の事情に詳しくなくともなんとなく想像はできる。聖女と共にやってきた、聖女の世界の人間。いくらでも政治的に利用することができそうだ。そんな私は「この村で一生を終えろ」とそういうことなのだろう。

そして私の補佐として送られたこのリオネルも、私の補佐である限り表舞台に立つことができない。異世界人の存在は重要機密であり、そんな私と共にこの隠された村に派遣されるくらいだから、国が信頼できるほどの地位にいた人物のはずだ。国にとっては苦渋の決断かもしれないが、当人からすれば左遷されたも同然ではないだろうか。

(それならこの人の暗さも、私に対する壁も理解できる……)

むしろ当然のことだろう。私という存在がなければ彼はまだ表舞台で輝かしく生活していたのかもしれないのだ。とても申し訳ない。しかしそれでも、私には事情を知っていて手助けをしてくれる人間が絶対に必要なのだ。せめて、できる限り迷惑をかけないように努力しよう。

「僧侶さまの髪色は、黒に近い大地の色。そして女性のように柔らかい顔立ちをしておいでですので、この村の娘からの求婚が相次ぐことと思いますが」

「えっと……？」

唐突に話が変わったので戸惑う。そもそも私は女であるので、女性から求婚されても応えられない。それでもたしかに女の子たちの視線は熱かった。理由はいまいち分からないけれど。

「……濃い髪色は好まれますので。魔力が強い証だと」

リオネルは私の戸惑いがこの世界の常識に基づくものだと気づいたようで、そう補足してくれた。覇気のないその声が普段以上に力なかったように思えるのは気のせいだろうか。

(黒や茶の髪がモテるっていうのは……外国人の髪色に憧れるようなものかな)

私の髪は現在暗めの焦げ茶だが本来は真っ黒だった。黒い衣を着るとそれはもうあまりにも黒々しているのが嫌で染めたのだ。元の世界だと明るい色にする人間が多かったけれど、こちらだと黒い方が良いらしい。

つまり濃い髪色が一種のステータスとなっている。元の世界の男性なら高い身長であったり、女性なら胸の大き――これ以上考えると私の精神が傷つけられそうなのでやめておく。

とにかく濃い髪色は身体的特徴として誇れる部分であるということだ。思い出せばずらりと並んだ村人たちの中でも、髪色が濃い者は比較的長髪の傾向にあった。見せつけるために、伸ばすのであろう。

しかし、だ。そもそも元の世界だと黒髪や暗い茶髪が日本人の髪色であったので、私からすれば馴染(なじ)みのない感覚である。

これで私が女性たちに熱い視線を送られた理由は分かった。これから性別を明かした場合は、男性たちに熱い視線を送られることになるのだろうか。……居心地の悪い想像をしてしまった。深く考えるのはやめよう。

「……ですから裸足を見ないようにお気を付けください。女性の裸足を見てしまうと、男はかならず娶(めと)らなければなりません。それができない場合、罰として体の一部を切り落とします」

「……え」

「二人きりにならないよう、注意された方がいいかと。足を晒(さら)し、無理やり嫁ごうとする者がいないとも限りません。……それから、嫌がる相手を嫁がせようと同意なしに靴をはぎ取ることは禁忌ですので、そちらもお気を付けください」

衝撃で固まる私を残してリオネルは部屋を出ていった。訊こうと思っていたことは重大な事実を知ってしまったせいで吹き飛んだ。

男が女の裸足を見たら結婚しなければならないという理不尽な決まり事が、この世界にはあるらしい。そして私は今さっき、リオネルに裸足を見られたばかりである。

つまり私が女であることがリオネルに知られた瞬間、彼は私を娶るか、体の一部を切り落とすかを選ばなければならない。迷惑をかけないようにしようと思った矢先にこれである。

「ハハハ……」

乾いた笑いが零（こぼ）れた。私の不注意が原因だとしても笑うしかない。人間は自分の許容量を超えた出来事を前にすると呆然（ぼうぜん）として笑ってしまうものなのだなぁと頭のどこかでぼんやり考えた。

この日、私は決意した。私が女であることは、絶対に隠し通してみせる。何故か皆私を男だと思ってくれているのだから、このまま勘違いしていてもらおう。

（そうしよう。それがいい。というかそれしかない……誰か嘘（うそ）だと言って……）

がっくりと項垂れたら布団に頭がついた。今日はもうこの布団で寝てしまおう。

「明日（あした）は……いつもどおりの時間に目が覚めますように」

私の起床時間は基本、朝の六時。まあこれは元の世界の時間であって、この世界の時間に換算すると別の名称になる。なんにせよ明日も元気に働くためにはもう寝たほうがいい。

しかし、慣れない場所だからなのか、それとも秘密を抱えることになったからなのか。なかなか寝付けないまま、夜は更けていった。


カーテンの隙間から差し込む光で目を覚ます。さっき眠ったような気がするのにもう朝だ。この世界の太陽も元の世界と同じく暖かく明るい光をもたらしてくれる存在だが、寝不足の目には少々刺激が強い光である。

さて、昨日はちょっとした問題が発生し私はこれから女であることを隠して生きていくことを決めた。私がこちらの生活に慣れ、リオネルが補佐を外れるまでは絶対に隠さなければならない。

そのようなことを考えていたらなかなか寝付けず、睡眠時間が短めとなってしまった。しかしそれでも仕事のために起きなければならない。

体を起こし、支給された魔法仕掛けの時計を見る。そこには虎の絵が浮かんでおり、秒針ならぬ刻針と呼ぶべき針が十一時と十二時の間くらいの方向を指していた。

この世界の時間は十二種類の動物にたとえられ、一日は十二刻である。昔の日本のような十二時辰の方式と考えれば分かりやすい。動物も日本の十二支とほぼ変わらないので、これもおそらく過去の聖女の影響なのだろう。体感では一日の時間は元の世界とそう変わらず、一刻が二時間、十二刻で二十四時間くらいだと思う。

この時計は今何の動物の刻であるのかを絵で表し、針は一刻で一周するようになっている。つまり現在の時間は、元の世界に換算すると午前五時五〇分くらいだ。普段通りの時間に目が覚めたようでよかった。

(今日はこの世界での仕事の、初日。気合入れていこう)

朝の礼拝の時間というものがこの世界には存在する。村人たちのために礼拝堂の鍵を開け、そして彼らが祈る姿を見届ける。それが私にとってこの世界の僧侶としての、初めての仕事だ。遅れる訳にはいかない。

幸い寝起きは良い方だ。すばやく身なりを整え僧衣を纏い、意気込んで廊下を突き進んでいたら黒い鎧が音もなくぬっと曲がり角から現れ、軽く悲鳴を上げそうになった。

女らしい悲鳴は出さなかったものの「ングッ」とかいう変な声は出してしまい、表情の見えない鎧から微妙な視線を向けられている気がする。

「おはようございます、リオネルさん！」

「……おはようございます」

明るい挨拶で気持ちを切り替えて礼拝堂へ向かう。さっそく内側の鍵を外し止面の扉を開くと既に数人の村人が待っていて、驚いた。

虎の刻が終わる前に動き出したので今は四番目の動物である兎の刻になった頃だろう。元世界の感覚でいう朝六時過ぎくらいであるはず、なのだが。

「おはようございます、皆さんお早いですね……？」

「おはようございます、僧侶さま。いやぁ、礼拝堂で祈りを捧げられるのが嬉しくてたまらず、半刻前から来てしまいまして」

半刻はおおよそ一時間である。ニコニコと笑う村長オルロとその他数名は、いそいそと私の横を通り過ぎて畳で出来た椅子に腰掛け、早速祈りを捧げ始めた。私は彼らの信仰心を侮っていたようだ。明日は今日より一時間ほど早く開けるべきだろう。……起きられるかどうかだけが問題である。

その後、村人たちが次々にやってきては礼拝して笑顔で帰っていくのを見守った。ただ見守っているだけだが、何か作業ができるわけでもないのでかなり暇――。

（いやいや、これは仕事。立って見てるだけでも立派な仕事、しっかりしなくては）

そうして過ごしたのは一時間くらいだろうか。最後にやってきた青年が祈り終わって堂を出ていき、最初にやってきて最後まで残っていたオルロが「これで村人は全員です」と教えてくれた。彼はどうやらまだ私に用事があるらしく、祈りを捧げ終わった後も私の傍の椅子に座って全員の祈りが終わるのを待っていたのだ。

そのおかげだろうか。私に話しかけたそうにしていた女性たちは、私の仕事が終わるのを静かに待っている村長を見て名残惜しそうに堂を出たので誰も残っていない。……私としてはとてもありがたかった。男のように振舞うと決めたけれど、恋愛対象が同性になった訳ではないのだから。

「僧侶さま、裏の畑はごらんになりましたか？」

「畑、ですか？」

てっきり何かの相談があるのかと思っていたので予想外の話に軽く目を瞬かせてしまう。人々の悩みを聞き、相談に乗るのも僧侶の仕事の一つなのだ。しかし今回はそういう話ではなかったらしい。

「ええ、僧侶さまが来られるということで、わたしどもで綺麗に整えておきました。僧侶さまには畑が必要なのでしょう？　どうぞお使いください」

昨日は引越し作業に忙しくて教会の裏にあるという畑の存在にはまったく気づかなかった。たしかに私は少しの薬草と大量の薬草の種を支給されている。自分で育てた薬草で薬を作ると魔力の伝導率が変わり、品質が高いものが出来やすい。そのため僧侶は自分で薬草を育てるものであると講義でも習った。

薬草をどこで育てるかは決めていなかったので、大量の種はいまだ仕事部屋の箱の中である。私のために畑を用意してくれたというならとてもありがたい。

「ありがとうございます、オルロさん。早速今日から使わせていただきますね」

「いえいえ、畑について何かありましたらまたいつでもお声がけください」

最後の一人であるオルロが教会を出ていくのを見送って、私はさっそく次の仕事に取り掛かることにした。といっても畑いじりである。可能であれば動きやすい格好になりたい。

終始無言で三歩ほど後ろについてきている護衛を振り返り、笑顔で質問してみる。昨夜、色々あってできなかった質問だ。

「リオネルさん、寝巻きとして支給された格好で外に出てもいいでしょうか？」

「…………それはおやめになった方がよろしいかと」

いつもより返答までの間が長かった。どことなく理解不能の相手を見た時のような空気を感じたので、驚くほど常識はずれだったのだろう。それならばとすっぱり諦めて僧衣のまま畑仕事をすることにした。たすきがけで衣の袖を縛ってしまえばそう邪魔にはならないはずだ。

まず畑の様子を見に行く。家庭菜園が行えるくらいの小さな畑はしっかり耕され、雑草一つとして生えていない。村人たちの好意に感謝である。

「これなら今日は種を蒔くくらいでよさそうですね」

そうですね、という短い相槌くらい返してくれないものかと期待したが、明確に話しかけられないとなかなか返事をしてくれないのが我が補佐役の鎧騎士だ。結局独り言になってしまって少し悲しい。

（コミュニケーションって難しい……）

嘆いても仕方ないのでやることをやってしまうとしよう。まずは仕事部屋に行き、薬草の種の確認と、名前のプレート作成だ。それは種を蒔く十種類の薬草の名前を木の板に書くだけなのですぐ終わる。しかし何処(どこ)に何を植えたか分からなくならないようにするためにも、これは外せない大事な作業である。

決して生えてきた薬草を見てもどれがどの薬草か判断する自信がないとかそういう訳ではない。……そういう訳ではない。

その後はすぐに畑に戻り、薬草名の書かれた木の板を適当な位置に差して、その名前の場所に種を蒔く。あとは水を与えれば今日の畑仕事は終了だ。これならお昼前には終わってしまうだろう。午後は復習を兼ねて薬を作る時間に充てるべきだろうか。

(……って思ったけど……結構な、重労働だ)

この世界には蛇口を捻(ひね)るだけで水が出てくる水道も、水道口に繋(つな)げるだけで遠くに水を撒(ま)けるホースもない。畑に使う水は飲み水に使われる井戸水ではなく、村の外れを流れる小川から運んでくるものであるらしく、私のひ弱な筋肉は一往復ですでに悲鳴を上げている。だがジョウロ一杯分の水では畑のごく一部にしか潤いを与えられていない。

(男にしては非力すぎる、とか思われそう。何か他に方法を考えなきゃ)

空っぽになったジョウロを見つめながらふと思いついた。薬を作る際に学んだことだ。

容器には魔力を溜(た)めることができる。僧侶が薬を作る際は試験管のような筒に魔力を溜め、それを使って薬草を様々な魔法薬に変化させるのだから。

(魔法なんだから、魔力が水になるくらい……できたっていいのでは……)

頭の中にあるのはファンタジー漫画で見たような水を使う魔法使いのイメージだ。できなかったら諦めてちまちまと小川と畑を往復するしかなくなってしまう。

成功を祈りつつジョウロの中に自分の魔力を注ぎ、留める。目視できる訳じゃないが、そこに何らかの力が溜まっていくのは感覚で分かる。とりあえずジョウロの半分くらいの魔力で試してみるとする。魔力を使うのはそれなりに疲れるので、無駄になったらもったいない。

「水になれ……水になれ……」

小声で、しかし真剣に心を込めて呟く。するとみるみるうちに、水が底から湧き出るようにジョウロの中で溜まっていくではないか。その水は容器の半分の量まで増えると止まったが、これはつまり魔力が水に変換されたということであろう。

(良かった! これならいける!)

しかも水とは思えないくらいジョウロが軽い。魔力から作られた水は軽いんだな、と鼻歌交じりに水やりを再開する。ついでに「大きくなあれ」やら「美味(おい)しくなあれ」やらご機嫌のまま口走り、そのままのテンションで畑の全てを潤わせたあとにふと、気づく。

まったく喋(しゃべ)らず、その上微動だにせず突っ立っていたのでカカシのようなものとして認識の外においてしまっていた。そんな護衛兼補佐の鎧が少し離れたところでずっと私の奇行を見ていたことに。

　あまりの恥ずかしさに穴があったら入りたい、いやむしろ穴を掘って潜りたい気持ちになった。誤魔化すように咳払い（せきばら）いをしたものの、誤魔化せる要素など何一つとしてなかったのである。

「あーと、えー……そろそろお昼ご飯の時間ですね！」

　表情が見えない彼は何を考えているのか分からない。喋りもせず何の動作もなくじっと見られているだけの時は特に。内心冷や汗をかきながらとりあえずニコニコと笑っておく。完全な愛想笑いである。

　暫（しばら）く無言の時が流れ、なんとなく胃が痛いような気がしてきた頃。ようやく鎧から声が発せられた。

「…………昼食は、何になさいますか」

　その言葉にほっとした。呆（あき）れ果てて声も出なかったのかもしれないが、まだ見放されるほどではなかったようだ。

　補佐役として来ている彼は私の身の回りの世話も任されており、食事も作ってくれるので大変助かっている。何せ、この世界の食材は元の世界と違うのだ。正直扱いがよく分からない。

　動物もよく似ているし同じ名称のものもいるのだが、まったく同じではない。それどころか動物ではなく魔獣という存在であるという。見たことがないので正直よく分からない。

　とにかくリオネルが昼食を用意してくれるらしいので、私は軽い要望を出した。

「ええと……お腹がすいたので、たくさん食べられるものがいいです。あと、お肉があると嬉しいです」

「……承りました。では、戻りましょう」

僧侶なのに獣肉を食べるのかと思われるかもしれないが、この世界でも僧侶の肉食は禁止されていない。むしろ放っておくと危険な魔物へと進化してしまう魔獣を減らす目的もあって肉食が推奨されている。

この村でも当然、肉食用として魔獣が狩られている。村を囲う森の奥へと進めば魔獣や魔物が徘徊しており、危険もあるので私のように戦う力のない者は近づいてはいけない。

(今のところすごく平和なんだけど……聖女を呼ぶくらいには、魔物が増えてて危ないってことだ。私も気を付けよう)

護衛としてのリオネルが活躍するような場面は訪れないのが一番いいとそう思う。

リオネルの作ってくれたお昼ご飯を食べてお腹いっぱいになり、猛烈な眠気に誘われて布団も敷かず畳の上に転がって昼寝をして、目が覚めたら。何故か窓から月明かりが差し込んでいる。

(……どうみても、夜ですね……午後は調合をしようと思ってたのに……)

完全に寝過ごした。それにしても眠りすぎである。畑仕事は大したことをしていないというのに、思ったより疲れていたのだろうか。一度も目覚めなかったし、完全に爆睡していた。

嘆いても過ぎてしまった時間は戻らない。とりあえずリオネルが起きているようなら謝ろう。彼は無口だがおそらくとても生真面目な性格をしている。共に過ごした時間は短くてもそう思うくらいには真面目だと感じる。

だからきっと、晩ご飯を用意してくれたり、お風呂を用意してくれたり、していたと思う。

……私が眠りこけている間に。

（ひとまずお風呂に入ってしっかり目を覚まそう。……お湯、まだ温かいかな）

この世界の風呂は魔道具と魔力を使って湯を沸かす。温かいのは魔力が供給されている間だけであり、エネルギーが切れれば熱する力もなくなって、中の湯は冷めていく。しかし魔力さえあればいつでも温かい湯を作れる便利なものだ。そして真面目なリオネルならば、風呂の中に水を張るくらいはしてくれていると信じている。

さっそく入浴の準備をして浴室に向かった。午前中は畑で働いたのだし、汚れを落とすためにもお風呂には絶対入っておきたい。

（お、明かりがついてる。さすがリオネルさんだ……！）

脱衣所へ続く扉から明かりが漏れている。気の利くリオネルがいつでも風呂に入れるように準備していてくれたに違いない。

まだ一緒に過ごすようになって二日目であるが、補佐として彼はとてもよく働いてくれる。補佐というよりお母さんかというくらいのことまでやってくれる。食事を作ったり、お風呂を沸かしたり、掃除をしたり、多岐にわたって補佐してくれているのだ。

思い返すと私は何もしていなくてなんだか申し訳ない。気づくと全て用意されていて、どうぞ使ってくださいと言われてしまう状態なのである。これでは家事も仕事もしないヒモになった気分だ。

（いや一応僧侶として仕事はしてる……まだあまりそれらしい仕事はできてないけど……）

今日は寝てしまったが明日は私も何か手伝おう。それだけでなくもっと真面目に働こう。そういう決意を胸にしながら脱衣所の扉を開こうとした。しかし私が手を伸ばす前に扉は勝手に開き始める。

（なんで勝手に開……）

脱衣所の明かりに照らされて、キラキラ輝く濡れた髪がまず目に入った。白、いや白金と呼ぶべきだろうか。薄っすらと金に色づいた、白に近い髪。とにかく羨ましいくらいに綺麗な色だ。それを辿ってゆっくり顔を上げれば、大きく見開かれた翡翠の瞳と目が合った。髪と同じ色の睫毛に縁どられた、切れ長で少しつり上がり気味の目である。元々の肌は驚くほど白いのだろう、風呂に入って血行が良くなった肌は赤みがよく目立っていた。

あれだけ全身を覆い隠すような鎧を着て普段を過ごしているなら肌は白くて当然だ。風呂上がりの彼はまだ鎧を身につけておらず、肌にピッタリと沿うような黒の肌着を身に着けている。鎧の下に着るならそういうものの方が邪魔にならなくていいのだろう。普段は鎧で分かりにく

かったけれど、やはり細身でよく引き締まった体をしていた。

（この人もお風呂に入るんだなぁ……人間だから当然だけど）

それでも鎧を脱ぐ姿など想像ができていなかった。普通に考えればありえないことなのに、鎧のまま風呂に浸かっているイメージすらあったのだ。

少しばかり現実逃避をしてしまったがつまり、どう考えても状況的にリオネルという名の私の護衛兼補佐の青年の素顔がそこにあった。

私も驚いたが彼も心底驚いたのだろう。私たちは見つめ合ったまま数秒の間、固まっていた。

「あの、リオネルさ……」

私の口が「ん」という形になる前にパタリと扉が閉められた。何故か見てはいけないものを見てしまったような罪悪感が湧いてくる。しかし私が見てしまったのは上半身と髪と顔だけだ。人に晒してはいけない部分、すなわち足は見てない。問題ないはずだ。

「……私の髪を、ごらんになりましたか」

扉の向こうからいつも以上に暗く低い声が聞こえてきた。あれだけ目を合わせていたのだから見てないはずはない。しかしこの反応から察するに、きっと彼は見られたくなかったのだ。綺麗な髪だと思ったとしても、見ていないことにするべきだと、私は慌てて口を開く。

「とても綺麗でした。……ッ!?」

バッと口を塞いだが、出てしまった言葉は回収できない。今、私は何故か自分が言おうと思った言葉以外のものを口にした。

　意味が分からない。見ていないとそう言おうとしたはずなのに、勝手に口が動いてしまった。何故意思と関係なく、本心が口から出てしまったのか。

(扉の向こうの無言が怖い、とてもとても怖い)

　この世界の基準でいえば彼の髪の色はとても自慢できるものではない。私が綺麗だと思ったのは事実だとしても嫌味に聞こえたことだろう。だから言うつもりなどなかった。本当になかったのに。

(口が勝手に動くなんて呪いか何か？　私が信仰心もなくこの世界で僧侶として働こうとしてるから？)

　混乱を極めた頭でそのようなことを考え始めた時だった。コンコンと扉の向こうから軽くノック音が聞こえてきて、ビクリと肩が跳ねる。私がここにいてはリオネルが外に出られない。早くどこかに行かなくてはと足を踏み出そうとしたのだが、声を掛けられて踏みとどまった。

「まだ、そこにいらっしゃいますか」

「あ、はい。すみませんすぐ退き……」

「お食事の用意はできております。冷めても味が落ちないものですので、よろしければどうぞ。入浴の準備もしておきますので、こちらは暫くお待ちください」

「あ、はい……すみません、ありがとうございます」

また言葉を遮られてしまった。やはり怒っているのだろうか。……嫌味としか思えない発言の後だ、怒って当然である。

肩を落としながらとぼとぼ歩いて炊事場に向かった。台所と食事場を兼ねているそこには真新しい木のテーブルがある。その上にはリオネルの言葉通り、一人分の食事が埃を被らないよう籠を掛けて置かれていた。

食事を前に座り、籠を除けば異世界の料理が現れる。見慣れない色と形の食材がたくさん入った煮物と、米によく似た穀物のおにぎりと、黄色ではなく真っ白な卵焼き。そしてメインは肉の揚げ物。まるでお弁当のようなラインナップだ。冷めても充分美味しいであろうことは見ただけで分かる。

（リオネルさんには後で謝ろう。……私のために用意してくれたんだし、しっかり食べなきゃ）

先ほどまでなかった食欲は美味しそうな食事を前にしたらすぐ湧いてきた。現金だと自分でも思う。自嘲的な笑みを浮かべながら手を合わせた。

宗教的食事の挨拶というものがある。元の世界では勿論、自分の宗派に沿った文言を唱えていた。しかしこの世界の宗教にいまだ馴染みがなく、こちらの神に信仰を捧げられない私は、まだこちらのそれを口にするべきではないと思っている。では元の世界の言葉を使うべきかといえば、それも違うだろう。

しかし頂く命への感謝はどちらの世界にも共通している。中にはお金を払ったからという理由で「いただきます」を言わない、言わせない人がいると聞いたこともあるが、不思議な話だと思う。

私たちは他の命を頂いて、生かされているのだ。それから食材になるまでに関わった全ての人の労力と、食事を作ってくれた人の力があって初めて料理が出来る。自分だけでは絶対に得ることができない糧。それに感謝することを否定する気持ちは、私には理解できない。

異世界でもどこでも、どんなものでも、食べるならば感謝を込めて。

「いただきます」

食べ始めてみると思ったより空腹だったようだ。リオネルの料理が美味しいのもあるかもしれないけれど、気づけば皿が空になっていた。大変満足である。

皿を片付けたら次は食後のお茶を飲む。保温の魔法が込められた容器で用意されていたもので、まだ温かい。湯のみに注いだ茶はもちろん緑色ではなく、その名の通りの茶色である。味わいとしてはウーロン茶に近い、この世界で一般的に「お茶」と呼ばれる飲み物だ。

それを飲んでほっと一息ついていたら、突然正面の扉が開いて輝く白金が視界に入ってきた。驚いた私は口に含んだお茶を噴出しはしなかったものの、慌てて飲み込んで思いっきりむせた。

「……大丈夫ですか？」

「だ、だいじょうぶ、ですッ」

軽く涙目になりながらリオネルを見たら、困惑気味に眉尻(まゆじり)が下がっていた。驚かせて申し訳ないが、暫く待ってもらうしかない。気管に水分が入り込むと他のことに気を回す余裕などなくなるのである。

しばしの間を頂いて、どうにか落ち着いた。それまで目の前の青年は私の正面に座ってじっと待っていた訳だが。

（……それにしても、何で鎧姿をやめたんだろう。本当にびっくりした）

どうして、という疑問を持ちながらそっとリオネルの顔を見てみたら、目が合う。じっと私を見ていたらしい。……醜態を晒していたのでできれば目を逸らしていてほしかった。

「何をお考えですか？」

「どうして鎧を着ていないのかと」

何も考えていません。そう言おうとしたのにまた口が勝手に動いた。やはり呪われているのではないだろうか。口を押さえながら恐る恐る、正面の顔を窺い見る。彼はどこか困ったように笑っていた。……この人は、こういう表情をする人だったのか。私は何だか、今初めてリオネルという人間に出会ったような気がした。

「僧侶さまは、言葉の魔法をお持ちなのかもしれませんね」

「……言葉の魔法、ですか？」

朗らかな声で放たれた言葉に困惑し、鸚鵡(おうむ)返しをしてしまう。この世界の魔法は何かしらの道具に魔力を込めて特別な現象を引き起こすものであって、呪文(じゅもん)を声に出して奇跡を起こす類(たぐい)

のものではないはずだ。だからこそ彼が何を言っているのかが分からなかった。

「ええ。異世界から来られた聖女さま方は皆、特別な魔法をお持ちでした。同じように異世界から来られた僧侶さまにもその力があるのでしょう。ただ、特別な魔法にはそれに関する制限も与えられるようで」

異世界から訪れた今までの聖女は、道具を使わなくても特定の方法で魔法現象を起こせたらしい。そして私にもその魔法が使えて、それはおそらく言葉にまつわるものだろうとリオネルは考えているようだ。

「制限は嘘がつけないことでしょうか？　僧侶さまはこの世の誰よりも正直者、ということですね。……この髪のことを言われて不快にならなかったのは、初めてでした。不思議な気分です」

驚くほど穏やかな顔だった。笑っている訳ではないのに、どこか微笑（ほほえ）んでいるように見える。そしてこんなによく喋る彼を見るのは、初めてだ。普段ならちょっとした感動を覚えるところなのだが……今は、それどころではない。

（嘘がつけない、というより……言えない、って感じだ）

思ってもいないことを、自分が嘘だと認識していることを口にできないのだろう。それを言おうとすると、勝手に本音が出てきてしまう。今まで誰かと話す機会が少なかったから気づかなかった。今、早いうちに気づけたことは幸運であったかもしれない。これからは気を付けて会話ができる。

(嘘が言えないってなると……結構大変、なのでは)

思っていないことが言えないというのはつまり、御世辞は使えず、ましてや信じていない神に対する祈りなど一切言葉にできないということではないのか。

この世界の僧侶が医者のような職業とはいえ、宗教的な仕事がまったくない訳ではない。冠婚葬祭の際は、宗教者として神への言葉を捧げなければならない。教典の言葉を読み上げるだけだが、それもできるかどうか——できなかった場合、どうすればいいのだろう。

(どうしたら神を信じられる？　信じられれば皆と一緒に、私も祈れるのに……ああ、こんなことを考えている時点で駄目なんだろうな、きっと)

私はこの世界で生きてきた訳ではない。元の世界なら、まだ分かる。普段意識していない部分に根付いている信仰は、どこかにあった。たとえやれば大金が貰えると言われても、お地蔵さんを蹴飛ばすことはできないし、鳥居に落書きすることもできない、そんな感覚だ。

自分は無宗教だと言う人間でもきっと同じ感覚を持っているだろう。信じていないようで、当たり前に自分の中にある。それが本当の信仰心なのではないかと、そう思う。

それと同じようなものだ。私は裸足で大地を踏むことを何とも思わない。この世界の人が大事にしているものをわざわざそれを踏みにじろうとは思わないが、それでも同じ気持ちを抱くことはできない。この世界で幼い頃から過ごし、成長しながら培われるだろうその感覚は、私にはないのだ。

（ああ、だから他人事なんだ。大地の神に祈る、この世界の人たちのことが）

私は僧侶なのに。この世界の誰よりも神から遠い。

異世界から来たばかりで当然かもしれない。けれど、このままではいたくない。長く暮らせば、分かるのだろうか。分かることができるのだろうか。……これでは僧侶失格だ。

「どうされましたか、僧侶さま」

「ああ、いや……私はなんて駄目な僧侶なのかと自省していたところで……」

声をかけられ、いつの間にか下を向いていた顔を上げる。彼は穏やかな顔のままだった。普段は鎧で見えなかったけれど、ずっとこういう表情だったのだろうか。……分からない。声ももっと硬質なものだったと記憶している。鎧に籠っていて質が変わっていたのかというくらい、今は柔らかい声色だ。

「僧侶さまの言葉には力があります。もっと自信を持たれていいかと」

たしかに、そのような力は持っているらしいけれど。その魔法は私の考えに沿わないことに使えない。私がこの世界で本当に神へ祈れるようにならない限り、私は僧侶失格なのである。

しかし、何故。何故リオネルはこんなことを言ってくれるのだろうか。鎧を脱いでからとても、態度が軟化しているように思う。ずっと感じていた見えない壁を、今は感じない。

「……不思議そうな顔をされていますね」

「え、ああ……すみません。なんだかこう、リオネルさんってそんな感じだったかなと思って」

「そうですね、先ほどまでは……貴方さまのことが、嫌いでしたので」

正直に嫌いだったと言われてどういう反応をしていいか分からない。きっと私は鳩(はと)が豆鉄砲を食らったような顔をしていることだろう。

過去形なのだから、今はそうではないのだろうけれど。何を言っていいか分からず口を閉ざしていたら、彼は小さく笑った。

「貴方さまのその髪も、柔らかい顔立ちも、妬(ねた)ましいほど羨ましくて。私がそうであったなら、聖女さまから遠ざけられることもなかったのに、と……それで僧侶さまを恨むのは、お門違いでしょうに」

それは独白のようだった。私に話しかけているというよりも、自分の心を整理しているように見えた。

彼は貴族であるらしい。そして貴族とは強い魔力を持つものであり、それに準ずるように濃い髪色で生まれてくるという。しかし、彼はそこから外れていた。生まれ持った魔力に比例しない、薄い色素の髪を持ってこの世に生を受けた。

髪の色如(ごと)きでと元の世界の人間ならそう思うかもしれない。でも、この世界でそれは差別されてしまうものなのだ。

元の世界でも、色素を持たない人たちは差別されていた。肌の色が違うことで差別が起こる時代もあった。今でもそれが根絶されたとは、言えない。

それらと同じようにこの世界では髪色の差別があるのだろう。リオネルはその差別を受けながら、ずっと生きてきたのだろう。本人の性格も、能力も、色だけで否定される。そんな世界に生きたことのない私には、軽々しく彼の気持ちを「分かる」と言うことができない。言ってはいけない。分かっていないのなら、何も言うべきではない。

だからただ言葉を発することなく頷いて、彼の話を聞くだけだ。

「本来なら、私は聖女さまの傍に仕える予定でした。ここまで来るのは、苦労したのですよ」

知を、武を磨いた。聖女の役に立つために、使用人がするようなことも完璧にできるよう、その仕事を覚えた。誰にも文句など言えないほどに、実力をつけた。ただ一つ、髪色だけが変えられなかった。

自分より劣っている姿の者が、差別できる相手が、自分に勝るような能力を持っていたら。目障りに出る杭を打とうと、人間は思ってしまうのかもしれない。

「それが……今、こうして僧侶さまの補佐につけられたのは、体のいい厄介払いでしょうね」

それに関しては私も申し訳なく思っている。いや、私は巻き込まれたのであって、不可抗力でこの状況に追いやられているのだけど。それでもやはり申し訳ないと思う。

聖女に同じ年頃の良家の男子を仕えさせ、選ばれた者が聖女と結ばれる。それがこの国ではとても栄誉なことであるのは、分かっているつもりだ。私が聖女と接触禁止だと言い渡されたのもこれに起因するのだろう。……そのような思惑で婚姻を迫られる聖女のあの子は、少しばかり可哀想（かわいそう）だけども。

目の前の彼は、その栄誉への挑戦権を奪われた。私に責任はなくても、原因はある。恨みたくもなるだろう。

「……鏡を見るたびこの髪が忌まわしくて仕方がなかったのですが、先ほど……貴方さまに見られた後は、不思議とそのような気持ちになりませんでした。貴方さまからすれば、些細（ささい）なことかもしれませんが……私には結構、大きな出来事だったのですよ」

私の言葉は魔法であると彼が言う。魔法であるからこそ、そこに悪意がないことも伝わったと言う。初めてそういう言葉を向けられたのだと、嬉しそうに。

「貴方さまの言葉は、私の傷を少し癒してくれたような気がいたします。力ある言葉は、薬になります。……マコトさまは、間違いなく。僧侶さまです」

その言葉は私の中にすとんと落ちてきた。欲しい言葉というものは驚くほど簡単に、乾いた大地に水が染み渡るように、入ってくるものであるらしい。

先ほどまで僧侶失格だと落ち込んでいた気分は、リオネルの言葉一つで簡単に浮上した。私はまだ新米で、元の世界でも一人前には程遠い僧侶だった。今、この世界でもそうなのだ。これから色んな物事を見て、聞いて、この世界の人と一緒に学び、この世界の僧侶になっていけばいい。

元の世界には「言霊（ことだま）」という概念があった。言葉には力が込められており、それが人を傷つけたり、縛ったり、癒したりするという。

　リオネルは私の言葉に癒されたと言ってくれたが、私も今彼の言葉で前向きになれた。言葉に力があるというのは、本当なのだろう。私が持つという魔法は、それを強くするものと考えていい。本当に小さな好意しか含まれていなかったはずの言葉は、その好意を何倍にも膨らませて、彼に伝わったのかもしれない。

（私の言葉はすべて〝言霊〟になる。そういう魔法なんだ）

　それならば、私は己の言葉で誰かを傷つけないようにしよう。私の言葉が薬となれるよう、努力しよう。薬を作るこの世界の僧侶として、おあつらえ向きの魔法ではないか。

「ありがとうございます、リオネルさん」

「……いいえ、私こそ」

　柔らかく目を細めて笑う彼の声は優しい。私はただ、思ったままの感想を口にしてしまっただけなのに心底嬉しそうにされてしまうから、なんだかいた堪（たま）れない。

（一言でここまで変わるのは……普通ではないはず。それだけ魔法の力が強いってことかな）

　私が放つ言葉は魔法になる。好意的な言葉がここまで強く作用するのだ。もし、これが悪意のこもった言葉だったらと思うと――想像したくもない。

　私は自分の言葉に、何よりも気を付けなければならない。薬は毒にもなる。私の言葉も、毒足りえるものなのだ。

幕間　鎧騎士の見る異世界の僧侶

ネルヴェア家は、初代の聖女の時代から王家に仕えている由緒正しい家柄だ。その家の次男として生まれたのがネルヴェア＝リオネルである。

ただしリオネルには普通の貴族――いや、普通の人間にあるべき物が欠けていた。己の魔力を反映する、髪の色だ。それによって、リオネルの人生は他人に踏みにじられるようなものになった。

まさに、思い出したくもない記憶。家族からは血族であることすら否定され、物事の分別がつく頃（ころ）にはもう、貴族社会から無能の烙印（らくいん）を押されていた。周りからの視線に好意的なものなどなく、髪の色が薄いことで嘲笑（ちょうしょう）され続け、いつしか鎧（よろい）で自分の全てを覆い隠すようになった。

それでも努力を積み重ね、無視できないほどの実績を上げてみせたが周りの目は冷たいまま。他人の視線は刺すようなものばかりである。

そんな中この時代に聖女を呼ぶことが決まったと聞いた時には喜んだ。その当時リオネルは二十歳という若さで王国騎士の副団長の座に就いており、家柄と実力と年齢を考えれば、数年内に呼ばれる聖女の傍に仕えられる者に相応しい。近い年齢の者にリオネルほど優秀な成績を収めている人間もおらず、即選出されてもおかしくなかった。……髪の色さえ、普通であれば。

（歴代の聖女さまが髪色に拘ったという記述は、どの文献にもない。私も、努力すれば、きっと）

結果、聖女の傍に仕える六人。その最後の一人にリオネルは選ばれた。聖女からの愛を獲得すれば、周りの目も変わるかもしれない。そして何よりも。

（聖女さまなら……私を、愛してくれるかもしれない）

だがその希望は打ち砕かれる。聖女と共に現れた、異世界の人間。異世界の僧侶。それが大変重要な人物であることは充分理解できた。その人物に半端な人間を付ける訳にはいかないということも、理解できた。理解はできたが、自分がその役目を与えられたことは納得できなかった。

（それなら、最後に選考で落とした人間でも……よかったではないか）

異世界の賓客を危険な目に遭わせてはならない。だからこそ、武の力が最も秀でているリオネルが護衛し、その知をもって補佐するべきである。そのように言い渡されたが、理由は別のところにあると知っている。

この髪の色では聖女に相応しくない。聖女がもしリオネルを選んで子をなしたなら、その子は王家に入ることになる。そのような栄誉を薄色の人間に与えてなるものか。万、いや億に一つの可能性ですら与えてなるものか。そういう意思が透けて見えていた。

与えられた任は護衛と補佐、それから監視。異世界人に接触しようとする不審な者が現れるか、僧侶本人が何らかの怪しい動きをした場合は報告をする。常に僧侶に張り付いていなければならない任務。城に戻ることは、おそらくできないだろう。

(結局、私は。どこにいても……この髪のせいで、存在を否定される。何をやっても、認められることはない)

酷く落ち込んだまま、異世界からやってきたという僧侶に会った。この世界ではほぼ生まれることのない、濃い大地の色をした髪。誰もが羨望するであろう、垂れ気味の柔らかな目。男の象徴である黒の衣服に身を包んでも凛々しさが感じられないほど、優しげな顔付きの少年。

それを見た瞬間、心の中に渦巻いたドロドロとした感情は、言葉にできないくらい醜いものだった。ああ、この少年のせいだ。この少年が聖女と共にこの世界に来たから、小さな希望でさえ奪われたのだ。

(それでも……役目を放棄することは、許されない)

どうしようもないほどの嫉妬心をどうにか押し込め、少年に接する。彼は愛想がよく、よく笑い、世間から切り捨てられた人間を押し込める村で一生を暮らせ、と暗に伝えても文句ひとつ言わなかった。

僧侶とは権力のある職業だ。豊富に魔力を持っていなければまず、魔法薬は作れない。そして器に己の魔力を移し留められるほど、魔力の扱いが器用でなければならない。選ばれた人間にしかできない、尊い職業である。しかしそんな僧侶でも低俗な人間であることが、ままある。けれどこの少年はそうではない。城での生活の様子も聞いているが、それによれば女に溺れることはなく、酒を望むこともなく、金に執着してもいない。勤勉であり、初の調合でなんなく魔法薬を作ってみせるほど優秀であるという。

どこかに汚点があれば容赦なく心の中で蔑むことができたかもしれない。けれどそのような欠点が見当たらないからこそ、少年を憎もうとする自分が醜く歪んで見えて仕方がなかった。

自己嫌悪に陥りながら僧侶の少年と過ごし、二日目の夜。彼は薬草畑で仕事をした後、余程疲れたのか部屋に引きこもり、出てこなくなった。不真面目な態度ともいえる行動だ。食事と風呂の用意はしたが、無駄になった。

(あの僧侶さまも、完璧ではない)

そう思い、ほっとする自分がいた。そしてそんな自分を、更に嫌悪した。

(……風呂に使った魔力が無駄になるな)

そのような理由をつけて風呂を使うことにしたのは、全ての汚れを、嫌なことを洗い流したい気分だったからだ。

鎧を脱いでいる間は忌々しい髪が目に入り、顔を歪めたくなる。「何故、私の髪はこのような色をしているのか」と何度自問したか分からないそれを思っていたからだろうか。早く部屋に戻ってまた鎧を纏おうと、廊下の気配に気づかないまま、髪を隠さないまま、扉を開けてしまった。そこにはあの少年がいた。驚いた顔で私を見上げて固まっている。あまりの醜さに動けなくなってしまったのかもしれない。

（……ああ、見られた。もう、おしまいだ。また、あの目を向けられる）

そう思っていた。自嘲気味に口にしたのは「私の髪を、ごらんになりましたか」という言葉。見られたのは分かっている。扉を閉めたところで何もなかったことにはならない。

けれど、この少年なら見なかったことにしてくれるのではないかと、どこかで期待した。

「とても綺麗でした」

まさかそのような答えが返ってくるとは思ってもみなかった。それも悪意が一切込められていない、皮肉ではない言葉で。ただ純粋に綺麗だと思っているのが何故か伝わってきた。

（……異世界では……この髪でも、否定されないのか。本当に？）

彼ならば、こんな自分の存在を許してくれるのだろうか。否定、しないのだろうか。嘲り笑うことは、ないのだろうか。

期待と、緊張と、少しの興奮で、心臓は巨大な魔獣を前にした時よりも煩く鼓動している。期待してもいいのだろうか。本当に裏切られないのか。

（……もう一度、この姿をさらす必要がある。確かめたい。この人が私を、どういう目で見るのか）

食事を用意していることを伝え、足音が台所へと向かっていくのを確認したら彼のために改めて風呂の用意をする。一度丸洗いし、新しい水を注いで魔力を込め、湯を沸かした。そしてふと、浴室に設置された鏡に自分が映っているのが目に入る。色素の薄い髪をした、野蛮とされる目つきの男が映っている。……しかし。

（苦しくは、ならないな）

目にする度に胸がしめつけられるようだった。忌まわしい髪は、できるなら剃り落としてしまいたいほど嫌いだった。けれどそれは許されない。髪を切るのは罪人の証。貴族である人間がそんなことをすれば、家の名を傷つけてしまう。だからできるだけ見ないようにしていた。そうすることしかできなかった。

（綺麗、か。この髪が綺麗だとは……醜いとしか、思ったことはなかったのに）

今はそんなに悪い気分ではない。綺麗な髪だと、たった一言告げられただけであるというのに。まるで魔法のように、特別な力がある言葉だった。

「ああ、そうか。あの僧侶さまは……」

異世界から訪れる聖女は特別な魔法を使う。異世界から訪れた僧侶が特別な魔法を持っていたとしてもおかしくはない。ならば、あの言葉は魔法であったのだろう。純粋な好意だけに満たされた、優しい言葉は。

彼が特殊な能力を備えていることは報告するべき案件だと判断できる。しかし、それでも。

（報告など、してやるものか。このような僻地に追いやってそのまま死ねと命じておいて、力があるのが分かった瞬間に掌を返し、あの僧侶さまの力を利用しようとする輩がいないとは限らない）

そう思い、驚くほどに自分が少年に好意的になっていることに気づく。言葉の魔法の力だろうか。だが、そうだとしても構わない。

（初めて私を否定しなかった人だ。……私も彼を否定したくはない）

彼が望む限り、彼の手助けをしよう。聖女の愛は望めなくても、僧侶からの友愛は望めるかもしれない。初めての友人ならば、ここで出来るかもしれない。

（さて……彼の名前は……ジングウジ、マコト……だったか）

マコトさま。そう、言い慣れない名前を舌の上で転がして、食事をしているだろう少年の元へ向かった。

二章　受け入れること、受け入れられること

暫く リオネルと話した後は風呂に入り、寝直そうとしたがやはり眠れなかった。リオネルの素顔を見てしまったり、落ち込んだり、自分が持っているらしい力について少しだけ分かったりして、ちょっとした興奮状態にあったようだ。……昼から夜まで爆睡していたせいもあるかもしれない。

しかし翌日は虎の半刻、つまり朝五時に起きなくてはいけない。早く寝て、早く起きなければならないのだ。

そこで考えた。私に言葉の魔法があるならば、自分にも効果があるはずである。すぐに寝付くことと明日の起きる時間を自分に言い聞かせれば、その通りになるのではないかと。

「……虎の、半刻だ……」

目が覚めて時計を見れば虎の絵と真下を刺す刻針が目に入った。寝る前に宣言した時刻通りである。言葉の魔法があれば目覚まし要らずらしい。

(この使い方は少し間違ってる気もするけどね)

しかしこの時間に目が覚めなければならない理由がある。村人たちが早くから祈りに来るのだから、この教会の僧侶(そうりょ)である私は彼らのために動くべきだろう。

昨日(きのう)より一時間早く目を覚まして部屋を出たのだが、昨日と同じ廊下の曲がり角で黒い鎧(よろい)と出くわした。今日(きょう)はなんとか声を出さずにすんだものの、肩は思いっきり跳ね上がった。

昨日の夜は素顔を晒(さら)していた彼も今はまた顔の見えない全身鎧姿で、これを見ていると、昨日の出来事は夢か何かだったのではないかと思えてくる。

「お、おはようございます。あの……早いですね」

「おはようございます。……マコトさまが昨夜、半刻早く起きるとおっしゃっていましたので、護衛である私もそうするべきだと」

どうやらあれは夢ではなかったらしい。名前で呼ばれているし、話す時に妙に間が空かないし、声も前よりハッキリとしている。

私が魔法の制限で漏らしてしまった本音、そのたった一言でここまで変わるというのは不思議なものだ。それだけ彼の琴線に触れる言葉であったということだろうが――あんな言葉で本当に良かったのだろうか。

(元の世界の価値観なら悪い印象なんて絶対ないし本当に綺麗(きれい)なんですって、ちゃんと説明しなくていいのかな)

勝手に漏れた言葉なのでそんな思いが自分の中にあるのだ。しかし本気で褒めたら褒めたで大変な効果が出てしまいそうだしそれも躊躇われる。このジレンマは解消しようとせず抱えておくべきなのかもしれない。

そんなことを考えながら礼拝堂へ赴き、昨日と同じく鍵を開ける。続いて扉を開いたら村長のオルロが歩いてきているのが見えた。よかった、タイミングは完璧であったらしい。

「おはようございます、オルロさん」

「おはようございます、僧侶さま。今日も逸る気持ちを抑えられず来てしまいましたが……ありがとうございます。わたし共のために早く開けてくださったのですね」

「いえ、私は僧侶ですから。皆さんのお気持ちにはお応えしたいと」

私自身にこの世界の神に対する信仰心はない。それでも、その神を信じる彼らの気持ちは大事にしたい。……近くで神に真摯な彼らを見ているうちに、私の中にも似たような気持ちが生まれてくれないだろうか。

静かに祈るオルロの姿を眺めながら思う。彼らは生活の中で神からの恩恵をよく感じているのだろうか。感じられる生活なのだろうか。そうであるなら少し羨ましい。

日本では「自分は無宗教」と思っている人が増えている。それは神仏の存在を感じることができないからではないだろうか。科学の発展と共に神も仏も、妖怪なんて怪奇な存在も、希薄になっていった。宗教は現代の人々にとって、もう身近とは呼べないものである。

「僧侶さま、畑のことで何か分からないことはございませんでしたか？」

オルロが祈りを終えてこちらにやってきた。まだ彼以外の参拝者はいないので軽く話しても良いと判断したのだろう。

「今のところは。まだ種を蒔いたばかりですから」

「そうでございますか。本当に、何かありましたらいつでも頼ってくださいませ。僧侶さまの畑なら、さぞ大地の神さまのお力添えがあるでしょう。どのように立派な畑になるのかと、今から楽しみで」

なるほど。たしかに畑と向き合っていれば大地の神というものの存在を感じられるのかもしれない。この村の人々は一家に一台ならぬ、一家に一畑。大小の違いはあれど必ず畑を持っている。植物の成長を見ていると、元の世界とは違う不思議な力を見ることができるのだろうか。

(普通に植物が育つことを大地の神のご利益だと思ってるのかもしれないけど。水と太陽と空気、あとは土の栄養で植物が育つ、なんて考えはなさそう。全ての現象は神の力によるものだってここの人たちは思ってるから)

火も、水も、風も、土も、空も、全てに神がいる。八百万の神が存在するという、日本に昔からある土着宗教の考え方。この世界の宗教観はそれに似ていた。

そして魔法がある分、元の世界よりも人ではない何かがいるのではないかと思わせられる。ここで暮らしていれば私もいつか、神の恩恵に深く感謝できる日が来るのかもしれない。そう、遠くないうちに。

今日のオルロは軽く話をしたらすぐ帰っていった。そしてその後やってきた人々には、昨日よりも話しかけられることとなった。女性の割合がやや高かったものの、老若男女問わず実に様々な人たちが私に向かって一言声をかけてから、堂を去っていく。皆の明るく元気そうな表情を見ていると私も元気を貰えそうだ。

（これは健康観察みたいな役割もあるんだろうな、たぶん）

村人全員が朝の同じ時間帯に必ずやってくる。顔色を見てどこか悪そうなら話を聞き、症状に合った薬を渡し、そもそも来ない人間がいれば自宅を訪ねて様子を見にいく。そういうことができるよう、必ず地域住民全員の祈りを見届けるという仕事があるのかもしれない。

今日は誰も問題なさそうだった。オルロの話もあったことだし、まずは畑の薬草に水やりでもしに行こう。

そんな訳で畑にやってきたのだが、私は畑の様子が目に入ったところで足を止めてしまった。

……目の前の光景が予想外すぎて現実を受け入れられない。

「なにこれ……」

「……マコト様が昨日、種を蒔いた薬草ですね」

私の呟きに昨日までならなかった返事があった。それは喜ばしいことであるが、今はそれどころではない。

この畑は教会の真裏にある。教会は村の最奥に位置し、畑の奥には森が広がっていて、この畑は村人たちからは見えない。見えなくてよかった。

何故（なぜ）か昨日蒔いたばかりの種が芽を出すどころではない成長を遂げ、青々と茂りながら私の腰の高さまで伸びている。そもそもこれらの薬草はそこまで背の高いものではなく、伸びたとしてもせいぜい膝丈（ひざ）ほどにしかならないはずなのだ。正確に言えばその高さになる前に収穫するものである。理由は栽培に時間を要する植物であり、薬が必要になる度収穫していたら育ちきることがないから、だったはず。

「……はは……なにこれ……」

「……薬草かと」

許容オーバーで乾いた笑いを零（こぼ）しているだけなのにリオネルは律儀に返事をくれる。本当に真面目（まじめ）な人だ。

「……リオネルさん、薬草って一日で育つものでしたっけ。私の記憶では結構、時間がかかるものだと習った気がしたんですけど」

「ええ、おっしゃる通り薬草は時間のかかる植物です。これは……昨日貴方（あなた）さまが、変わった水を与えていたから……ではないでしょうか。……おそらく……きっと……」

顔が見えないリオネルだが、彼も困惑しているらしい。そのような雰囲気が見てとれる、というか言葉に表れている。

「あの水の枯れない水差しは、一体何だったのですか？」

「あれはですね……」

　私の魔力を水に変え、そして薬草に与えていたことを説明する。ついでに大きくなれやら美味しくなれやら口にしていたことも影響があるかもしれない。とそんな話をしている間、鎧でまったく見えないはずの目がどこか遠いところを見ているように思えたのは、気のせいだろうか。

　昨日の夜に彼の態度が軟化してからというもの、見えないはずの表情がなんとなく分かるようになった。いや、想像できるというべきか。素顔を見て、どのような表情をするのか知ったからかもしれない。

「……昨日、貴方さまが起きてこられなかった理由が分かりました。水の神に魔力を捧げ、神の力が籠った水を賜り、その後大地の神に魔力を捧げながらずっとこの畑を回っていたと……それだけ消耗していれば、回復のために眠るのは必然かと」

　この世界の魔法は特別な道具を介して神に魔力を奉納することで起こるもの。しかし聖女の場合は神によって異世界からつれてこられたせいか、そういった道具に頼らなくても神へ魔力を捧げられたらしい。ある者は舞で、ある者は刺繍をすることで――私は、言葉にすることで。

（……神様ってとんでもないな……）

　私が神の恩恵に感謝できる日が云々と考えてから一刻も経過していない。一日でこんな現象が起こってしまうなら、神の起こした奇跡としか言いようがない。こんなことが起こる世界で、神がいないと言い切るほうが難しい。……認識を改めろと神自身から言われている気分だ。

「貴方さまの言葉は直接神に届いてしまうからこそ、それだけで魔法となるのですね」

「……私、迂闊(うかつ)に喋(しゃべ)らない方がいいんじゃないかと思えてきました」

「……たしかに、そうかもしれません」

言葉が魔法になる。命令形の言葉は確実に。リオネルへの影響を考えれば人へ送る賛辞や、おそらく悪言もそうだ。他(ほか)にもあるかもしれない。

(普通に話すのにも気を張らないといけない。慣れるまではかなり、疲れそうだ)

僧侶というのは話す仕事でもある。私はこの村の人々に悩みがあれば、耳を傾けなければならない。真摯に彼らの気持ちと向き合い、相談に乗らなければならない。その時口にする言葉が、どのような影響を及ぼすのか分からない。……何か対策を練らねば。

「マコトさま。筆談という方法もございます。そこまで気を落とさないでくださいませ」

沈む私の空気を読み取ったリオネルが、元気付けるように言ってくれた。その言葉のおかげで思いついたことがある。パッと気分が明るくなった。

「リオネルさん、それです！　筆談形式の相談コーナーを設ければいいんです！」

「……相談こぉなぁ……で、ございますか」

「はい。文字なら口にしにくいことも、書きやすいのではないでしょうか。いいアイディアだと思うんです」

「……良い、あいであ……」

黒い鎧はゆったりと首を傾げていた。体は大きいのに動作がどことなく可愛い人である。そんな彼の様子からするとさすがに外来語まではこの世界に伝わっていないらしい。

それはともかく目標ができたので、やる気は充分だ。そうとなったら今日の作業も頑張る気になれる。

「さて、まずは薬草を収穫しますか」

「……お手伝いいたします」

昨日は見ていただけのリオネルも手伝ってくれるらしい。ありがたいことだ。

薬草の収穫は根元を残して葉や実を摘む。そうすればまた生えてくるからだ。種から育つまでの時間を短縮できるという目的もある。……時間に関してはすっとばせる方法を見つけてしまったが。

たった一日で大量の薬草が収穫できた。あとはこれらをそれぞれ干したり、水につけたり、適切な処理をして保存し、いつでも薬を作れるようにしておけばいい。

さて、最後に水遣りの仕事が残っている訳だが、私の魔力を奉納して作る水を与えるのはまた午後から動けなくなる可能性があるから、やめておくとして。

とりあえず一度、リオネルと二人で小川と畑を往復してみた。そっと鎧の方を見てみると、彼からも視線を感じる。おそらく考えていることは同じだろう。

(これで畑全部に水を遣るのは時間がかかりすぎる)

村人たちはどうやって畑に水を与えているのだろう。一度、どのようにしているのか見学させてもらうべきではないだろうか。

「マコトさま。他の方法を考えましょう」

「……そうですね。もういっそ、少しでいいからこの畑にだけザーッと雨が降ってくれればいいのに。なん……て……」

突然日が陰り、足元が暗くなった。まさかと空を見上げれば、晴天だったはずのそこに分厚い雲が存在している。次の瞬間、まさにザーっという音を立てて雨が降った。……畑にだけ。

「……ハハ……」

今度は空の神かはたまた雨の神か分からないが、私の魔力が奉納されたらしい。ちょっとした願望を口にするのも発動条件であるようだ。

神の姿は見えないがその存在だけははっきりと見せつけられた気分だ。ここにいるぞ、お前の声は聞いているぞと、何かが囁(ささや)いてくる気すら、してしまう。まるで脅迫でもされているようなな。……感謝だけではなく、恐怖もまた信仰ではあるけれど。日本の神にもいくつか、恐怖によって祀(まつ)られたものがあるくらいだし。

「貴方さまは本当に、途方もない方ですね」

小さく笑う音が聞こえて鎧の顔を見上げた。見えないけれどきっと、翡翠(ひすい)の目を柔らかく細

めて笑っているのだろう。

(……まあいいや。リオネルさん、楽しそうだし)

初日のどんよりとした雰囲気は明るくなり、俯き加減で丸まり気味だった背筋はまっすぐに伸びている。私の補佐についたことを嘆いているようにはもう見えない。そうであってくれたなら、嬉しい。彼が現在を楽しめているなら良い。私のせいで、自分の身を呪ってほしくはなかった。

「水遣り、毎日これでいいですかね?」

「村人に見つかると少々厄介なことになりますよ」

冗談っぽく笑いながら言ってみた。しかし彼は人指し指を立てると唇があるだろう場所に当て、そう言った。秘密だと示すジェスチャーである。

リオネルは真面目な性格だ。断られるだろうと思っていたし、私も本気ではなかったので「そうですよね」と返そうとしたのだが。

「人がいない時間帯にいたしましょう。それなら、問題ないかと」

彼はただ真面目で頭が固いという訳ではないようだ。ウインクでもしていそうな、明るい声でそう続けられた。……意外にも、彼には茶目っ気があるらしい。

その翌日。あれから大量の薬草を処理するだけで一日が終わってしまい、結局薬を作れなかった。今日こそは必要なストック分を作っておかねばならない。せっかく自分の薬草が育ったので、新鮮な素材で薬作りをしようと思う。

そして昨日決めた「文字を介した相談形式」についても、考えなければならないだろう。筆談型の相談形式にすると言っても色んな問題がある。

まず、識字率の確認。そして匿名性を重んじるべきか否か。できるだけいい形になるように考えたい。無論、村人たちの望む形でないならこの案は破棄するつもりだ。

しかしそういったものがこの世界の常識から考えてありえないことであるのかどうか、私だけでは分からない。こういう時は補佐役のリオネルを巻き込むものである。

「ここは元々貴族であった人間がいたこともありますので、他の地域よりは字の読み書きができる者が多いかと思いますが……全員とはいかないでしょうね」

「まずは字の普及が先ですか」

そうとなると時間がかかりそうだ。ただこの世界ではひらがな以外使われていないようなので、それを教えるくらいならそう難しくはないだろうと思う。私の「文字を覚えてほしい」という要望を、村人たちが受け入れてくれるかどうかは問題であるが。

「字を教える、って提案したら嫌がられますかね」

「いえ、聖女さまの世界から伝わった文字ですから。皆、覚えられるなら喜ぶでしょう」

この世界において聖女とは偉大な存在である。聖女から伝えられたものを積極的に取り入れながら文化が形成されているほどなのだから、聖女の言うことは絶対であると言っても過言ではないかもしれない。

　おかげで私もそこまで苦がなく生活できている。特に言葉と文字が同一なのがありがたい。

「じゃあ、ここで文字を教えるとして……これはまさに寺子屋、ですね」

「……テラコヤ……？」

　リオネルが不思議そうにしている。自分が寺生まれ寺育ちの僧侶であるのでついそういう発想になってしまったが、違った。ここは寺ではなく異世界の教会だ。残念ながら寺小屋とは言えない。

「……いや、寺じゃないですね。教会小屋……はやっぱり変だから、教会学校とでも言いますか。向こうの世界では昔、僧侶が学問を教えていたことがあるんですよ」

「ああ、なるほど。学舎（まなびや）のことですね。教会で学ぶのはたしかに、良い案かもしれません。知恵の神による加護も得やすいでしょうし……ただ、この村の生活に学ぶ時間を得られるほどの自由があるかは分かりませんが」

「あ……」

　大人は皆働いている。働かなければ生活ができないからだ。必要な物資を支援してもらえる私とは違って、村人たちは毎日懸命に働いているのだ。考えが足りていなかった。まるで恵まれた環境で育って現実を知らない箱入りの発想である。少し恥ずかしい。

「……向こうでも、学ぶのは子供が中心でした。時間があるから、でしょう」

子供は働く義務がなかった。だからこそ学校という場所で勉学に長い時間を費やせる。大人でも学べるのは時間とお金が確保できる者だけだ。この世界でもそれは同じである。いや、子供もただ遊んでいるだけではなく、家の手伝いをして働いているだろう。

何も見えていなかった。こんな状態ではいけない。私はもっと村人の生活に寄り添わなければいけない。

（今日は薬を作ったら村を見て回ろう。今日が無理なら明日でも……教会に引きこもってたら見えないことが多すぎる）

「ならば、まずは子供たちが文字を学ぶことができる状況であるのか。それを調べるところからいたしましょう。……子供から大人に伝わるかもしれませんし、伝わるような方法を考えれば良いのです」

「リオネルさん……！」

彼は全くもって良い補佐である。積極的に私を助けようとしてくれるので、かなりありがたい。こんな有能な男を左遷するなんてお上も馬鹿なことをしたものだ。おかげで私は助かっているけれども。

「しかし、まずはお仕事をされてください。僧侶さまのお役目に大事なものが、まったく足りていないようですので」

「……そ、そうですね。調合、してきます」

初日から作るべきであった薬類がまったく作れておらず、与えられた立派な薬棚はすっからかんと言って差し支えない有様である。リオネルに軽食やお茶を差し入れてもらいながら、一日中薬草と向き合うことになった。魔力の消耗も激しかったため、その夜は早くから気絶するように眠った。


（昨日無理した甲斐があった。今日こそ村の様子を見て回ろう）

薬は作ってから暫くは品質が保たれるので、効力が落ちる頃にまた新しいものを作ればいい。それまで本格的な調合はお休みである。忘れないためにも復習したり、少量の薬を作ったりはする予定ではあるけれど。

そういう訳で、本日はリオネルを伴って村の中を歩くことにした。目的は主に村人たちの生活の様子を見たり、子供たちがどのように過ごしているのかを確認したりすることだ。

（と言ってもこの村は子供が少ないんだよね）

少子高齢化、その言葉が当てはまる。ここは世間から隔離された村だ。外に出ることは許されず、新しく入ってくる者もほとんどいない。独り身のまま一生を終える者も当然いて、少しずつ人口が減っていき、いつかはなくなる村なのだ。……いつかは、なくなるように作られた村とも言える。

「マコトさま」

「あ、はい。何でしょう？」

「下を向いておいででしたので、危ないかと」

　考え事をすると俯いてしまうのは、私の悪い癖だ。リオネルにも心配を掛けてしまっただろうか。軽く謝ってから前を向き、しっかりと辺りを見る。女性が手を振っていれば、軽く振り返す。老人が頭を下げれば、私も下げ返す。老人以外の男性はほとんど村の中に見当たらない。魔獣猟のために森へ出ているのかもしれない。

（この時間帯は老人と女性と子供だけが村の中にいるってことか）

　この状態の村を襲われたらひとたまりもないなと不穏なことを考えてしまう。そういう危険はないのか護衛役である鎧騎士に尋ねてみたところ「ほとんどありえない」と返ってきた。

「森の中は魔獣や魔物がいる分、植物たちが宿す魔力も濃いのです。人が作る作物よりも豊富な餌（えさ）が森の中にはありますから」

「なるほど」

　日本でも山を下りて人里に現れる野生動物は、山の餌がなくなったから出てきたものが多い。住む場所に豊富な餌があるならば、わざわざ移動してまで少ない養分の餌を食べようとは思わないだろう。

　だからこそ若い男たちは安心して狩りに出かけられる。この村は世間から隠されているから、外から盗人のようなものがやってくることもない。それなら私もこの長閑な村の風景が壊されるかもしれないという不安に襲われる必要はなさそうだ。

(さて、そろそろ誰かに話を聞いてみようかな)

手頃な人物はいないかと視線を巡らせる。洗濯物を干す女性、畑を弄る麦わら帽子の老人、地面を熱心に見つめる少女。この中なら、少女に話しかけるのがいいかもしれない。

「こんにちは、何を見ているんですか?」

愛想よく笑いながら、彼女の近くにしゃがんで目線を合わせ、できるだけ優しい声で話しかけてみた。少女は驚いたように顔を上げ、私を見るとどこか照れたような笑みを浮かべる。

「あのね、ここにお花のタネをうえたの。はやく出てこないかなって思って。だいちの神さまが、お花にちからをくれて、大きくなるんでしょう?」

「そうですね。大地の神様のお力は貴女のお花もきっと、育ててくれるでしょう」

実体験であるのでその言葉は淀みなく口から出てきた。大地の神から力を与えられた植物は一日で急成長したり、大量に実ったりするのである。正直、私は大地の神とやらに対して親しみよりも恐怖に近いものを抱いているくらいだ。

「貴女のお名前を訊いてもいいですか?」

「うん! あのね、ルルっていうの。そうりょさまは?」

「私は真といいます。よろしくお願いしますね、ルルさん」

早速ルルという少女の話を聞いてみることにした。少し恥じらいながらも色々と質問に答えてくれる、素直で可愛い子供だ。つい私の頬も緩んでニコニコしてしまう。

そんな彼女の話によれば、文字は親に教わって少しだけ知っているらしい。でもまだ完璧ではないので、教会で私が教えるならば、喜んで学びに来てくれるという。

「あ、でも……こういうのは、おじいちゃんに聞かないと」

「おじいさん、ですか？」

「うん、おじいちゃんは色んなことをきめるの。おじいちゃーん!!」

パッと駆け出したルルは近くで農作業をしていた麦わら帽子の老人の元へ近づいていく。

色々なことを決める人ということは、つまり。そう思いながら麦わら帽子の人物を見てみれば、予想通りの顔がそこにあった。

（あの子はオルロさんの孫なのか）

今思い出してみれば、彼女が教会に来る時に一緒にいた父親らしき男性は、柔らかい顔付きがどこかオルロに似ていた。なるほどと納得しながら立ち上がり、私もオルロの元に行こうとしたのだが、歩き出してもリオネルがついてこないので振り返って首を傾げる。

「どうかしましたか？」

「……たしかに、彼女は成長すれば美しい娘になると思いますし、貴方さまの年齢を考えればよい年頃かもしれません」

「……えっと……何がです？」

ちょっとリオネルが何を言っているか分からない。というか、分かりたくない。

ルルは可愛らしい女の子である。少し垂れ目で綺麗な空色をした瞳が印象的で、濃い青色の髪も綺麗で、表情も明るく大事に育てられているのが分かる子供だ。小学校低学年くらいに見える幼い子。素直な子供は可愛いものであるが、ただそれだけで何の他意もある訳がない。私は女なのである。そして私は一体いくつに見られているのか。

（もしかして、男が女の子に声をかけるのは何か問題が……？）

私は一応、男と思われているのだ。この世界の常識的にまずいことだったのかとドキドキしながらリオネルの返答を待ったが、彼はなかなか返事をくれない。しばし無言の時が流れる。

「……今までで一番……柔らかい顔で笑っていらしたので……」

ぼそり、と呟くように言われたのはそのような内容であったのでほっとした。また裸足の時のように「嫁にしなくてはいけない」的なルールがあるのかと思ってしまったが、そうではないらしい。

「子供は可愛いじゃないですか。それだけですよ」

「……そうですか」

何故だろう、あまり納得していないように見えるのは。貴方さまも子供です、とでも言いたいのか。いや、少し元気がないように見えるから別のことを気にしているのかもしれない。

じっと見つめていると、黒い鎧から観念したように声が漏れてきた。

「貴方さまもやはり、柔らかい顔立ちがお好きなのですか？」

そういえば彼は前にもそんなことを言っていた。私の髪色の他に、柔らかい顔立ちが羨ましいと。柔らかいというか、垂れ目で少し抜けたような顔をしているだけなのだが。

この世界ではこういう目が好かれる、ということだろうか。リオネルは少しつり目気味だったから、それを気にしているのかもしれない。

(容姿に相当なコンプレックスがあるんだもんな、リオネルさんは)

こればかりは根深い問題である。彼は自分の容姿を否定され続けてきたのだ。この世界の美的感覚で美少女に該当するルルを見て、思うところがあったのかもしれない。黒い鎧がどんよりとした空気を纏って、さらに暗い色に見える気がする。

「私はどちらかといえば少し鋭いくらいが好きですね」

大きな猫目の女優さんが羨ましかった時期もあったくらいだ。この世界で垂れ目がもてはやされているとしても、私の美的感覚が簡単に変わるものではない。私の感覚でいえばリオネルはたいへん美形である。

(元の世界に生まれたらリオネルさんは幸せだったかもしれないな)

さぞモテることであろう。街を歩くだけで人の目を集めたに違いない。聖女の傍にいたならば、彼がその愛を掻っ攫うことは大いにあり得た。それを考えれば、リオネルに万に一つも聖女を渡したくないと左遷した誰かの思惑は当たっていたともいえる。

　ところで、顔が見えないはずの鎧の背後に漫画なら花が咲いていそうな空気が流れているのは気のせいだろうか。何故鎧なのに感情が分かりやすいのだろうか、この人は。

「僧侶さま、教会で文字を教えられるとルルから聞きましたが……」

　こちらから向かおうと思っていたのに、リオネルと立ち話をしている間にオルロ自身がやってきてしまった。申し訳なく思いつつも学校をやってみようかと思っていることを話す。

　良い案だと村長からのお墨付きもいただいたので、彼の畑仕事が終わったら詳しい内容を話し合おうと決めた時だった。

「大変だ!!　魔物が出て、ロランが大怪我を……!!」

　和やかだった雰囲気はガラリと一変した。ロランという名を聞いた途端に顔色を変えたオルロとルルを見れば、それが彼らの関係者であることは想像できる。

　平穏とは、破られるものであるらしい。

「重傷者をこちらへ！　そっと寝かせてください！」

　怪我人や病人が発生すれば、教会は診療所へと早代わりする。祈りの場である礼拝堂の椅子を全て端に寄せ、広くなった堂の中には怪我人が運び込まれた。

　軽傷者多数。重傷者は一名。大怪我をしたのは村長オルロの息子であり、ルルの父親。ロランと呼ばれる男性は、脇腹を何かで抉られたようでずたぼろの肉が見えている。大量の血も失っているのか、真っ白な顔に苦悶の表情を浮かべていた。

それを目にして気を失わなかった自分を褒めてやりたい。充満する鉄臭さに胃の中のものが逆流しそうだが、堪えながら昨日作ったばかりの傷薬が入った瓶を運び出す。

新鮮な魔法薬なので、私の腕が悪くてもそれなりの効果は見込めるはずである。

「自分で飲める人はこれを飲んでください。傷薬です」

数の多い軽傷者は自力で動けるため薬は各自で使ってもらえばいい。問題は、意識があるかどうかすら怪しいロランの方だ。

私が今回作ったのは液状、飲むタイプの傷薬だけ。軟膏の薬は練習しながら今後作る予定だった。でも呼吸すら浅い彼が今これを飲める状態だろうか。いや、軟膏の傷薬があったとしても、この傷に塗り込むのはかなりの苦痛であろう。

（……傷口にかけてみるしか）

液体タイプと軟膏タイプの薬に使う薬草の種類に違いはない。最終的な形を液体にするか軟膏にするかの違いで、それぞれ薬草の割合と手順が変わるだけ。効力の違いはあったとしてもまったく効果がない、なんてことはないはず。

迷っている暇はない。瓶のふたを開け、血を流し続ける腹部に向かって振りかけた。傷口に与えられた刺激でロランからうめき声が漏れる。それに申し訳なさを感じるが、軟膏を塗り込むよりはマシだろう。

魔法薬の掛けられた傷口はゆっくりと修復を始めている。だが、働きが鈍い。やはり本来の使い方でないと効果が薄いのだ。このままでは傷が治りきる前に血が足りなくなってしまう。

「治れ、治れ……！」

途端、見る見るうちに傷口が塞がっていく。流れる血も止まり、失った血まで再生されたのか真っ白だった顔に赤みが戻った。……怪我を治してくれる神様もいるらしい。ここが多種多様な神が存在する世界でよかった。私の言葉も受け取る相手がいなければ魔法にはならないはずである。

「ここ、は……」

硬く閉じられていた瞼が震え、ゆっくりと開いていく。娘と同じ空色の瞳は暫くぼんやりと泳いでいたが、覗き込む私を捉えると驚いたように目が見開かれた。意識も無事、回復したようだ。

彼を心配して様子を窺っていた村人たちが私の背後で歓声を上げているのが聞こえる。でもどこか、遠い出来事のように思えた。頭がぼんやりとしていて、聞こえているはずなのによく分からない。

「ここは教会です。ご無事でなにより……まだ傷薬は残っているはずですから、念のため飲んでおいてください。他の皆さんの傷は、どうですか？」

「もうすっかりいいですよ。僧侶さまの薬のおかげです」

振り返れば、笑っているであろう村人の顔が見える。泣き笑いのような顔になっているのは、オルロだろうか。その足元にすがりつく子供が、ルルだろうか。ああ駄目だ、頭がすっきりしないのでよく分からない。見えているのに、頭に入ってこない。

「一度、外の空気を吸ってきます。何かありましたらすぐに呼んでください」

「ええ、分かりました。皆、一晩はここで安静に過ごします」

明るい声の村人たちを置いて正面の大扉を開け、外に出た。締め切っていた堂の空気を入れ替えるように、風が吹き込んでくる。堂に入りきらず外で待っていた村人たちも風と共に駆け込んできた。扉を開け放ったまま、私は人のいない場所を探して歩き出す。

薬草畑ならどうだろう。呼ばれたらいつでも戻れるが、今は誰もいないはずだ。教会の側面に回り、裏の畑まで行こうとしたのだが途中でふらついて体が後ろに傾いていく。しかし背後の壁にぶつかったおかげで倒れることはなかった。……後ろに壁なんてあっただろうか。

「……お顔の色がよろしくないようです。お部屋に戻られなくてよろしいのですか？」

「……ああ、リオネルさんか……」

彼は私の護衛だ。私が外に出たのだから、付いてくるのが当たり前。むしろすぐ後ろを歩く彼に何故気づかなかったのだろう。意識がはっきりしていないにも程がある。

「……たくさん血を、見たからでしょうか。ちょっと、頭がぼんやりして……」

まるで現実味がない。ホラー映画でくらいしか、あのように大量の血を見たことはなかった。

作り物だと分かっているものを映像で見るのは平気だったのに。

鼻の奥にあの鉄臭さがこびりついてしまったように、残っている。外の空気を吸っているはずなのに、いまだに胃の方からすっぱいものがこみ上げてきそうな気持ちの悪さも感じている。

「すみません、少し一人にして、ほしいんです……」

この気持ちの悪さが去るまで、一人でいたい。これを堪え切れない可能性だってある。人前で無様な姿は晒(さら)したくないのだ。

「分かりました。畑の方へ向かわれる予定だったのでしょう？　私はここで待機しております」

「……ありがとうございます」

彼は私の護衛だ。私から目を離せるのは、基本的には魔法でしっかり施錠された家の中だけである。すぐそこの角を曲がった先とはいえ、一人にしてくれるのだからありがたい。

その場で立ったまま動かないリオネルを置いて教会側面の壁の終わりである角を曲がった。

太陽はまだ高い位置にあり、晴れた空に輝いているが私の心は晴れない。一人になった途端に力が抜けて、壁に背中を預けながら座り込んだ。力の入らない手を持ち上げて見れば、細かく震えている。

（……怖かった、のか。怖かったんだろうな）

女性は男性より血に耐性があるというが、それでも限度があるだろう。

治療するのは僧侶である私の役目。だからこそよく見えるようにと服を剥ぎ取られた状態で、肉が裂けている真新しい傷口を目の前にして、ずっと平和な日本で暮らしてきた私が平然としていられるはずがない。

正直、自分でも先ほどまで何をやっていたかよく覚えてないほどだ。ただ、手の震えは止まらず、血のにおいがずっとこびりついていて、気を抜けば胃がひっくり返りそうになる。

「……大丈夫、私は大丈夫……すぐ落ち着く」

そう呟くだけで、スッと体が楽になっていく。手の震えも、血のにおいも、気分の悪さも、すぐに遠のいて消えてしまう。……魔法は便利だ。すっかり頼り切っている。

(神様のような存在に頼りすぎるのはよくない。のは、分かってるつもりなんだけど……)

この世界の神は応えてくれる。脅しをかけられたような気もして恐怖を抱くと同時に、その強大な力に縋りたくなってしまうから、危険だ。依存してしまいそうになる。

(神の力は大きすぎて、怖いものだからこそ……頼りすぎてはいけない)

畏怖、いや畏敬と呼ぶべきか。畏れ、敬う尊きもの。決して頼りすぎてはならない。人の身には余る存在だ。感謝や敬意を払いつつ、畏れも忘れず距離を保つのが正しい姿だろう。

(……うん、気持ちも結構回復してきた。神様ありがとう)

私の精神を回復してくれたのが何の神かは知らないが、感謝をしておく。本当に多種多様な神がいる世界だ。もしかすると願う者が一人でもいれば、この世には神が生まれるのかもしれない。

　現代日本における神とは、もうほとんど希薄な存在だ。あちらでは信じる者が減る一方だから、神がいたとしてもその数を減らしていくだろう。人の信仰がなければ神もまた、人の世に存在し得ないのではないだろうか。人間と神は離れているようで、深い関係にあるのだと思う。

　しかし今私がいるのは神が消えつつある日本ではなく、数多の神が生きる異世界である。私はこの世界の神に従って生きるしかないのだ。……この世界の僧侶として。

（……薬、また作らないと、だな。軟膏も挑戦して……あと、もっと効果が高い傷薬もあったはずだから、そっちを作る練習もしなくちゃいけない）

　太陽に照らされて輝く緑の薬草群を眺めながら、思う。この世界には魔物、魔獣といった危険生物が存在する。怪我は隣り合わせで、大怪我を治せる傷薬は必需品だ。先ほどのような重傷者がしょっちゅう出るなら、時間も人員も必要な人間の医療技術よりも、一瞬で傷を治す魔法医療技術が発達するのは頷ける。一人の僧侶が薬を作れば、何十人も一度に治すことが可能だ。

　私のように医療知識のない人間でも特別な薬が作れるのだから、適性さえあれば誰にでもできる仕事なのだろう。それなら医者を育てるより時間も手間もかからず、効率がいい。

（私も作った薬を国に納品した方がいいのかな）

　この国は僧侶不足だと言っていた。それはつまり、薬が足りていないということ。魔物、魔獣が増えすぎて手が回らないのだろう。

私のような新米の薬に需要があるかはともかくとして、リオネルに尋ねてみるべきだろうか。

(あ、そうだ。リオネルさんを待たせちゃいけないな)

見えない位置だがすぐ近くで待機してくれているはずだ。もう気分は良くなったし、これ以上待たせるのは悪い。

立ち上がって軽く伸びをし、教会に戻ろうとした時だった。ガサリと何か大きなものが草木に分け入るような音がして目を向ける。

「な……」

何が、そう声に出そうとして、言葉と共に息を呑んだ。全身をどす黒い赤、いや赤紫というべき針金のような毛に覆われた四足歩行の生物。額から生える黒い角は禍々しく、鋭い先端は何かで汚れているように見えた。

それが、薬草畑の向こうに広がる森から顔を出したのだ。濁った黄色の目は、獲物を定めるように私を見て、瞳孔を広げている。

――魔獣。いや、魔物か。

どちらにせよ、それはこの世界で私が初めて見る怪物だった。

(あの角の汚れ……血……?)

心臓がうるさい。その化け物から目を離せない。呼吸が上手くできずに、胸が苦しい。先ほどまで見ていた、魔物に抉られたというロランの傷を思い出す。もしかして、この怪物が〝そう〟なのではないだろうか。

足が地面に縫い付けられたかのように、動かない。背を向ければ、すぐにでも襲い掛かってくるだろう。この魔物はどれほどの速さで走るのだろうか。リオネルに助けを求めて、間に合うのか。彼にとってもこの存在は危険ではないのか。

思考が頭を巡る。長い時間のように感じるけれど、恐らく数秒のこと。魔物が立ち止まって私を観察する時間が、そう長いはずはない。一度、グッと頭を下げて飛び出そうとする魔物の動作が、やけにゆっくりと、そしてハッキリと見えた。

「来るな!!」

そう叫んだのは無意識、反射だった。魔物はビクリと体を震わせ、突撃しようとする体勢のまま固まる。そして視界の端を黒いものが一瞬、横切った。

魔物は一閃のもとに斬り捨てられ地に伏す。見慣れた鎧姿の背を目にして、先ほどの黒は私の声を聞いて飛び出してきたリオネルだったのだとようやく理解した。

「ご無事ですか!」

切羽詰まったようなリオネルの声は初めて聞いた。駆け寄ってくる鎧の姿が目に入るが、返事をする気力もなく、力が抜けてその場にへたり込んでしまう。心臓はまだバクバクと音をたてているし、いつの間にか拳を握り締めていたらしい手は真っ白で、爪が食い込んだ跡が残っている。けれど、無傷だ。

　私の前にしゃがみ込んだリオネルが私の状態を確認しようと手を伸ばしてきたので、片手を上げることで制した。震えていてあまり力の入らない手であるが、その鈍い動作でも止まってくれた。……下手（へた）に触られて性別がばれたら困る。

「怪我は、してません。大丈夫、です」

　声も少し震えている。一度は収まった震えだったのに、あの魔物のせいだ。この世界に来て、さっきが一番怖かった。死ぬかもしれないと思った。

　ここら一帯は安全な場所だと思っていたのに、まさかあんなものが出てくるなんて。たとえるなら家の中で寛（くつろ）いでいたら突然壁を壊して人食い虎が飛び込んできたような、そんな衝撃と恐怖だった。

「……申し訳ありません。離れるべきではありませんでした」

　彼の鎧に包まれた手が、上げたままだった私の左手をそっと握った。手を覆う防具と言っても掌（てのひら）側は柔らかい布であるらしい。ほんのりと温かい、大きな手に包まれると少しだけ震えが収まったように思えた。この手が剣を握って、私を助けてくれたのだ。

「離れてほしいと言ったのは私です。リオネルさんが謝ることでは、ないと思います。貴方のおかげで……無傷、ですし」

　護衛としてついてこようとしたリオネルを止めたのは私だ。任務を全（まっと）うしようとした彼を止めたのは、私なのだ。自分で安全装置を外した人間が事故に遭ったとして、自分で外せる仕組みの安全装置が問題であると騒ぐのはおかしなことだと子供でも分かるだろう。責任転嫁も甚だしい。

　私自身がたかを括って、己で危険に飛び込んだのだ。危険な魔物が出たという話も聞いて、実際にその被害も見たのに。自分の前には現れないだろうとどこかで思っていたのだ。

　それに、もし私に何かあったら差別を受けているリオネルの立場はどうなっていただろう。私の言葉が原因であったのに、もしかしたらその言葉には魔法の力もあってその場に残るしかできなかったのに、責任を取らされて酷い目に遭わされることだってあり得た。

　平和な日本に浸かりすぎて、危機管理能力も考えも足りなかった。責任があるとするならば私自身にあるはずだ。

「けれど、それでも離れるべきではなかった。今回は間に合いましたが……そうでなかったらと思うと、私は……」

　それは己の行動を責めているような声だった。私が見えない位置にいたとしても、すぐ傍で待機していたからこそあんなに早く飛び出してこられたのだ。そして即座に危険な魔物を排除して、私は無傷で済んでいる。護衛としての仕事はしっかり果たしていると思う。

　それでもリオネルが私から目を離してしまったことを悔いてしまうのは、根が真面目だからだろう。顔は見えずとも黒鎧は落ち込んでいるように見えて仕方がない。もしかすると護衛失格だと自責の念に囚われているのかもしれない。……あの夜の私のように。

「私はリオネルさんに護ってもらいましたよ。おかげでどこも痛くありません。それから、手を握ってもらって震えも止まりました。……本当に、ありがとうございます。貴方は間違いなく、私にとって最高の護衛で、最高の補佐ですよ」

心からの笑顔を向けてそう言った。私はリオネルが自分の補佐として来てくれたことに、感謝している。初めは顔が見えず声も暗く、分厚い壁を感じる態度で、仲良くなれるかどうかも分からない人だと思っていた。

でも今は違う。とても真面目で、自分の容姿に自信がなくて鎧に隠れてしまう臆病さがあって、でも感情は結構分かりやすくて、私を一生懸命支えたり護ろうとしたりしてくれる、私がこの世で一番頼れる人だ。

私が彼に返せるようなものはほとんどない。だからせめて、私の言葉が彼の薬になるように。

「……ありがとうございます、マコトさま」

「いいえ、私こそ」

あの夜とは逆だ。でもきっと鎧の中ではあの夜と同じように笑ってくれているだろう。そうであったらいいと願った。

それから数分後。もうずいぶんと落ち着いたのでそろそろ礼拝堂へ戻ろうと、握ったままだったリオネルの手を借りながら立ち上がった。無意識だったがずっと握っていたらしい。

（子供みたいだと思われたかな……）

そもそも変声期前の少年だと思われているようなので、実際子供扱いなのだろう。立派な大人の男の手を、震えているからといって同じ大人の男が握るとは思えない。

自分がどういう見方をされているのか、訊いてみたことはないから実際のところは分からないのだ。もし尋ねた後、本当はどうなのですかと訊き返されたら答えに窮するだろうから。

「今後の外出時は片時も目を離さぬようにいたします。……できることなら同室で寝泊まりして護衛させていただきたいほどです」

過保護すぎる発言である。そして私としてはとても困る話である。

男と思われているが故の発言だろうが、私は女だ。衣を脱いで着替える姿を見られればいくら凹凸（おうとつ）が少なくともさすがに分かってしまうだろう。むしろ分かってもらえないと悲しすぎる。ショックで立ちなおれなくなってしまいそうだ。

自然にそれはやめるべきだと伝えるには、どうするべきか。やはり、この世界的価値観に頼るしかない。

「リオネルさん。向こうの世界はですね、家の中を裸足で過ごすのが結構当たり前だったんです。私も部屋に一人の時は裸足で過ごしているので……」

鎧がショックを受けて固まっているように見える。それほど衝撃的な事実であったらしい。

元の世界でいうなら、家の中では全裸で過ごしていると暴露したようなものだろうか。この世界の大地の神の存在は私ももう疑ってはいない。恐ろしさすら感じる神を、素足で踏もうとは思わない。しかしそういう習慣の中でいつしか生まれた「裸足を他人に見せるのは恥ずかしい」という感覚までは育っていないのだ。

リオネルに裸足を見られてしまったあの日以降も、誰もいないならとやっぱり裸足で過ごしている。もちろん、訪ね人があればちゃんと足袋をはいて隠すくらいの常識は持っているが。

「……それは……わかりました。部屋を近くに移すだけに留めようと思います」

彼は私の補佐として一部家政婦のような仕事も請け負ってくれているが、元々は高貴な生まれ。貴族社会から差別されていたとしても、貴族の常識の中で育っている。つまり部屋の中では全裸で寛いでいるに等しい、部屋の中で裸足だなんていう人間と共に過ごすなんてことは到底考えられないだろう。

しかしそれでも、部屋を近くに移すのは決定事項であるようだ。家の中にはまだいくつも空き部屋があり、私の部屋の両隣は仕事関連の部屋にしてしまっているが、その隣はまだ空室だ。そこに引っ越すつもりらしい。

（最初は、私が嫌いだったって言ってたもんなぁ）

現在の彼の私室は私の部屋から最も遠い場所にある。嫌いだから離れた、そういうことだろう。それが今度は私を護衛するために近くに来るというのだから、短期間で随分と変わったものだ。

そう思いながら礼拝堂に戻ろうと歩き出し、ふとひとつ気になることを思い出し振り返る。すると思ったより近く、ほんの数センチの真後ろに黒い鎧があって驚いた。

離れるのが危険だと思うのは分かるのだが、近すぎやしないだろうか。……それほど心配をかけてしまったということであろうし、それについては何も言えない。

「あの、一つ訊いてもいいですか？」

「はい、なんでしょう」

「あの魔獣……魔物？　は、どうするんですか？」

畑の向こう側にはリオネルに斬られた魔物が転がっている。できるだけ見ないようにしているが、ファンタジーゲームのように消えてなくなるということはないようだ。横たわってもなお異様な存在感を放っている。

「あれは魔物ですね、魔獣には角がありませんので」

魔物は元々魔獣であったもの。しかし、魔獣が増えすぎるとその中から進化するものが出てくる。それらは全て角を持ち、獰猛（どうもう）であるという。魔獣は現世で言えばライオンや熊（くま）のような生態系の上位にある野生動物であり、魔物はそういう動物が進化し更に危険になったものという認識でいいだろう。前者は村人でも日常的に狩ることができ、後者は村人だけで狩るなら入念な準備が必要となる。そして自分たちで手に負えない場合、国から魔物討伐専門の人員を送ってもらわねばならない。

この世間から隠された村では、派遣できる人員も限られている。できるだけ魔物が発生しないよう男たちは毎日魔獣を狩り、その数を減らす努力をしているのだ。

「それから魔獣より魔物の方が美味です。自然の魔力を豊富に食しているからでしょうか」

「……美味ってことは」

「ええ。村人たちに伝えれば、喜んでくれるでしょう」

つまり、ご馳走であるらしい。礼拝堂に戻って村人に伝えたら、数人がかりで喜びながら回収に向かっていった。その夜は宴のような騒ぎになったのである。

そして、私は一つの試練を与えられた。……未知の物を口にするという、試練を。

この世界の夜は明るい。元の世界なら太陽が地平に隠れた頃の薄暗さで、それが夜明けまで続く。そんな中で巨大な鍋を煮込むための火を焚けば、暗さなどまったく感じられないほどである。

村の広場には簡易なテーブルと椅子が並べられ宴会場が出来上がっていた。青空、いや星空食堂というべきだろうか。そんな広場で宴が開かれようとしている最中、私は空虚な笑みを浮かべ、メイン食材をふんだんに使った汁物を煮ている鍋を眺めていた。

（僧侶なので肉食をしません、なんて言い訳は通らない。そもそも私は嘘がつけないし……）

殺生と肉食は現代のほとんどの僧侶にとっては当たり前のことになっている。無論、無用な殺生は許されるものではないが無殺生を貫いてもいないのだ。私もその例に漏れない。

（現代社会で人間として生活してて無殺生っていうのは無理があるしね……）

　私たちは数多の野生生物の犠牲の上に今の暮らしを得ている。先人の努力と苦労とたくさんの命のおかげで今の生活がある訳で。何も奪いたくないなら、山奥に籠り霞を食べて生きる仙人にでもなるしかない。

　生きるために何かしらの命を頂いているのが人間だ。そうしなければ生きられないからこそ、自分の命もまた大事にしなければならない。命を無駄に消費することだけは、してはいけないと思う。

（いかに色がグロテスクとはいえ、これもまた命……残すなんてことは僧侶として……）

　リオネルに倒された魔物。その毒々しい紫色の肉が今まさに、私の椀に注がれた。実に禍々しい気配を放っている。しかし村人たちは大喜びで汁物を食べているのだから、それに水を差すような真似はできない。私は引きつりそうになる頬を堪えながら笑みを貼り付けるしかないのである。

「大地の神よ、自然の神々よ、全ての神々よ。その慈悲深き御心の恵みに深き感謝を。尊き魂が迷いなく神々の元へ辿りつけるよう、祈り奉る」

　村人が口にしているそれがこの世界の食前の言葉である。私もそれにならい、同じ言葉を口にした。これで魔物の魂は間違いなく神の元へ行けるだろう。

この世で命を落とすと魂は肉体から抜け出して神の元に導かれる。たいていの生き物は土に還るので大地の神の元へ行くが、人の場合は行き先を葬送の仕方で選ぶ。土葬されれば大地の神の元に、火葬されれば火の神の元に、という具合だ。

それがこの世界の考え方であり、彼らがずっとそう信じてきたならば、魂はそういう在り方をするのだろう。世界のルールがそう作られている、と言ってもいいかもしれない。そして神の元で暫く休んだ魂は、また肉体を得たくなったら新しい命として生まれてくるという。

(生まれ変わりとかあるのかな。向こうでも輪廻転生って考えはあったけど)

ちなみに仏教では輪廻転生から離れるのが目的なので、魂の循環は歓迎されない。しかしこの世界の人々はそれとは違い、輪廻転生することをありがたく思っているらしい。

この魔物の魂もいつか地上に戻ってくる時が来たら、次は魔物以外のものに生まれるのだろうか。私ならこういう色の肉体を持ったものには生まれたくないのでそう考えてしまう。

(……考え事をして逃避するのはそろそろやめたほうがいい。皆美味しそうに食べてるんだし、美味しいはずだ。美味しいはず……)

異世界人でも味覚の違いはそんなにないはずである。リオネルの料理は問題なく美味しいのだから。紫の肉がごろごろと入った椀を前に、手を合わせた。食前の言葉は口にしたものの、やはり「いただきます」と言わなければ落ち着かない。

「……い……いただき、ます」

覚悟を決めて、震える箸先で弾力のある肉をつまんだ。こういうのは躊躇ったらいつまでも口にできない。目を瞑って一気に口の中まで運ぶ。

まず舌の上に広がるのは味噌の風味である。聖女から持ち込まれた知識なのか、この世界にも味噌や醤油が存在するのだ。慣れ親しんだその味わいにほっとしながら、噛まねば飲み込めないサイズの肉片を噛み締めた。

「……！」

思わず目を見開いた。想像より、遥かに美味しい。歯ごたえはあるのに噛めば繊維が崩れるように柔らかくなり、噛むほどに甘みと旨みを内包した肉汁が溢れてくる。臭みもなく、味噌と反発しない優しい風味が広がっていく。似ている料理をあげるなら豚汁だがこちらの方が肉の風味が格段に良い。

（色はこんなに……ポイズンクッキングって感じなのに……）

これは確かにご馳走だ。見た目がどうであれ、美味しいと分かれば喜んで食べられるのが人間というもの。しかも食べているだけで体の調子がいいような、力が湧いてくるような、不思議な感覚を得られる。

実のところ、先ほどまで虫の幼虫を喜んで食べる部族の中でその虫を振舞われているような心境だった。しかし日本にだってウニやらイカやらタコやら、外国人からすれば理解できないと思われている食べ物がある。異文化というものは、実際に体験してみなければ理解できない

のだと実感した。

　ちなみにリオネルは兜部分を脱がないと食べられないので、一切料理を口にせず私の正面に座っている。皆には護衛の任務中であるためだと説明してあるので、彼の分は先に取り分けて家の方に持ち帰らせてもらった。皆が美味しそうに食べている中自分だけ食べられなくて辛いのではないか、と思うのだが様子を見る限りは楽しそうにしている。

　美味しいのですぐにぺろりと一椀を平らげてしまった。おかわり自由の魔物鍋だ。もう一杯貰おうかと考えていたら私の元へ向かってくる人影が見えた。立ち上がるのをやめ、その場で待つことにする。リオネルもそれに気づいたのか席を立ち、私の背後に回った。

「僧侶さま、お礼を申し上げたくて参りました」

　オルロとその息子ロラン、そしてルルの三世代家族である。それぞれの奥さんの姿は、見えない。それについては深く考えないことにした。……人は、思ったよりもあっけなく、早く。亡くなるものだから。

「この度は命を救っていただき、まことにありがとうございます」

「いえ、私は僧侶として当然のことをしただけで……本当に、ロランさんが無事でよかったと思います」

　まだ全種類の薬を作ったこともない、一人前とは呼べない僧侶だ。それでも私は他人の命を預けられる立場にある。自分の薬で彼の命を救えたことで自信とまではいえずとも、なんとかやっていけそうだという気持ちは抱くことができた。助けられて良かったと、心底思っている。

「傷を受けた時はもう、駄目かと……本当にありがとうございました」

「そうりょさま、お父さんを助けてくれてありがとう！」

「どう、いたしまして」

人にここまで感謝をされたのは初めてかもしれない。嬉しいのに、でもどこか泣きたくなるような。胸が詰まって上手く言葉が出てこない。

ここは異世界で、私はこの世界に突然紛れ込んでしまった異物だ。世界に望まれて呼ばれたのは聖女であり、私ではなかった。この国の偉い人たちも最初は困惑していて、でも呼んでしまったものは仕方ないと快く援助してくれた。リオネルも初めはしぶしぶ受け入れた護衛と補佐だったけれど、打ち解け始めてからは積極的に助けてくれるようになった。

それでも「私は本当にここに必要なのか」とどこかで思っていた。居場所などないのに、無理やり入り込んでしまったかのような感覚。ありもしない役割を力ずくで作ってもらったようで申し訳なさがあった。

だからこの世界の僧侶になろうと必死だったのだと思う。自分の居場所を作ろうと、ここに馴染もうとして。

（……私は、ここにいていいんだな）

三人の顔を見れば分かる。私が異世界人だとは知らない彼らだが、素性など詳しく知らなくても、私を必要としてくれている。それだけは、この笑顔を見れば分かるのだ。

私を必要としてくれる彼らのためにもこの世界の僧侶になろう。彼らの役に立てるよう、努力しよう。ここに己を根付かせて、生きていこう。そう思うことができた。

「目が覚めた時に僧侶さまのお顔を見た時は、ついに母なる大地の神の元に召されたのかと思いました。大地の神様は美しい女神さまであるといいますから……まあ、黒服を着てらっしゃったのですぐ男性だと気づいたのですが」

「……ハハハ」

穏やかな笑顔で、おそらく冗談のつもりなのだろう。ロランが口にした言葉には笑って返すしかなかった。

ついでに私が男だと思われる原因がもう一つ解明した。どうやら黒い服というのは男性が着るものであるらしい。そういえば女性が黒い服を着ているのは見かけない。図らずも男装状態になっていたようだ。

「ロラン、冗談がすぎる。僧侶には男しかなれぬと定められているだろう。立派な僧侶さまであるお方に失礼だぞ」

「うっすみませんお父さん……僧侶さま、大変失礼いたしました」

「いえ、失礼とは思いませんので」

そもそも私は女である。女に間違われるというのは失礼ではない。……内心冷や汗ダラダラではあるが。ばれてないだろうか、後ろの護衛に。

しかしなるほど、この国の僧侶は「男」と決まっているらしい。異世界から現れた「僧侶」で「男の格好」をしていて「男の髪型」であり「変声期のような声」をしていた私を初めて見た人々が、総合的に私を「男」だと判断するのはおかしなことではなかったということだ。

女顔の少年だとそう思われたのだろう。こちらの常識では、私の姿形は女としてあり得なかったのだ。決して私の顔が男っぽいとか、私の体に凹凸が足りないとか、そういう理由ではなかったのである。

（……ん？　何か……引っかかるような……）

「ところで僧侶さま。魔物を回収する際に畑を見たのですが、たった数日であんなに薬草が育つなんて、一体何をなされたのですか？　畑には水を引く管も設置されておりませんでしたが……」

何かを考え始めたはずの私の頭は一瞬で切り替わった。何と言い訳するべきか、私は今日一日で働き過ぎの表情筋を総動員して、またもや笑顔を貼り付けたのであった。

私が言葉の魔法を扱うことを村人たちに教える訳にはいかない。特殊な魔法は異世界人である証だ。これは本当に知られてはならない秘密であるが、私は嘘を言葉にできない。どう答えれば嘘にならず、オルロを納得させることができるのだろうか。

「やはり、僧侶さまの信仰心がなせる業でしょうか。僧侶さまの新たな門出に、神々は多くの恩恵をくださったのですよ」

「おお……」

まさかリオネルが声を発するとは思っていなかったので、崩れそうになる表情を堪えた。オルロたちが驚いているのはリオネルの言葉になのか、それとも普段まったく話そうとしない鎧から声が発せられたからなのか。その両方かもしれない。

(私が嘘をつくことができないから、代わりに話してくれてるんだろうな)

心の中で感謝した。宴が終わったら直接お礼を言わせてもらおう。そしてリオネルに話し続けさせるのは申し訳ないので自然に話題を逸らさせてもらうとしよう。

「オルロさん、畑に水を引くやり方を聞かせてもらえますか?」

「ああ、勿論です。けれど作業は私どもでやりましょう。僧侶さまはこれからまた、薬を作らねばならないでしょうから」

ありがたい申し出だ。無論、断る理由はない。村人にばれないようこっそり魔法を使って雨を降らせるのはスリル満点なのである。そして私はスリルを楽しむような性格ではない。村人たちの話を聞く限り一度畑に水を引きさえすれば楽であるようだし、私もそうしたいと思う。

「畑に水を引くにはまず、魔法で道を作る必要がありましてな」

専用の道具に魔力を込めて、川から畑までの道を掘る。そこに筒を通して水を畑の付近まで運んでいるらしい。魔力に余裕のあるものは、魔法で畑全体に水を撒く道具、元の世界のスプリンクラーのようなものを使うという。そしてこの道具、オルビト村では魔力にそこまでの余裕がある者はおらず、いくつか余っている状態だというので私の畑にも設置してもらうことになった。

「何から何までありがとうございます。せめて、道を作る魔力くらいは提供させてください」

村の人たちには毎日やるべき仕事があり、それに使わなければならない魔力がある。私のために彼らの魔力まで使ってもらうのはあまりにも忍びない。私のために時間を割いてくれるのだから、せめて魔力くらいは私のものを使ってほしい。

とんでもないと断られそうになったが重ねてお願いしたら受け入れてくれた。これは言霊の力かもしれない。この世界で営業という仕事があるとすれば、私の右に出るものはいないだろう。説得力だけは文字通り神様級である。

そのような話を村長一家としていたらいつの間にか鍋の中は空っぽになっており、宴は終わってしまった。おかわりができなかったのは少し残念だが感謝を込めてごちそうさまでしたと手を合わせ、リオネルを伴って家に戻る。

片付けを手伝いたい気持ちは山々だけれど、いまだ夕食を口にできていないリオネルに食事を摂ってほしかったので村人たちにお任せした。快く見送ってくれる彼らに少しの罪悪感はあれど、気にしていない様子にほっとして場を去ることができた。

我が護衛は私から離れることを良しとしない。魔物に襲われたのはついさっきの出来事だから、今日は特に気を張っているだろう。そんな彼に早く休んでほしいという気持ちが強くある。

魔法によるセキュリティが完備されているらしい家の中ならば、少しは落ち着けるはずだ。

「さて、リオネルさんは晩ご飯今からですよね？　私、お茶淹れますよ」

家の中に入るなり振り返ってそう口にすれば、リオネルは扉を閉めた格好のまま固まった。

「マコトさまにそのようなことをしていただく訳には……」

「たまには何かさせてくださいよ。私はこれでもリオネルさんに感謝してるんですから」

この有能な護衛兼補佐は私に僧侶以外の仕事をさせる気がない。おかげで世話をされる私は使用人を雇える良家のお嬢様になった気分だ。しかし私は立派な庶民なので何でもかんでもやってもらうのは気が引ける。……洗濯に関しては自分でやらせてくれと頼み込んだので、これだけは絶対自分でやっているけれど。

とにもかくにも、今日の仕事はもうないのだからお茶を淹れるくらいさせてほしい。不思議なことに魔物鍋を食べてから体が元気なのだ。精神的な疲れはあるものの、気にするほどではない。

「……では一度、着替えて参ります」

「はい。じゃあお茶の準備をしておきますね」

リオネルが自室の方に向かっていくのを確認して、私は台所へと向かった。テーブルの上にぽつりと小さな鍋が置いてある。一応外側に触れて確認したが、この鍋は保温の魔法がかけられているため温かいままだ。中に入っている汁物を温めなおす必要はない。私がするのは湯を沸かして、いつでもお茶を淹れられるようにしておくことくらいである。

（といっても、ヤカンに水を入れて熱する魔道具に魔力を注ぐだけなんだけど、

それだけの仕事ですらリオネルは私にやらせたがらないのである。ちょっと魔力を使うだけだというのに普段は「そのようなことは私がやります」と言って、まったく手伝わせてくれないのだ。今日はよく押し切れたものだと自分で思う。

（……原理どうなってるんだろう。魔力を注ぐだけでお湯を沸かせるなんて）

この世界では家の中で普通の火を使うことはほとんどない。家電機器の代わりにあるのが魔道具であり、電力の代わりに魔力で動く。だからこそ魔力が少ない人間は生活するのにも苦労するだろう。魔力を使わない道具も存在するが、そちらは主流ではない。ちなみにこの家はオール電化ならぬオール魔化である。いや、魔法化だろうか。まあどっちでもいい。

そういう事情があるからこそ魔力は多い方がよく、それが反映されやすい髪色で人を判断するようになったのではないだろうか。

（……ところで、リオネルさん遅くない？　鎧脱ぐだけじゃないのかな）

湯が沸いても戻ってこないことを不思議に思い始めた頃、ようやく素顔に戻った彼が姿を見せた。高く結い上げた白金の髪を揺らしながら椅子に座り、そして開口一番に「入浴の準備は整いましたので、いつでもどうぞ」と言ってみせた。

遅かったのは風呂の準備をしてくれていたからだったようだ。しかし何だろう、この微妙に悔しい気持ちは。彼は大体こうやって私が何かをしようとしている間にさっと仕事を済ませてしまうのである。

「あの、お風呂くらい自分で」

「いえ、そのような訳には参りませんので」

「……今、わざと遮りましたね？」

「私の仕事ですので。貴方さまは余計なことに魔力を使わず、いざという時のために残しておくべきかと」

私の言葉は遮られてしまえば魔法にならない。私が自分の服を洗濯できるのも、おそらく言葉の魔法の影響でリオネルが手を出す気にならないからだ。それを理解している彼はこうやって私の言葉を遮ってでも仕事を奪われないようにしている。

いまいち納得できないのだが、リオネルが真面目に仕事をしたいと思っているなら強くも言えない。しぶしぶ引き下がりながらお茶を淹れる。

「……美味しくなあれ」

それを口にして魔力を使ったのはあてつけではない。使われる魔力は少量だろうし、彼を労(いたわ)りたい気持ちから出た言葉である。今日は私を護ってくれたし、私が言えないことを代わりに言ってくれたのだ。ほんの少しでも礼になればいい。

そして私が真剣にお茶を淹れてリオネルに差し出そうとした時には、テーブルの上に食事の用意がされていた。何故か、二人分。

「あの、リオネルさん？　これはリオネルさんの晩ご飯ですよね？」

小さな鍋に取り分けられていた汁物はリオネルの分として貰ってきたもので、精々汁椀の三杯分というくらいだろうか。しかし何故か、そのうちの二杯分が既に食卓に並べられている。ついでに中央の大皿に載せられた炊き込みご飯のおにぎりは、いつの間に作ったのだろうか。今、私がお茶を準備している間ではないのは確かだ。

「夕食があの椀一杯では足りないでしょう？　貴方さまは成長期なのですから」

言葉に詰まった。私の成長期はとっくの昔に終わっているが、それは言えない。少年であると思われていなければ都合が悪いのだ。

たしかに汁物一杯だけで足りないのは事実ではある。それでも力になる不思議な料理だったので、空腹感は特にない。それにリオネルはまだ若い男性である。私よりもずっと栄養が必要なのではないか。

「でも、リオネルさんだって食べるでしょう？　足りなくありませんか？」

「そのために握り飯を用意いたしました。マコトさまも遠慮なくどうぞ」

この人実は結構強情なんじゃないだろうか。最初の気弱そうな感じは何処に行ったのやら、数日で変わりすぎではないだろうか。前はもっと控えめで遠慮がちだったような記憶があるのだが。

（それだけ私に気を許しているってことなのかな、これは）

こちらがリオネルの本質なのかもしれない。人に拒絶され、隠れてしまった彼の本当の顔なのかも、しれない。そう思うとまったく怒れないのである。

そうだとするなら私を信用してくれているのだろう。出会ってたった数日であるというのに。

……いや、それは私も同じか。頼れる相手はこの人しかいないし、見捨てられたらおしまいだというのもあるけれど。

（この人の性格が結構、好きなんだろうなぁ）

私のことを嫌いだと思っている間も仕事を投げ出そうとはしないところや、今は本当に全力で支えようとしてくれているところなど。私を助けてくれた時も、離れなければよかったと悔やむくらいであったし、懸命でひたむきなのが伝わってきて応援したくなる。

だがしかし、やはりリオネルの分の食事を奪ってしまうというのもいた堪れない。魔物鍋は美味しかったし、なかなか食べられるものではなく、もう一杯食べたいのも事実ではあるがそれでも、と悩んでいたら翡翠の瞳がじっとこちらを見ていた。

「魔物鍋はお好きなのでしょう？　とても美味しそうに召し上がられていましたから」

「えっと……まあ……」

「そして、もう一杯食べたいとお思いだったのでしょう？」

また言葉に詰まった。これの答えは「はい」と「いいえ」の二択である。そして私は食べたい、と思っている。そんなことはないと言いたくても、言えないのである。言おうとしようものなら「食べたいです」と口が勝手に動いてしまうに違いない。

「貴方さまの場合、沈黙が何よりの答えですね」

ここで嬉しそうに笑うのは、ずるいのではないだろうか。この人は私の補佐ができると嬉しそうにするので、困る。鎧を着ていても分かりやすいけれど、表情があると尚更伝わってくるからむず痒い。

これは勝てそうもない。諦めてリオネルの向かいの席につき、手を合わせた。この世界の食前の言葉を共に唱え、私は少し間を空けて「いただきます」と口にする。

「それは、貴方さまの世界の神へ捧げる言葉ですか？」

「んー……ちょっと違うかもしれませんね。私は、目の前の命と私の口に入るまでに関わったすべての生き物への感謝だと考えています。向こうでは誰でも食事の前にこう言いますけど、神へ捧げるものと考えてる人は別の言葉を使うでしょう」

自分は無宗教だと言う人間でもこの言葉は使うだろう。それこそが日本という国に根付いた古くからの宗教観である気はするが、ただの文化ともいえる。そしてそれぞれの神や仏に向ける言葉であれば、もう少し装飾された長い文言となるはずだ。神に捧げるつもりで「いただきます」とだけ言う人間は少ないのではないだろうか。

だからただの感謝だ。何に感謝するかは人それぞれかもしれないが。私にとってはたくさんの者への感謝である。一言でそれが表せる良い言葉だ、なんてしみじみ考える。

「そうですか。では、〝いただきます〟」

つい、口を半開きにしたまま固まってしまった。せっかく掴んだ魔物の肉が箸から滑り落ちて椀の中に戻ってしまう。

この世界で私以外の口からその言葉を聞くことがあるとは、思ってもみなかった。

「異界の神への言葉でないなら、感謝を口にしても良いかと思いまして」

「そ……そう、ですか……いや、吃驚、しました」

「ええ、そういう顔でいらっしゃいました。……私を初めて見た時のような顔でしたよ」

可笑しそうに目を細められて、少し居心地が悪くなったのでとりあえず魔物の肉を口に運び、味わうことで誤魔化そうとした。美味しいはずなのに味がよく分からない。もったいないことをしてしまった気がする。

とにかく話を逸らそうと話題を考え、彼に礼を言おうと思っていたことを思い出した。

「……あ、そうだ。リオネルさん、さっきはありがとうございました。畑の話を代わりにしてくださって……村の人とはあまり関わらないようにしてました、よね？」

「ああ、確かにあまり会話したいとは思っていなかったのですが……構いません。私は貴方さまの補佐ですから。貴方さまのためになるなら、いくらでも」

どうして彼がそこまで私を思ってくれるのか、分からない。

彼の好意的な態度は私の〝言葉〟の影響ということはないだろうか。私の言葉で彼の行動を縛ってしまっている可能性はないのか。そう思うと素直に喜べない。

この魔法は私が意図しない場所で発動してしまう。そして人の感情にも作用する。洗脳してしまうみたいで、気持ちのいいものではない。だからこそリオネルが私に親切であればあるほど不安になる。これは私の言葉で作られた好意なのではないか、と。

「私はマコトさまの一切の悪意を含まず私を見る目に安心するのです。このような姿を晒せば、村人たちは少なからず嫌悪の目を向けるでしょうが……貴方さまは鎧姿でも、この姿でも、変わらない目で見てくださいますから」

「目、ですか」

ならば言葉は関係ないのだろう。そう思うとほっとした。それなら彼の好意を純粋に受け取ることができる。

「ええ。子供の純粋な目、とでも申しましょうか……ああ、失礼しました。貴方さまは立派な僧侶さまであらせられるというのに」

「……いいえ、失礼だとは思ってません」

ただ、彼の好意は私を子供だと、男だと思っているからなのかもしれない。彼の今の笑顔は、異世界からやってきた少年である僧侶に向けられたもの。私が女だと知ったらどうなるのだろう。この優しい笑顔は壊れてしまうだろうか。

(女の裸足を見てしまったって知ったら真面目なこの人はすごく責任を感じるだろうし……私を娶(めと)ろうとするんだろうな。罪悪感とか、責任感とかそういうのだけで)

その時彼はこんな風に笑っていられるだろうか。好きでもない女を、裸足を見てしまったというそれだけの理由で妻にしなければならないなんて、私からすれば理不尽でしかない話だ。そんな理不尽な目に遭わせたくないと思う。

彼は今までずっと理不尽に差別されてきたのだから、これからは彼の気持ちが尊重されてもいいはずだ。そのためにも私は自分が女であることを隠し通さなければならない。他の誰に知られたとしても、この人にだけは。

雑談をしながら食事をし、最後に手を合わせた。まずはこの世界の食後の言葉を口にする。

「大地の神よ、自然の神々よ、全ての神々よ。その慈悲深き御心(みこころ)の恵みに深き感謝を。この身がいつか果てる日は、我が魂も神々の元へ辿りつけるよう、祈り奉る」

そして、そっとリオネルを見やると彼はまた、笑顔を浮かべながら私を見ていた。

「食後にも何か、仰(おっしゃ)ってましたよね。そちらも、先ほどと同じ意味ですか?」

「はい、感謝の言葉です。……ごちそうさま」

「ごちそうさま」

嬉しそうにそれを言葉にする彼を見て、思う。私は彼のことが好きだ。それは恋愛的な意味ではなく、本当にただ人として、この人の人柄が好きなのだ。だからこの感情が変わってはいけないとも思う。

私がこの人を好きになってしまった時、彼に裸足を見られたことを理由に無理やり嫁ごうなど邪（よこしま）なことを、考えてしまわないとは限らない。恋愛は人を狂わせることがある。恋の病とは、本当に上手いことを言ったものだ。まともな思考すら失う可能性のある病なのだ、あれは。好きになってはいけないと思った時が恋の始まりだと、誰かの言葉を思い出す。そんな訳はない、そんなことはあってはいけない。そんな言葉は、忘れてしまうように心の奥底にしまい込んだ。

畑に水を引いたり、魔力に余力を残しつつ薬を作ったり、畑のスプリンクラーのような魔道具に驚いたりと少し慌ただしく過ごしていたら数日はあっという間に過ぎていった。何か突発的な出来事があるとその前のことを忘れてしまうのが人間というものである。……訂正、忘れてしまう人間もいる。

「マコトさま、教会学校というのはもうよろしいのですか？」

「あ」

すっかり忘れていた。本人が忘れているというのに私の補佐は本当に有能である。オルロと学校の話を煮詰める前に、魔物騒動があったのでまだほとんど何も決まってない状態だ。

「この村の長も子供に文字を教えること自体は賛成のようでしたから、ある程度どのような形にするか決めてから改めて話を持っていくのがよろしいのでは？」

「そうですね、そうします。リオネルさん、相談に乗ってくれますか？」

「勿論です。私は貴方さまの補佐ですので」

まったくもって頼もしい補佐である。すっかり頼りきりの生活であるので、突然彼がいなくなったら本当に困るだろう。

私がこちらの生活に慣れたら彼の補佐としての任は解かれると思っていたが、事情を聞く限り国がどのように考えているか分からない。左遷、もっと言えば厄介払いのような形でリオネルはここに送られている。私としてはずっといてくれると助かるけれど、しかし彼の人生が私に縛られてしまうのはよろしくないと考えている。

「学校で教えるのは、文字だけでしょうか？」

「そうですね、まずは試験的にひらがなだけ……できたら漢字も教えたいんですけど」

「……カンジ、とは？」

この世界に伝わっているのはひらがなだけである。カタカナと漢字は存在していないようでリオネルも首を傾げていた。

現在の日本では平仮名、カタカナ、漢字の三種類の文字が使われており、それらが入り交じるのが日本語の文だ。なかでも漢字には読み方や意味が複数あるので、慣れ親しんでいない人間からすれば日本語というのは複雑怪奇なものであるという。

ただこの世界、いやこの国には漢字がなくとも日本語が根付いている。漢字の存在は受け入れられやすいはずだ。

「一つの文字に複数の読み方、そして複数の意味があるんです。向こうでは名前に漢字が使われることが多いので、その漢字の意味を考えて名付けられたりしますよ」

今はとんでもない当て字の名前も増えているので、この限りではない。名前とは親から子への初めての贈り物であり、願いであり、時に呪いでもある。

「マコトさまのお名前にも、そのカンジというものが使われているので？」

「ああ、はい私のは……」

自分の名前を紙に書きながらふと気づく。教材として使うノートや筆記用具の準備が必要だ。あとは教室の黒板のように、皆の前で大きく文字を書けるものが欲しい。私が講義を受けた時は黒板のようなボードを使っていたし、ノートのような紙の束は今も与えられているので当然あるものだという認識だったのだが、そういうものは一般市民に普及しているのだろうか。

「この文字が、マコトさまの文字なのですか？」

紙に書かれた〝真〟の文字を指差して尋ねられたので、頷く。

「これでマコトと読みますし、シンとも読みます。真実のシンです。本当のこと、嘘偽りのないこと、という意味が込められた字ですね。私の両親は……」

親のことを口にして、元の世界のことを思い出した。今まで必死で思い出す余裕もなかったのだろうか。

(元の世界の私はどうなってるんだろう。行方不明なのか、それとも存在自体が消えて……)

父も母も健在だ。どうしているのだろう。元気だろうか。ぽやんぽやんで天然の兄と私以上に新米というかまだ子供の弟だけで、お盆のあの忙しさを乗り切れたのだろうか。

ダムが決壊してしまったかのように、元の世界のことが次々と思い浮かんでくる。しかしあの場所に戻ることはできない。私よりも魔法に詳しい人たちが方法を知らないと言った。言葉の魔法でも一度試してみたが、あちらに戻ることはできなかった。帰ることができない温かい場所を思うと、どうしようもないほどの大きな感情が押し寄せてくる。

急激な寂しさと不安に押し潰されそうで、声を出せば嗚咽と共に涙が漏れ出してしまいそうで、固まって動けなくなってしまった。

「……マコトさま、手を握りましょうか?」

突然の申し出に驚いて顔を上げると、籠手に覆われた手が差し出されている。日中は鎧を脱がない彼なので顔は見えないが、とても優しい声だった。

魔物に襲われて震えていた時を思い出す。彼の手を握っていて私が落ち着いたから、そう提案してくれたのだろう。

「……子供扱い、ですか」

普段の私なら絶対に口にしない言葉だ。私はいつもそれを甘んじて受け入れているはずだった。ただ、今は心に余裕がなかったのだろう。私は子供ではないと、そんなことはしてもらわなくていいのにと、口にはしないが心が拒絶した。

「貴方さまは突然知らない世界に連れてこられ……それも、ただ巻き込まれただけだというのに文句の一つすら口になさらない。子供ならもっとわめくでしょう。貴方さまを子供だとは思いませんが……私よりもずっと若いのですから、もっと頼ってくださっていいのですよ」

私は大人だ。大人であるのだから、子供のように泣き喚くことはできない。怒鳴り散らすこともできない。

思い通りにいかないことで大声を上げるのは、大人とは言えない。それがたとえ二十歳を越え、三十、四十と齢を重ね、老人と呼ばれる年齢であったとしても、そういう行いをする人間は大人ではないと思う。

だからこそ私はそれをしないようにしている。けれど誰かに少しだけ甘えるくらいは、大人であっても許されるだろう。自分を支えられない時にどこにも寄りかかれないと、誰でも、壊れてしまうものだ。

「……リオネルさん、歳はいくつですか？」

「今年で二十四になりましたね」

それならば私の四つ年上だ。ずっと、というほどではないが私が年下であるのは事実である。

年下なら甘えろと言われたから甘えるだけだと内心で理由付けして、差し出されていた手を両手で握った。少しだけ温もりが伝わるその手の温度に安心して、小さく息を吐く。

「手を握ったら、私が落ち着くと思ってません？」

「ええ、まあ……でも、そうでしょう？」

「……そうですね。確かに手を握ってもらえると、落ち着きます」

一度落ち着くと口にしたらすとんと冷静になってしまった。縋るように他人の手を握ってしまっていることが恥ずかしくなってきたのですぐに放したけれど。

今の言葉が魔法となって、誰かに手を握ってもらえれば落ち着くような体質になっていないことを願おう。

「私の両親は、私に偽りなく正しく生きてほしいと思ってこの名をつけたのでしょう」

今度はスラスラと続きを言うことができた。あちらの世界のことを思えば悲しくなるが、今は動揺するほどではない。あちらがどうなっているか確認する術(すべ)がないのだから、せめて私のことは忘れていてくれたら良いと思う。それはそれで、寂しくもあるが——突然家族を失って悲しむ思いをさせるくらいなら、その方が良い。

「それはマコトさまらしいお名前ですね。貴方さまは嘘を口にできませんから」

嘘は言えなくても、本当のことを言わないでいることはできる。そう思ったけれど声にはしなかった。騙(だま)しているようで罪悪感がない訳ではないが、誰にでも秘密はあるものだ。私の場合はそれが性別であるというだけで。

「話がそれちゃいましたね。学校の話に戻りましょうか。勉強するのに書く物が必要だと思うのですが……」

「問題はないでしょう。貴方さまへの支援は惜しまないはずです」

リオネルが言うには、国は私が「必要だ」といえばできる限りの援助をしてくれるつもりでいるらしい。紙も、筆も、墨も、黒板のようなボードも、簡単な机と椅子も用意してくれるだろうという話だった。やっぱり至れり尽くせりである。

ただ私が講義の時に使わせてもらった筆記用具は筆や墨でなく、ボールペンのようにスラスラ書けるものであったと記憶している。あれはないのだろうか。

「ああ、あれは魔力を墨に変える筆ですので……貴族ならともかく、村人たちが日常的に使えるものではないかと」

納得した。しかし私の分は用意してもらえると嬉しいので、ひとつだけ送ってもらえるようにお願いしておく。現在支給されている筆記の道具は墨と筆なのだ。僧侶だって普段から墨と筆を使っている者ばかりではないし、魔力を消費するとしてもボールペンの方がいい。

「道具は揃（そろ）いそうですね。じゃあとは……生徒か。オルロさんに相談に行こうと思うんですけど」

「お供いたします」

オルロを訪ねてみれば彼はちょうど仕事の休憩時間であったので、あまり時間を潰してはいけないだろうとすぐ本題に入った。

そもそもこの村には子供が少ない。オルロから話は既に村の中で伝わっているようで、文字を習いたいという適齢の子供は今のところ二人であり、まずはその二人が生徒となるらしい。

一人はルル、もう一人はルルより少し年上の男の子であるという。あのくらいの年頃なら知識の吸収も早いだろう。正確な年齢は知らないので、祖父であるオルロに尋ねることにした。

「そういえば、ルルさんはおいくつですか？」

「今年で五つになりましたな」

「…………なるほど」

小学生くらいだと思っていたらもっと幼かった。子供の成長というのは早く、ほんの数年が馬鹿にならない。ルルの背丈は低学年の小学生くらいはあったはずだが、まだ五歳だったらしい。

この世界の人は成長が早く、そして平均的に背が高いのだろう。たしかに男性はたいてい私を見下ろせる高さで、女性も目線がほぼ変わらない。向こうでは背が高い方であった私も、ここでは平均かそれ以下である。体つきなどもこちらの女性は豊かであるので、これも少年と思われる原因かもしれない。

私が少年に見えるなら聖女も少女に見えてもよさそうだが、あの子は大分胸部が発達していたので女性に見えたのだろうか。……なぜかとても空しくなった。

「子供以外にも文字を覚えたいものはおりまして……羨ましい、という声もあるのですよ」

「ふむ……何か方法を考えてみます」

大人が片手間に文字を覚える方法となればやはり、五十音の表を作るのがいいだろうか。これは後でリオネルに相談するとして、学校は国から道具が送られてきてからでないと始められないため、暫くは待つ時間だ。文字が普及するまでに私の本心でない答えを出さねばならないような、そんな相談がこないことを祈るしかない。

（結構、時間がかかるなぁ……）

新しいことを始めるのは大変だ。現代日本の識字率を考えると昔の偉い人はとても頑張ってくれたのだろう。文字が当たり前に読めることは、恵まれていることであると実感する。そして周りの誰もが文字を読めるからこそ、直接会わずとも声を交わす時間がなくとも、いつでも連絡が取れる今の時代になったのだ。当たり前すぎて忘れてしまいがちだが、それができない世界にいると改めて思う。私はとても恵まれていたのだと。

「五十音表を作って村人たちに配るのはどうでしょうか。向こうだと子供向けに作られてましたけど、大人でも覚えやすいと思うんですよ」

帰り道にリオネルに提案してみたら、彼は首を傾げてこう言った。

「ゴジュウオンヒョウ……とは？」

「………リオネルさん、文字はどうやって覚えました？」

「いろは歌です。聖女さまから伝わったものですが……」

今までの聖女はどうやら、思っていたよりも古い時代の人間であるのかもしれない。まさか異世界でジェネレーションギャップを感じることになるとは。

とりあえず帰ったら実際に表を作ってリオネルの反応を見るとしよう。私はいろは歌に馴染みがないので、そちらでは教えることができない。受け入れてくれないととても、困る。

（前途多難な予感は……気のせいだといいなぁ）

軽く乾いた笑いを零す私を、鎧騎士は不思議そうに見ていた。

家に戻ったらさっそく筆を執る。五十音表といってもほとんど使われなくなってしまった言葉「ゑ」「ゐ」などの文字がないため、実際には四十六文字しかない表を書いてリオネルに見せると、大変喜ばれた。「これは分かりやすいですね」と絶賛されたが考えたのは私ではない。これを考えた昔の日本の誰かにその称賛は向けてくれと説明しておく。

実際、この表ができたのは随分と昔のことだ。だがなかなか定着しなかったため、民間でこれが使われるようになったのは割と近代のことである、と聞いた。

「私はこっちで習い育ったので、実はいろは歌を習ってないんですよ」

「あちらの世界にも新しいことが溢れているのですね。そういうお話を聞くと胸が躍ります」

鎧を着ていても喜んでいるのが伝わってくる。聖女が住んでいた異世界の話は、おとぎ話のようなもので面白いのだろう。私からすればこちらの世界がおとぎ話のようなものだったのだが、今はこの世界が現実になってしまった。

「語り部が聖女じゃなくて申し訳ないですけど、私でよかったらいくらでも話しますよ」

「……貴方さまから語られる言葉を、私は聞きたいのですよ。そういう言い方をなさらないでください」

　この国にとって聖女とは特別な存在であるはずだ。何よりも、恐らく国王よりも尊いものとして扱われている。リオネルにとっても最初はそうであっただろう。

　それがいつの間にか、この人にとっては聖女よりも、私が優先するべきものになっている気がする。

（リオネルさんは私の目に安心するって言ってたけど、それだけでこんな風になるかな）

　彼は私を少年だと思っているのだから、弟のような存在にでも思われているのだろうか。いや、それにしては扱いが丁寧すぎる。これは家族に対する扱いではない。だが崇拝されているという訳でもなく、ただ仕事の関係だというには距離が近すぎると感じる。

「リオネルさんはどうして私にそこまで親切なんでしょうか。いつもとてもありがたいんですけど……ありがたく思う分、私は貴方にどうやってその恩を返していいのか、分からなくなってしまうんです。私はどうしたらいいんでしょうか？」

　私のことをどう思っていて、私にどうしてほしいのか。私をひたすら支えてくれる彼は、私に何かを返してほしくてそうしているのではないか。

好意とは見返りを望むものばかりではない。お礼を求めて誰かに何かをしてあげたいと思う訳ではない。しかしそれでも、まったく何も返ってこないと空しくなってしまうのが人の心というものだろう。

私だって何かを返したいと思っているが、仕事を手伝おうとすれば全力で逃げられてしまうし、他にできることは思いつかない。もういっそのこと訊いてしまった方が良さそうだと思っての言葉だったのだけれど。

（……とても言いにくそうなオーラが出てるなぁ……）

ピタリと動きを止めた鎧の中で必死に返答を探している様子を見れば、何かとても言い難い、躊躇われる理由があるのだろうと察せられる。そんなに話し難い内容であるなら気にはなるが追求はしない、言わなくていいと口を開きかけたところでぼそりと何を言ったか分からないほど小さな声が聞こえてきた。

小さな声は鎧に籠ってしまってまったく聞き取れず、首を傾げる。すると観念したように彼は溜息をついて、久々に聞くあの力ない声で呟いた。

「私は、ただ…………マコトさまの……友人に、していただけたらと」

「ゆーじん……友人？　友達、ですか」

こくりと頷く鎧の反応が予想外で、暫し呆けてしまう。しかし少し落ち着いて考えてみると分かることだ。

　リオネルは差別を受けていた。鎧で全身を覆い隠して心を閉ざすほどの差別だ。貴族である彼の周りには貴族しかおらず、その価値観に基づけば彼には恋人はおろか友人すらいたことがない、という可能性がある。

　初めて自分を差別しない同性に出会って、友達というものを欲するのはおかしなことではない。けれど彼には親しくなった相手がいない。つまり友達の作り方など知らないのだ。

（仲良くなりたくてとにかく親切にしてくれてたってことか。方法は間違ってる気がするけど）

　間違っているが、微笑ましい気持ちになってつい声を上げながら笑ってしまった。

「リオネルさん、友達になりましょう。今からです、はいスタート」

「すたあ……え、今からですか？」

「ええ、今からです。ああ、じゃあ友達になった証に握手でもしますか？」

　友達とは本来、このように宣言してなるものではない。しかしリオネルの場合、そうしなければきっと友達になったのが分からないと思ったからあえてそうした。それに私は嘘が言えないと彼は知っている。この方がきっと安心できるはずだ。

　私が差し出した手を、彼が恐る恐る握るのが可笑しくてまた笑った。私が震えている時は遠慮なく握ったのにこういう時は慎重なのか、と。いつも私を支えようとしてくれる時は落ち着いているのに、今はとても頼りない。

(でも、当然なのかも。この人にとって友達は未知の関係なんだ)

この歳になるまで友達の一人もいなかったのだ。簡単に友人関係になれるものではないと思っていたのだろう。本当にこれで友達になっていいのかとすら思っているかもしれない。

仕事関連では強情であるくせに、私的なことだと臆病になってしまうところがある人だ。彼の過去を考えれば変だとも思わないし、そういう性格も嫌いではない。

「……マコトさま。友達、とはどうすればよいのでしょうか」

至極真面目に質問されてまた笑いそうになる。声は堪えたものの、顔は大分緩んでいることだろう。口角が上がりっ放しになってしまっているのが自分で分かる。

「何かをしなきゃいけない、なんてことはないですよ。でもまあ、とりあえず一緒に遊ぶのが友達でしょうか」

「遊戯、ですか。……実は、そのようなものはしたことがなく……」

「私が教えましょう。と言っても、私が知ってるのは向こうの遊びですけどね」

トランプなどのカードゲームが欲しいところだが、道具がなくてもできる遊びはいくらでもある。何の遊びもしたことがないならば、ジャンケンですら新鮮に思えるかもしれない。子供の頃、道具がなくても友達と遊んだ記憶を思い出しながら、何から教えるべきかと考えるのは結構楽しい。

「あちらの遊戯ですか。それは……楽しみですね」

見えないはずの顔が嬉しそうに微笑んでいるのが分かる。少々強引だったが、喜んでもらえたようで何よりだ。

「リオネルさんは今日から私の補佐兼護衛兼友達ですが……普通、友達を〝さま付け〟はしないと思うんですけど、どうします？」

鎧が悩むように首を傾け、暫くの沈黙の後に小さな声で「マコトさん」と口にした。……何故だか分からないが急にとても気恥ずかしくなってしまった。

「……マコトさま。私には少し、難しいようです」

「……そうですね。無理に変える必要もありませんし、お互いが友達だと思っていれば良いでしょう」

友好の証としてあだ名や呼び捨てで呼び合ったり、気安い口調で話したりするのは私たちにはまだ難しいことであるようだ。

しかし敬語で話しているから友達ではないなんてルールも存在しない。お互いに丁寧に話していても友人関係にある人々だって当然いるのだから、慣れないうちに無理に変える必要もないだろう。

「じゃあまずはジャンケンですかね。これで勝敗を決め、勝ったら今日は私、自分でお風呂沸かしますから」

「そんな、急に」

さくっとルールを説明し、混乱するリオネルからジャンケンで勝ちを奪い取り、今日は自分でお風呂を沸かす——予定だったのだが。

場に出されている私の手はパーであり、リオネルの手はチョキである。そしてこれは三回目の勝負であり、三連続で同じ勝敗であった。

「ええ……なんで……」

「私の勝ちでよろしいですか？」

まったくの予想外、想定外。そもそも一度目の勝負で勝てるはずであったが負けてしまったので、先に三回勝った方が勝者と言い張ってやった結果がこれである。まったくもって納得ができない。

「……やっぱり五回にしません？」

「結果は同じですよ。手の形が見えますので」

「え、見えるんですか？」

どうやら並外れた動体視力で私が手の形を作った瞬間を判断し、それに勝つ手を出しているらしい。ジャンケン素人(しろうと)ではなかったのか。これだから有能な人は困る。何か対策を考えない限り私は彼にジャンケンで一生勝つことができない。

「ずるくないですか、リオネルさん」

「狭くはないかと。では、入浴の準備を致しますので一度自室に戻られてください」

勝った方が風呂を沸かすというのは私が決めたルールなので、自分でそれを覆す訳にはいかない。笑いを零しながら私を送り出そうとするリオネルに従い、悔しさを抱えつつも大人しく自室に戻ることにした。

(でも今のやり取りは友達っぽい感じだったよね)

段々と悔しさは消えてどこからか笑いがこみ上げてくる。私も友達が欲しかったのかもしれない。リオネルは仕事の関係で私の傍にいてくれる、信頼できる補佐ではあったしそれなりに親しくもなっていたが、友と呼べる間柄ではなかった。

性別を偽っている後ろめたさもあり、そんな状態で自分から友達になろうと言い出すのは図々しいのではないか。そう思うと行動する気も起きなかったのだ。しかしリオネルが望んでくれているならと、一歩踏み出すことができた。

秘密はあるが、友達にまったく秘密のない人間なんてそういないだろう。

(まあおかげでますます……女だって言えない理由が増えた訳だけど……)

それは自業自得というものだ。ちなみにこの言葉は仏教用語である。世間一般では悪事を働いたのでその罰が返ってきた、という意味で広まっているが、その逆もまた自業自得と言っていい。業とはなにも、悪いことだけを指す言葉ではない。本来は行動を示すことであり、良い行いも悪い行いも業と呼ぶ。良いことをして良いことが己に返ってくるのもまた自業自得なのだ。ことわざの「情けはひとのためならず」と同じようなものである。

（……友達ができて嬉しいこっちも、自業自得っていえるかな……リオネルさんに冷たくしなくてよかった）

初めは嫌われていたのだ。彼のつれない態度に応じて私もそっけなく対応していたら、今のような結果にはならなかったかもしれない。握手を交わした手をぼんやりと眺めてそんなことを考えていたら、お盆前に綺麗に整えた爪が目に入った。この世界に来てすでに一ヶ月以上を過ごしているというのにまったく伸びていない。

（体の時が止まるって言ってたっけ……）

爪が伸びないのだから髪も伸びないのだろう。食事は摂っているが、食事をしなくとも痩せも太りもしないのかもしれない。もしかすると十年、二十年と時が過ぎて成長する者、老いる者がいる中で私だけがこのまま、なのだろうか。

想像してみるとあまりにも悲しく、辛かった。私の知っている誰もがいなくなってしまった世界に一人で残されたくは、ない。

（……いや待って、でも聖女は子供を産むって聞いたから……何か、条件がある？）

子供を産むなら体の時を動かさなければ不可能のはずだ。これはリオネルに尋ねてみるしかないだろう。食事の時にでも訊いてみるべきか。そう思ってすぐ、あることを思い付いた。

つい考えに耽ってしまったけれど部屋に戻ってから二十分ほどしか経っていない。風呂の準備は勝ち取られたが、まだ晩ご飯の支度は残っているはずだ。リオネルに任せきりだと私はいつまでもこの世界の料理ができない。手伝わせてもらいたい。

たすき掛けをして気合充分に部屋を出て、意気揚々と台所の扉を開けたらすぐそこに鎧を脱いだリオネルがいた。ちょうど出ようとするところだったらしく、扉に手をかけようとする格好である。

「マコトさま、どうなさいましたか？」

「料理を手伝おうと、思って……来たんですけど……」

しかし彼の背後に、もう既に出来上がった料理が見えるのは気のせいだろうか。いくら魔法の道具で料理の時間が短縮できるといっても、風呂の支度をして料理までしてしまうには時間が足りないと思うのだが。

「先ほど全て終えましたので、お食事はいつでもどうぞ。入浴の準備は今から致しますので」

「…………してやられた感がすごいんですけど」

「さて、何のことでしょうか」

楽しそうに笑いながら言われた。もう友達なのだからそこまで親切にしようとしてくれなくていいと思う。それを伝えてみても彼は柔らかく目を細めて笑い、こう言った。

「友人であっても、支えたいと思う気持ちに変わりはありません。貴方さまに何不自由なく生活していただくのが私の仕事であり、私のやりたいことなのです」

友人に偽りのない笑顔でそこまで言われてしまうと、拒絶できない。喜んでやっているということを奪おうとは思えない。結局私が彼にしてやれることなんて、二人でできる遊びを教えるくらいしかなさそうだ。

「……そういうの、ずるいと思います」

「……？　狡くはないかと。しかし、貴方さまにも子供のようなところがあるのですね」

ずるいという言葉の意味は上手く伝わらずに子供のようだと思われたらしい。いけない、大人としての対応がはがれそうになっていた。これ以上反論しては大人げない。と黙り込んだらそれはそれで子供っぽい反応になってしまったのか、リオネルは楽しそうに笑っていた。

(友達だと思うとどうも気が抜けちゃうみたいだ……気を付けよう)

気を抜きすぎて性別がばれないように一層気持ちを引き締めなければ、いけない。


その夜。食後のお茶の時間にさっそく今日の疑問をぶつけてみた。「時が止まった聖女の時間の動かし方」についてである。

「結婚すれば、ですか」

異世界からやってきた聖女は体の時が止まる。普段は魔力の干渉を受けない限り、肉体の時はまったく動かない。しかし結婚すれば再び時が動き出すと言われて首を傾げた。

「婚姻の儀の何かが原因で、また動くようになるってことですか？」

この世界の結婚式というのは日本の三三九度の儀に似ている。同じ杯の酒を交互に飲み、契りを交わすもの。それだけで完全に歳を取らなくなった体が動き始めるというのはにわかに信じがたい。

「婚姻の儀で、という訳ではないのですが……とにかく夫婦となれば、聖女さまの時は再び動くのです」

「夫婦となれば……？」

「…………あまり子供に聞かせる話ではないので、これ以上はご容赦を」

「……あ。……はい、もう聞きません」

子供に聞かせられない夫婦の話。大人がそこまで聞いて理解できないなどということはない。つまり煩悩に突き動かされた行いの話だ。

煩悩には数多の種類があれど、世間一般で煩悩といえばおおよそ一つの欲を指す。三大欲求の睡眠欲と食欲を除いた、最後のあれである。

リオネルはとても言い辛そうにしており、私も深くは考えたくない。夫婦になれば時が動くというのは、そういうことである。

「聖女さまは方法がハッキリと分かっておりますが……僧侶さまの方は、前例がなく……」

「大丈夫です。気にしないでください」

男の解決策は分からないということらしい。実際の私は女であり、解決方法は分かったので気にしない。私がいつかこの国の誰かと共に老いて死ぬことが叶うのなら、構わない。ずっと一人で取り残されることにならないなら安心だ。

とりあえずはリオネルが私を娶らずに済むまでこのままである、ということで。……それはそれで問題はあるけれど。

「私がこのまま歳を取らないと変ではありませんか？　村人たちにはなんと説明したら……」

「長寿の神の加護を得て、不老となった……ということにするのがよろしいでしょうね」

「……それってあり得るんですか？」

「昔話には存在します」

それはつまり存在しないも同然ではないだろうか。桃太郎や一寸法師みたいなものである。モデルになった人間はいるかもしれないが、脚色され、誇張され、もう別物になった存在をあり得るとは言えないだろう。

「貴方さまが早くご結婚なされたら、もしかするとどうにかなるかもしれません。この村の娘のほとんどは貴方さまとの婚姻を望んでいると思いますが」

「そういう話は勘弁してください」

女性を嫁に迎えることは不可能だし、そういう話を振られるのもなかなかに心苦しい。しかし私が男として振舞う限り、女性にモテるのも事実である。

リオネルに結婚を勧められてから数日後、真昼間のこと。軟膏タイプの傷薬を上手く作ることに成功した私は、ご機嫌で薬草畑の様子を見るべく教会の外に出た。すると待ち構えていたかのように教会の大扉の前に仁王立ちしていた少年が、私を見るなりバシッと指を突き出して大きく口を開いたのだ。

「オレは認めないからな！　姉ちゃんと結婚するのがこんななよなよした男だなんて!!」

まったく身に覚えのない話に首を傾げる。私は女性と結婚するつもりはないため、女性と話す時はあくまでも仕事であるという態度で会話し、仲良くならないように気を付けていた。おかげで誰からも嫌われていないが、誰とも親しくなっていないという状態であるはずだ。

しかし私のピンと来ていない態度が気に食わなかったらしい小さな来訪者は、軽く地団太を踏んで「すっとぼけた顔するな！」とさらにお怒りになってしまった。

「みんな言ってるぞ！　そうりょさまと結婚したいって！　結婚はひとりとしかできないのにいけないいんだぞ！」

「いえ、私は別に女性を皆口説いてはいないのですが……」

「うそだ！　そうりょさまは皆にやさしくしてカンチガイさせるんだろ!!」

この少年こそ何か大きな勘違いをしているらしい。誤解を解かなければと口を開こうとしたら青い顔をした女性が向こうから全力で走ってきて、少年の頭を勢いよく引っぱたいた。……スパァンとでも表現すべきいい音がした。

「弟がとんだ失礼をしました、僧侶さま。お気になさらないでください」

「なんだよ姉ちゃん、オレは姉ちゃんのために」

「バカ！　ああいうのは本気じゃないんだよ！」

目の前で起こる姉弟のじゃれあいのような口喧嘩を暫く穏やかな顔で眺める。どうやら若い女性たちの井戸端会議では恋愛系の話が多く、その中では私の存在が持ち上がりやすいらしい。カッコイイ学校の先輩にきゃあきゃあと盛り上がるようなものである。全員が本気で好意を持っているのではなく、身近なアイドルのような扱いに近い。

そんな女性たちの会話を小耳に挟んだ少年はたくましい想像力で話を飛躍させて私の元に直談判にきた、というところか。

「本当に失礼しました、僧侶さま……お許しください」

「……しつれいしました」

頭を下げる女性と、頭を押さえつけることでムスッとした顔を無理やり下げさせられる少年。これくらいなら微笑ましいものだ。姉をよく慕っている弟なのだろう。仲がいいのは良いことである。

「気にしておりませんので。仲が良くて羨ましいくらいです」

「まあ、僧侶さま……お優しいのですね」

恥じらうように笑っているが先ほど少年の頭を引っぱたく姿を見ていたのであまり意味はない。背後の騎士の「女性は怖いですね」という微かな呟きは聞こえないフリをしてニコニコ笑いながら二人を見送った。

しかし少年は私から見えなくなる前に振り向き、そして走り出し、姉の制止も聞かずこちらにまっすぐ向かってくる。まだ言い残したことがあったのかもしれないが、私の元へ辿り着く前に躓いて盛大に転んでしまった。しかも勢いがあったせいで軽く滑ったので、おそらく擦り傷まみれになっていることだろう。

しばし気まずく静かな時が流れた。しかし転んだ子供を放っておく訳にもいかない。今日作った傷薬をちょうど持っているので、怪我をしていてもすぐに治してやれる。小走りで駆け寄って少年の傍にしゃがみ込んだ。

「い、痛くない。こんなの、ぜんぜん、痛くなっ……い……」

ゆっくり起き上がった少年は額も掌も膝も擦り傷が出来て大変痛々しい姿である。それでも目に涙を溜めながら我慢している様子はこの年頃の男の子らしい。やせ我慢などしなくて良いと思うのだが、必死で堪えているようなので野暮なことは言うまい。

「痛くなくても、傷をそのままにしておくのはよくありませんよ。じっとしていてくださいね」

袂から作ったばかりの軟膏傷薬を取り出した。この世界の傷薬は魔法がかけられているせいか、傷口を洗ったり消毒したりする必要がなく便利だ。容器のふたを開けて少量を指にとり、少年の膝、掌、最後に額に塗ってやればすぐに傷が消え、乾いた土だけが綺麗な皮膚の上に残る。それを軽く払ってやれば治療は終わりだ。問題なく薬の効果も発揮されているようで、安心した。

「もう大丈夫ですよ。綺麗に治りました」

にこりと笑いかければ途中から呆けていた少年は我に返った様子で息を呑む。じわじわと赤くなりながら逃げるように走って場を去ろうとして、また姉から叩かれていた。

「このバカ！　お礼をちゃんと言いなさい！」

「うっ……あ、ありがとうございました……ッ」

一度頭を下げると今度こそ少年は走っていなくなった。女性の方は穏やかに微笑みながら頭を下げて帰っていったが、彼女の性格が大人しくないことは既に知れている。猫を被るのがこまで下手な人もいるのだなとむしろ感心しながら見送った。

「……マコトさまは少年がお好きなのですか？」

「いや、そういう趣味はないです」

「……では、貴方さまは無自覚に人誑しでいらっしゃるのですね」

何を言われているのかよく分からなくて振り返る。顔の見えない鎧からはどこか困ったような、そして少しだけ私を責めるような雰囲気を感じた。

「誰にでも優しく、誰にでも丁寧に接することができる人などそういません。……普通は親しい相手や親しくなりたい相手にだけ、そうするものではないのですか」

「私は誰でも丁寧に接するべきだと考えてますが……もしかしてこっちではおかしいことですか？」

「そういう訳ではありませんが……これでは皆、貴方さまと親しくなりたいと思ってしまう」

「……ん？」

拗ねているとも取れるリオネルの言葉が引っ掛かって、少し考える。

私が誰にでも、それこそ子供にも敬語を使うのは、初対面の相手は誰であれ丁寧に接するべきだと思っているからだ。あとは敬語のままであれば、男女の口調の違いはほとんど出ないため安心して話せるという面もある。

しかし普通なら先ほどの女性のように親しい間柄の相手には砕けた話し方をするものであったり、もしくはより一層丁寧に扱ったりするものだろう。リオネルの場合は後者で、他の誰よりも私に丁寧に接してくれているのがよく分かる。

彼は仕事ができて、知識があり、武勇にも優れている。しかし人間関係だけは超のつくド素人と言っていい。友人以上の親しい関係など今まで持たなかった彼からすれば、誰にでも丁寧な、それこそ自分に悪態をつく相手にも敬語を使う私の態度は理解が難しく、本当に自分と仲がいいのか分からなくなってしまったのかもしれない。

そして私が誰とでも仲良くなろうとしていて、自分を置いていってしまうように感じたのかもしれない。誰にでも分け隔てなく優しい人気者しか友達がいない人間は、自分以外と人気者が仲良くしているのを見ているだけで苦しくなってしまう。そんな話は聞いたことがあるが、似たようなものだろうか。

(私にとっての友達はリオネルさんだけなんだけど)

村人たちとはあくまでも仕事の関係として接しているし、仲良くなれれば確かに嬉しいが私と友人になろうとしている人間はいないと思う。異世界人であることを知っている人もいないし、魔法になってしまうことを考えれば迂闊に話すこともできないのだから。

しかしそれでも私しか友人が出来たことのないリオネルは不安になっている。私が明確に態度を分けて見せたら安心するのだろうか。

「じゃあ、リオネルさんだけこういう風に話したらいいのかな？」

笑いながら見上げてそう告げれば、鎧がピシリと固まったように見えた。それが可笑しくて笑い声を漏らしながら「すみません、からかいました」と続ける。

「でも私は村の人たちにはこんなこと言いませんよ、友達じゃないですから。それに、私は結構リオネルさんには砕けた言葉を使っているつもりです。私の友達は貴方だけですし」

敬語にも色々ある。私がリオネルに使っている言葉は丁寧語や敬語というよりも、ですます調というべき気安い口調だ。

言葉で分かりにくいなら態度で親しみを感じていることを示してみようと思った。彼の困ったような、けれど嫌がってもいないような様子を見ていればその目論見(もくろみ)は成功であったと分かる。

「…………貴方さまが私にずるいと言った意味が分かったような気がいたします」

「私の気持ち、やっと分かってもらえましたか」

「何か文句の一つでも言いたいような、けれど喜んでしまう自分がいるので何も言えないような気持ちです」

ハッキリ言葉にされるとむず痒く、なんだか私も恥ずかしくなってきたので彼に背を向けてから「そんな感じです」と肯定し、改めて薬草畑に向かった。

私だけが少し悔しい思いをさせられ続けるばかりでは不公平だ。たまにはリオネルもそのような気持ちを抱けばいいのだ。

私自身もリオネルとのこういうやりとりも楽しんでいる。本当に私の補佐に来てくれたのが彼で良かった。性格が合わなければこうも親しくはなれないだろうから。

(縁(えん)ってのは不思議で、そして大事だなぁ)

私がこの異世界で今、楽しいと思いながら過ごせているのはきっとリオネルのおかげだ。彼との出会いには感謝している。貴方がいてくれて本当に良かったと、この感謝を伝えられる日がいつかくるだろうか。

(……騙している罪悪感があるから、難しいな)

しかしこれは私が抱えておかなければならないものだ。私が女であると知られたらリオネルは大変な思いをするだろう。娶らなければ云々以外にもきっと迷惑をかけてしまう。この国では男しか僧侶となれないらしいから、女であることを国のお偉いさんに伝えなければならないだろうし、お偉いさんはお偉いさんでまた大変なはずだ。

あちらは私が男の僧侶だと思っていたから、援助してくれている。もし女だと分かったらニセ聖女と罵(ののし)られる可能性だって——。

(……私を男だと思ったから、あの子を聖女だと思った……なんて、可能性は……)

宴の時に頭を過(よ)ぎりかけた疑問。聖女と同じ現象は、私にも起こっている。あちらも同じ状態であるなら、本当はどちらが聖女であるかなど分からないのではないだろうか。

(……これ以上考えるのはやめよう。なんか、怖い気がする)

気づいてはいけないものに気づいてしまった、そんな感覚だ。私は今まで通りここで僧侶をしていればいい。そもそも聖女だと分かる要素が何かあるのかもしれないし、今も特に問題は起きていない。大丈夫のはずだ。

大丈夫、問題ない。大丈夫、何度も自分の心に言い聞かせ、思いついてしまったことは頭の隅に追いやった。

三章　変化の来訪

この世界にやってきて二ヶ月が過ぎた。オルビド村にやってきてからは一ヶ月くらいだろうか。こちらには四季がなく、日本でいうところの春と秋しか存在しない上に一日を通して気温が安定している。私が日常的に着ている衣など、夏は暑く冬は寒いという服としての機能は最低限の代物であるため大変ありがたい。

今日は秋に近い気候で涼しくて過ごしやすい。そんな折の快晴の朝、礼拝堂で村人たちの健康状態を見ながら祈る姿を見届けた後のこと。スプリンクラーのような魔道具で薬草畑に水を撒いていた私は、森の方に普段見かけない色を見つけた。

緑の中に白い紐のようなものが落ちている。それもかなりの太さであり、紐というよりは縄と呼ぶべきだろうか。何だろうと特に疑問もなく近づいてかなり驚いた。その正体は、全長十メートルはあろうかという大蛇であったのだ。

「リオネルさん、白蛇です。珍しいですね」

爬虫類が苦手なものなら悲鳴をあげそうなものである。しかし私は動物なら結構なんでも好きなのだ。魔獣や魔物は気が荒く、人が目に入れば襲ってくるのだがこの白蛇はまったく動かず、大人しい。じっと私を見つめる宝石のような赤い目からも敵意のようなものは一切感じない。何処か神々しさすら感じる真っ白な蛇に好奇心を刺激され、近づこうとしたら両肩をガシリと掴まれ止められた。

「迂闊すぎます。おやめください」

「……あれ。そうですよね、すみません」

考えてみればおかしなことだ。得体の知れない巨大な蛇に近づこうとするなんて。ふらふらと近寄りそうになった先ほどまでの自分の行動を、理解できない。

何故か分からないが、吸い寄せられるように近づきそうになってしまった。不思議な蛇だ。そして蛇の真っ赤な目を見ていると、やはりまた近づきたくなるのである。

「リオネルさん、あの白蛇に薬草あげてもいいですか?」

「……私は貴方さまに危険な真似をさせる訳にはいかないのでおやめいただきたいのですが」

「よく分からないんですけど、大丈夫な気がするんですよね。というか薬草をあげないといけない気が……」

この感覚をどう説明したらいいのか分からないのだが、私はこの白蛇に自分の魔力が籠った何かを渡さなければいけない気がしてならないのである。

そして今、私の魔力が最も籠っていると思われるのは薬か薬草であり、この場にあるのは畑に茂っている薬草だけなのだから、これを差し出すのが当然であるように思えた。

「……分かりました。では、蛇から離れた場所に薬草を置いてください。そして私から離れないでください」

諦めたように緊張感を含んだ声でそう言われれば頷くしかない。最大限私の意図を汲んでくれているのだから。護衛の彼には大変悪い気がするのだけど、私は何故かそうしなければならないという焦燥感にも似た気持ちに駆られている。

早速畑からひときわ立派な薬草を一株引き抜いて、蛇から一メートルほど距離のある場所に置き、すぐにその場を離れた。私の肩を掴む手からリオネルの緊張がよく伝わってくる。それでも私の方はまったく緊張感を持てないままだった。

(何だろうな……多分、私がおかしいんだけど)

白蛇がのそりのそりと動き出し、薬草の株を銜えて森の中へ消えていくのを見送って、ようやくふわふわとしていた頭の意識がハッキリしてきた。

「……私は今まで何を……」

操られていた人間が意識を取り戻した瞬間のような台詞をつい口にしてしまったが、記憶はハッキリ残っている。自分がした行動自体は覚えているのに、その理由がさっぱり理解できない。

「マコトさま。私が誰か分かりますか」

いつのまにか地面を見つめながら考え込んでいたらしい。私の前に膝をついたリオネルの黒い鎧兜が目に入る。兜の目に当たる部分は隙間があるけれど、陰になっていて彼の目はちらりとも見えない。

「……リオネルさんです」

見えなくても間違うはずはない。全身を隠してしまう鎧姿は、この世界に来てから一人しか見たことがないのだから。

もしかするとこの兜は外から目が見えないような魔法が掛かっているのかもしれない。リオネルは本当に人に姿を晒すのが嫌いなのだ。……私には見せてくれるのだけど。

「ここが何処であるかは」

「教会裏の薬草畑です」

「……意識はたしかなようで、安心いたしました。何者かに……思考を奪われているように見えましたので」

思考を奪われていたと言われれば納得できた。蛇が去るまでは自分の意思で行動していると思っていたが、今考えてみれば理解不能の行動をしていたから。しかし誰かに操られていたのだとすれば、一体誰に。

「……あの白蛇、ですかね」

「……そうでしょう。あれは魔獣でも、魔物でもありませんでした。恐ろしいほどの存在感を放っていて……貴方さまのいない場所で出くわしていれば、私は逃げ出していたかもしれません。今にも手が震えそうなほどでした」

　立ち上がるリオネルの姿はいつも通りであり、怯(おび)えているようには見えない。しかし手の感覚を確認するように拳(こぶし)を作っては開く動作を繰り返している。

　私はあの蛇を神々しいと思った。たしかに目にした瞬間の存在感はとてつもなく強く、赤い目を見た後は意識を操られていたのだろう。それでも、今思い出しても怖いとは感じないのだ。操られていたというのに不快感もない。……これが後遺症でないことを祈ろう。

「リオネルさん、手を握りましょうか？」

　彼の落ち着かない手を見ていたのでそう提案してみる。彼はじっと私を見ながら何かを考える素振りを見せ、やがて首を振りながら「結構です」とハッキリ断った。

「このような歳になって……さすがに、貴方さまほどの歳の方に甘えるのは」

　リオネルにとっての私は変声期前の少年なのだ。おそらく中学生くらいに思われているだろう。大の大人がそのような年頃(としごろ)の子供に甘える訳にはいかない、という気持ちは理解できる。理解できるが、彼は私に甘えろと言うくせに、自分は甘えないつもりであるらしい。そのような関係は対等と言えるのだろうか。

「ほら私たち、お友達じゃないですか。年齢なんて気にすることではありませんよ」

「いえ、結構です。お気になさらず」

「私だけ貴方に甘えるのは不公平だと思うんですよ。なので、遠慮なさらず」

私だけが頼るのではなく、リオネルだっていくらでも私に頼るといい。そのような気持ちでニコニコと笑って差し出した手は、いくら待っても握られることはなかった。

「貴方さまがそのように明るく振舞われているのを見ていれば、私も自然と落ち着くのです。ですからもう、必要ありません」

鎧の下で笑っているのが分かるので、本当にもう平気なのだろう。しぶしぶ行き場のない手を下ろしたものの納得はできない。やはり彼はずるいのではなかろうか。

私の言葉は魔法であり、強い言霊（ことだま）である。それでも何故かリオネルを説得するのはあまり上手（うま）くいかない。そもそも私がリオネルの言葉に弱いせいだろう。

（まっすぐすぎるっていうか……純粋すぎるのかな）

私なら恥ずかしくて口にするのを躊躇（ためら）ってしまうような、好意に満ちた言葉を彼は使う。それは今まで誰も親しい相手がいなかった彼の、人との距離感の取り方が分からない故の言葉なのだろうけれど。私からすればあまりにも新鮮で、刺激が強すぎる。

「マコトさま、気分が優れませんか？　やはり何かお体に影響が……」

「ああ、いえ。ちょっと考え事をしていただけですよ。気分は悪くありません。それよりも薬草抜いちゃったので種を一つ植えないといけませんね」

根元から引き抜いて蛇に渡してしまった薬草には人の体を元気にする成分が含まれている。

傷薬にももちろん使うし、本数が減るのはよろしくない。そういう訳で久々に魔力を水に変えて、大きく美味しくなるようにと言葉にしながら水を与えた。

さすがに薬草一つ分では気を失いそうになるほどの眠気に襲われることはない。精々いつもよりも多めにご飯が食べたくなる程度だ。それが分かっているのか、リオネルはおかずを一品増やしてくれた。本当に有能な補佐である。

(今日も美味しそうだなぁ……リオネルさんは料理上手だ)

これは朝食で、この時間帯だと目の前に座る鎧騎士は兜と籠手のみを外し食事をする。彼が鎧を全て脱ぐのは夕刻以降、全ての仕事を終えて家に戻ってきてからだ。

相変わらずリオネルの作る食事は美味しい。そしてやっぱり、私は何も手伝わせてもらえなかった。

「リオネルさんに料理を頼り切っていると私はいつまでもこの世界の料理を覚えられないんですが……」

「覚えなくてもよろしいのではありませんか？　私は貴方さまが伴侶を迎えられるまでは、こういったこともお手伝いさせていただくつもりですので」

それは初耳だ。あまりのことに食事の手が止まる。私は彼に性別を知られる訳にはいかないため、彼が私の傍を離れる日がくるまで結婚はおろか恋人を作ることさえしないと決めている。

それだというのに、彼は彼で私が結婚するまで仕え続ける気なのか。

「……本気ですか？　私が結婚しなかったらどうするんです？」

「貴方さまを女性が放っておくとは思えませんが……そうですね。もし私が死ぬまでマコトさまが伴侶を得ずとも、おそらくまた私のような誰かが貴方さまを支えようとするでしょう。貴方さまはそれほどに、魅力的ですから」

そこまで言われるとさすがに居心地が悪い。そっと視線を料理に落としながら思う。それでは、リオネルがずっと私に縛られてしまうではないか。

「私は、私のためにリオネルさんの人生を縛りたくはないのですが……」

「私は貴族社会に戻りたいとも思いませんし、村人に素顔を晒す気もございません。私は貴方さまが……貴方さまと過ごす時間だけが、心地好いのです」

まるで告白のような台詞であるが、彼に恋愛的感情は一切ない。私のことを男だと思っているので当然だ。ただ友人と過ごす時間が楽しいと、そう感じているからそのまま口にしている。

彼が純粋に私を友達として好いてくれればくれるほど、秘密を抱えていることを心苦しく思うのである。……初日に不注意で裸足を見せてしまった私が悪いのだけど。

「もしかしてリオネルさん、私のこと凄く好きなんじゃないですか？」

「はい」

疑問系の言葉は魔法にならない。だから彼の返答は、魔法に関係ない素直な感情である。場の空気を変えたくて茶化すように言ったのに、素直に頷かれてしまって何も言えなくなってしまった。頬が熱を持ちそうになる。私は本当に、この人の言葉に弱い。

「マコトさまは、私のことがお嫌いですか？」

「……嫌いなわけないでしょう。友達ですよ」

「それなら、安心いたしました」

穏やかで、嬉しそうな笑顔だ。「好きですか」ではなくて「嫌いですか」と訊くところがリオネルらしい。こんなに素晴らしい人なのに、己の存在に自信が持てないのだ。

貴方はすごい人ですよと、そう言いたいが恥ずかしくて口にできない。彼だったなら素直に言葉にできるだろう。それは彼の美点だと思うと同時に、少し苦手な部分だとも思う。私の心がかき乱されそうになる、という点で。

美味しいはずの食事の味がほとんどよく分からなかった。心を乱されすぎである。その日は一心不乱に薬の勉強をして、平常心を取り戻すことにした。

そしてその、翌日のことである。

「……リオネルさん、あれなんですかね？」

「……卵でしょう」

昨日、白蛇に渡すために薬草を置いた場所。そこには真っ白な卵があった。それも抱えるほどに大きな白い卵である。周りにその卵の親と見られるものは存在せず、巣のようなものも存在しない。ただドンと大きな卵がそこにあるだけだ。明らかに不自然な物体を前に呆けていいのか笑っていいのか分からない。

「……何あれ」

「……卵かと」

私の考えを放棄した独り言に、リオネルは今日も真面目(まじめ)に、そして律儀に返事をくれるのであった。

しかしいつまでも思考放棄する訳にもいかない。まずは大きな卵の観察である。真っ白で、特に特徴のない卵だが何故か存在感だけは異様にある。

そもそも大きな卵が一つ畑の傍にドンと置かれていたら存在感はあるだろうが、そういうことではなく。昨日の蛇に似た強い存在感を放っている、という意味だ。

「……あの蛇の卵ですかね」

「可能性は大きいかと。……マコトさま、迂闊に近寄らないでください」

またもやふらふらと卵に近寄りそうになり、両肩を掴んで止められた。あの蛇はいないというのに、私の意識はまた妙なものに突き動かされているようだ。そうだと分かっていても何故か卵を拾いたくなるのである。

「拾った方がいい気がして……」

「マコトさま、私が誰か分かりますか?」

「リオネルさんです。そしてここは薬草畑ですね。意識はハッキリしてますよ」

質問に先回りで答えられるくらい意識は確かである。それでも上からじっと覗き込まれたので笑顔を向けておいた。両肩も掴まれたままなので、余程心配されているらしい。

いくら特別な魔法があっても私の戦闘能力は皆無だから当然の反応だ。卵を持ち帰ろうというこの気持ちも、昨日の白蛇の影響なのだろうと分かるけれど。

「あの卵をどうしても連れて帰った方がいい気がするんです。そうしないと、多分大変なことになるというか……だから持って帰りたいんですけど、駄目ですか？」

「…………私がいくらお止めしても、夜中に起き出してまで拾いに行かれそうな気がいたします」

何故分かったのだろう。と思いながら見えない顔を見上げていたら、やがて彼は諦めたように一つ息を吐いた。

「分かりました。その代わり、私が拾います。そして、私が保管いたします。それで、よろしければ」

「ありがとうございます」

彼は本当に私を心配してくれている。けれど卵に関してはやはり大丈夫な気がしてならないのだ。洗脳されている可能性のある私の感覚など、信用できないかもしれないが。

リオネルは私から離れ恐る恐る卵に近づいてそれを拾おうとした。しかし彼の手は卵を素通りしてしまい、空を切る。

「……触れられませんね」

「え、じゃあこれは幻覚ってことでしょうか？」

私も近づいて卵に触れてみた。私の手がすり抜けることはなく、つるつるとした卵の殻の感覚が掌（てのひら）に伝わってくる。それを見たリオネルがまた卵に触れようとするが、やはり彼の手はすり抜けてしまった。

「マコトさまだけ触れるのでしょうか。…………まさか、これは……」

「……リオネルさん？」

「…………いえ。持ち帰っても問題ないと思いますが、念のため目の届くところに置いてくださいますか」

リオネルの反応が明らかに変わった。先ほどまで危険物として見ていたはずの卵を急に受け入れだしたのだ。何かこの現象について思い当たるものがあったように見えるが、それ以上口にしようとしない。言う必要がないことなのだろう。

私はこの卵を持ち帰れるならそれでいいので、彼の気が変わらないうちにと卵を抱えて持ち上げた。大きさの割にほとんど重さを感じない。

「目の届く所、というと……台所がいいでしょうか」

「……食べないでくださいね」

「さすがに食べませんよ」

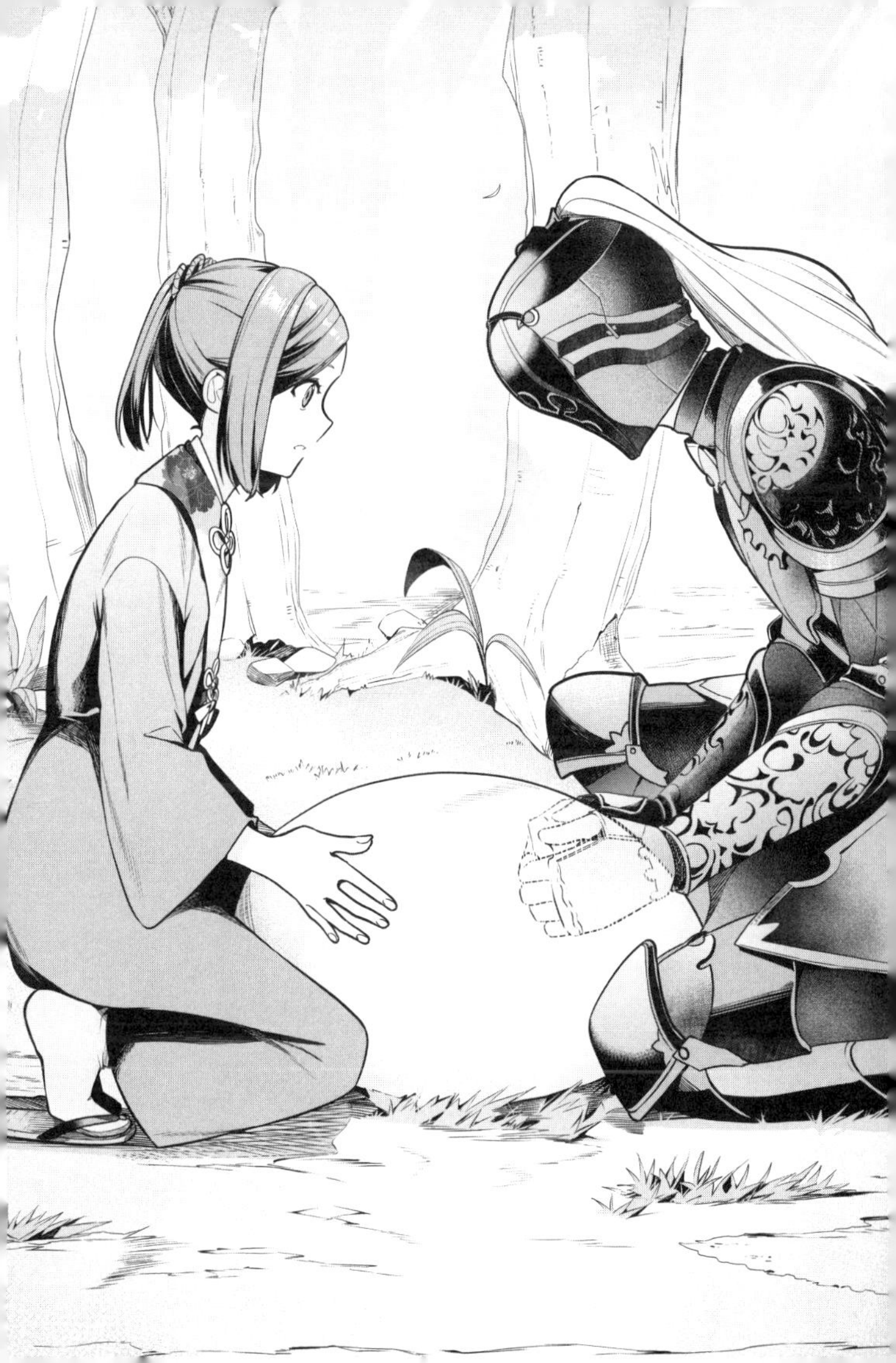

そんなやり取りがあって、卵は台所の一角に置かされることになった。人の手どころか物もすり抜けそうになる卵は、どうやら大地と私の魔力だけは通過しないらしい。

大地を通過しないのは神の力だとして、私がすり抜けないのは蛇に薬草を与えたことが原因かもしれない。とりあえず薬草を鳥の巣のように集めてその上に置くことで、卵が地面まで落ちていかないようにしてある。

毎日触れて魔力を与えればそれだけでこの卵は育つと私は何故か知っていた。色々おかしいのは自覚しているのだが、必ずそうしなければならないとも思っている。私はまだ蛇に洗脳されているのかもしれない。

「マコトさま、国からの連絡がございました。明日(あす)、隊商が村を訪れます。申請した道具も隊商が運んでくるようです」

不思議な卵をぼんやり眺めていたらリオネルからそう告げられた。彼は卵を気にしないことにしたのか、もう目もくれない。別に愛情を与えなければならないものでもないので構わないのだけど。

切り替えの早さはさすがリオネルといったところか。相変わらずの優秀さである。

「それなら、もうすぐ学校も開けそうですね」

今のところ村人から悩みを相談されてはいない。そもそもずっと僧侶のいない村であったのでそういう習慣がないというのもあるかもしれないし、この村は小さいが住人が助け合う穏やかな場所で、僧侶相手にするような大きな悩みなどないのかもしれない。

それでも何があるか分からないので文字を広め、筆談型の相談形式にするのは決定事項である。私は嘘が言えない身の上であるからして。

「……マコトさま。一つお願いがあるのですが」

「え、なんでしょうか。何でも言ってください」

リオネルから何かを頼まれるなんて珍しい。驚いたがそれ以上に嬉しくなった。私にできる限り面倒なことをさせないようにしようとする友人だ。私の恩が溜まっていくばかりだったので、何か手伝えることがあるなら喜んでやりたい。

「私にも文字を教えていただけませんか。あのカンジ、という文字を」

「それくらいお安い御用ですよ。今からやりますか？」

「いえ。夜の空き時間にでも、教えていただけたら」

「分かりました。夜ですね」

機嫌よくリオネルを見ていたら、彼の様子が少し妙なことに気づいた。まるで出会った初日の頃のようにこちらをじっと窺う気配がしたのだ。しかしあの時のように、嫌悪する感情を持って見ている風でもない。鎧で隠れた顔が見られればもっと何か分かったかもしれないが、見えない表情から何かを察することはできなかった。

リオネルの感情がよく分からなかったのは久々で、だから余計に気になってしまう。

「……どうかしましたか？」

「いえ、何もございません。それよりも朝食にいたしませんか？」

「あ、はい。そうします。では私はお茶を淹れ……」

「貴方さまは座ってお待ちください。卵に魔力を与えてお疲れでしょう」

お茶を淹れようとする私の言葉を遮り、仕事をさせまいとする態度はいつも通りのリオネルである。先ほどの様子は気のせいだったのかもしれない。

結局何もさせてもらえないまま準備された朝食を摂ることになった。食前の言葉を唱えて、一緒にいただきますと口にして、いつも通りの食事風景だ。

「あ、そうだ。私、作った薬を国に納品した方がいいんじゃないかって思ってたんですけど……隊商の人たちが持っていってくれるでしょうか」

「……そうですね。しかし、マコトさまの薬は、難しいかもしれません」

「え、そうなんですか？　でも、この国は薬不足なのでは……？」

この国では薬が不足しているはずだ。しかしここでは結構余っている。薬草畑の薬草が簡単に育ってしまうので、薬が不足するということはほぼあり得ない。この村に来て使った薬は傷薬と、村人が欲する除草剤くらいで、他の薬は使われずに棚に眠っている。このように余力があるなら他所に流した方がいいだろう。

薬は時間が経つと効力が薄れてしまうが、それでも需要はあるかもしれない。僧侶が常駐していない場所や人が多すぎて僧侶の作る薬の数が足りない場所には、商人が薬を運んで売っているのだ。この村も私が来るまではそうだったはずである。

「貴方さまの薬は、特別ですから」

私がこのオルビト村にやってきてから育てた薬草で作った薬は、他の薬とは一線を画すものであるらしい。それはおそらく私が「大きく美味しくなるように」魔法を使って育てた薬草を、「効果が強く出るように」魔法を使いながら作るからだ。

本来、飲む傷薬は口にしなければ効果を発揮しない。しかし私の薬は直接傷口にかけても、時間さえあれば魔物に抉られた傷を修復できるだろう力を持っていた。二重に魔法がかけられて作られた薬は、特別なもの。

これは誰が作ったのか。どこから出てきたのか。何故このような薬が作れるのか。閉鎖された情報が外に出ない村の中でなら問題にならずとも、外に流れてしまうと薬について調べたがる者が出てきてしまう。そして聖女以外の異世界人がいることが知られてしまう可能性があるとリオネルは言った。

「たしかにそれは問題ですね……やめておきます」

「ええ。ここに来る商人は口が堅いですが……できれば、彼らの前で薬を使うこともない方がいいでしょう」

村人が皆明るく楽しそうに暮らしているから忘れそうになっていた。この村は隔離された場所だ。もし何か見てしまっても口外しないと国が信用できる商人だけが、訪れることができるのだろう。それでも万が一の可能性を考えれば私の異様さはできるだけ晒さない方がいい。

「私では考えが足りないことが多いので、やっぱりリオネルさんがいてくれると心強いですね」

やはり常識の違いは簡単には身につかない。何かを始めようとするならリオネルに相談するのが一番だ。性別のことは言えないが、それ以外の事情は全て分かってくれている。この国で私の状態に一番詳しいのは彼と言っても過言ではないだろう。

彼が私を補佐しようと心から思ってくれているから、私は安穏と日々を過ごすことができている。もし私のことを嫌って害を為そうとするような人間が補佐についていたら、私のような迂闊な人間は身を滅ぼしてしまうだろうから。

「私は何があっても貴方さまを補佐し、お護りいたします。……ご安心ください」

柔らかく笑うリオネルの顔はいつも通り、優しい。本当にそう思ってくれているのが伝わってくる。けれど何故だろう。何かが違うような気がしてならなかった。

「……リオネルさん、何かありました？　何か、いつもと違うような」

「いえ。私はいつも通りです。ただ、貴方さまをより一層補佐し、護らなければと思っているだけです」

「……急にどうしたんですか」

どことなくリオネルがおかしい。もしかして私が卵を拾ったから、彼にも何か影響が出てしまったのだろうか。不安になりながら彼の表情を窺っていると、それまでも微笑(ほほえ)んでいたはずの顔が更に一段と笑み崩れて、彼の表情の中では見たことのない類の笑顔になった。

「私がいないと、貴方さまは得体の知れないものに確認もせず近づこうとされますので」

「…………それは、すみません」

「いいえ。私が貴方さまの行動に注視していればよいだけですから」

この笑顔は諦めを含んだ笑顔というか、何かを受け入れた笑顔というか、そういう類(たぐい)のものなのだろう。そしてそれは私のせいである。……いや、私としては白蛇と卵以外にはそこまで突飛なことをしていないつもりなのだが。そしてこの二つの件に関しては、私の理性ではどうにもならない部分の問題であるので許してもらえぬものだろうか。

「……もしかしてちょっと怒ってます？」

「いいえ、怒りなどありませんよ」

「……今後、気を付けようと思います」

怒ってはいないが呆(あき)れているのかもしれない。リオネルに見捨てられると私は大変困るので、本当にこれ以上彼に迷惑をかけないようにしようと心に誓った。……蛇と卵のような不可抗力の事態が起こらないことを切に、祈る。

数日後、村に隊商がやってきた。魔物鍋の宴を催したあの広場に、今は馬車や小さなテントが並んで出店が開かれている。私が取り寄せてもらったものはすでに教会の方に運ばれているので、今は少し離れたところから村人たちが賑やかに買い物を楽しむ様子を眺めていた。

この村には通貨を使う習慣がない。この村の中で金銭のやり取りをする必要がないからだ。よって買い物というよりは物々交換で欲しい品を手に入れている。

隊商に引き取られるものは食料や布類が中心だ。この村の人たちは普通の農村の者より魔力が多い者が多いため、作られる品は質が良いとリオネルも言っていたし、隊商からしても悪くない取引ができるのだろう。

「私は買い物できませんね、残念です」

私が作っている薬草や薬を物々交換に出すと問題になる。そしてこの世界の通貨も持っていない。店を見たら欲しくなってしまうだろうから、こうして賑やかな様相を離れて眺めるくらいしかできないのである。

「国から支給された資金がありますので、お買い物を楽しんでいただくことは可能です」

「……いや、でも私的なことで使うのは……」

「貴方さまは僧侶としてここで仕事をされているのですから、その給金と思われてよいかと。働きすぎはよくありませんよ」

「その言葉、そのままお返ししていいですか？」

僧侶の仕事に休日は存在しない代わりに、業務内容はのんびりしたものが多い。それよりも私について回らなければならず、護衛として気を張り、家では補佐の仕事外と思われる家事もこなすリオネルの方が働きすぎだと思う。

「騎士団で働いていた時と比べれば今の生活は毎日が休暇のようなものです。貴方さまと過ごすのが楽しいのですよ、私は」

兜の下ではあの柔らかい笑顔を浮かべているのだろう。それがよく伝わってくる声色だった。素直にそういう反応をされると、私は何も言えなくなってしまう。

しかし今の生活が休暇とは一体どんな仕事をしていたのやら。騎士団とはそんなに厳しいところなのか。それとも、差別の一環として特別酷い待遇を受けていたのか。

「……なら、せめてリオネルさんも一緒に買い物をしましょう」

「貴方さまがそうおっしゃるなら」

リオネルが欲しいと思うものがあるかどうかは分からないが、とにかく少しでも楽しんでもらいたい。そのような気持ちで買い物を始めたら、私の方が店を見て回るのがだんだん楽しくなってきてしまった。

何せここは私にとっては異世界。普段見かけないものがたくさんあるのだ。興味を引かれるものが多く、何があるのか見ているだけで面白い。

（あそこは女の人に人気だな……何の店だろう）

様々な品が売られている中でもやはり人気のある場所というのがある。若い女性がきゃっきゃっとはしゃぎながら見ている店は何が売られているのか。私も見てみようと近づくと、集団の中の一人が私に気づき華やいだ声を上げ、それを合図にその場の全員が振り返って私を見つめた。……バッと視線が集まるのはなかなかに怖いものである。

「僧侶さま、こちらはお守り石の店ですよ？」

「お守り石、ですか。実は不勉強で、見たことがないのです。見学させてもらってもよろしいでしょうか？」

「まあ、そうなのですか？　ではどうぞ、ご覧になってください。もしよろしければあとで僧侶さまが気に入った石を教えてくださいね」

女性たちは連れ立っていなくなった。言葉に色々と含まれるものがあった気がするが、お守り石とやらの存在を知らない私では、どのような意味があるのかまったく想像できない。

この国の常識であるなら私も知っておいたほうがいいはずだ。興味深そうに私を見ている商人に聞こえないよう、声を潜めてリオネルに尋ねてみた。

「お守り石ってなんですか？」

「……その名の通り、願いが込められたお守りです。大事な相手に贈るもの、とでも申しましょうか」

「なるほど」

神社で貰うお守りのようなものだろうか。しかし小さな石と編み上げられた紐で作られたその飾りは、結構綺麗な装飾品に見える。使い方を尋ねれば手首に巻きつけるものだというので、これはブレスレットの類であるらしい。

元の世界にもパワーストーンで作った、お守り効果のあるブレスレットが存在していた。私の場合ストーンブレスレットよりも腕輪念珠の方が馴染み深いので詳しくはないのだけど。おそらくそれと似たようなものなのだろう。

大事な相手に贈るということは家族や恋人、友人などに何かしらの願いを込めたお守りを渡すのがこちらの習慣なのかもしれない。ならば私もそれに倣いたい。

「どんな願いがこめられているか訊いてもいいでしょうか？」

「ええ、勿論。まずこちらのものは……」

石のお守りは実に様々な種類があった。天然石なのか魔法で作られたものなのかは定かではないが、色とりどりで女性が喜ぶ気持ちも分かる。しかし先ほどからどうも、女性向けの品を勧められているように思うのだが何故だろう。色合いがいかにも女性の好みそうな桃色や橙色を中心にしたものであり、しかも込められた願いも女性が望みそうなことであったり、家庭的であったりする。私は一応男として見られる姿であるはずなのに、何故なのか。

「あの、男性向けのものはありますか？」

「……ああ、なるほど。ならばこちらが……」

どうやら女性に贈るものだと思われていたようだ。私が色気づく年頃の少年にでも見えたのだろう。改めて勧められたのは黒を基調としたものが多く、込められた願いも出世だとか危険回避だとかでたしかに男性向けだ。

「この厄除よけのお守りを買いたいんですが」

危険なものを遠ざける願いの込められた、緑の石が基調のお守りを指す。緑と言っても単一色ではなく、様々な緑の石が使われている。その中の一つが護衛の彼の目によく似た色をしていたから、一目見てこれを買おうと思ったのだ。

「五センなので、僧侶さまならギキキの葉が一枚相当ですが……」

ギキキの葉というのは薬草の一種だ。もっともよく使う薬草で、白蛇にも渡したあの薬草である。しかし私はそれを渡す訳にはいかない。

横からスッと黒い手が伸びてきて商人に通貨を差し出した。この世界の通過単位は「セン」であるらしい。漢字を当てるならおそらく「銭」であろう。

商人が簡単な紙袋に包んで渡してきたお守りは袂たもとに入れておく。その後はまた店を巡ったがリオネルが何かを買おうとすることはなかった。

「リオネルさんは買い物しなくていいんですか？」

「あまり物欲がありませんので……ただ、誰かとこうして店を回ることは初めてですから、とても楽しいですよ」

(……そんなことを、あまりにも平然と言う……)

この人はずっと一人であったと窺える内容をなんでもないように、そして私といることを嬉しそうに話す。私はそれが苦手だ。嫌いという意味ではなく、胸が痛くなるから苦手なのだ。

哀れみや同情もあるのかもしれない。けれどただ、今からのリオネルの人生が少しでも良いものであってほしいと、そう願ってしまう。

「僧侶さま、良い品はございましたか?」

一通り店を見て回った頃合を見計らって話しかけて来たのはこの隊商の長という人物だ。派手ではないが品の良い服を着ており、余計な肉もついておらず好印象。城に出入りできるほど信用ある商人なのだから、身なりを整えているのも当然だろう。香水のような匂いもうっすら漂っていて、元の世界であれば英国紳士をイメージするような雰囲気の中年男性である。

「一つ買わせていただきました」

「それはようございました。そうだ、こちらでは向こうのお話が入ってこないでしょう? 王都の方では聖女さまがお見えになったということで、大変な賑わいでございましたよ」

私は聖女がこの国に現れたことをとっくに知っているけれど、笑顔で商人の話を聞いておく。たしかにここにいると外の情報はほとんど入ってこない。リオネルには伝わっているかもしれないが、彼は私に必要のないことをわざわざ話さないのである。

私たちが召喚された城のある町、すなわち王都の方でも聖女を召喚したことを民衆に向けて発表したようだ。聖女を迎える盛大なパレードが開かれて、本当にお祭りをやっているらしい。そのような騒ぎがこの村まで伝わってくることはない。本当に隔離されているのだとつくづく思う。

「聖女さまはまだ婚姻相手を決めかねているということで、六名の勇者が競い合っていると巷ではたいへんなうわさに」

「へぇ……」

「私も一目お目にかかりましたが黒髪の美しい、それはもう愛らしい聖女さまでした。まるで大地の神さまの写し身のようで……」

国民への見世物にさせられる聖女のあの子も大変そうである。そして六人から同時に、しかも異世界に来たばかりだというのに求婚されてどうしていいのか分からないのだろう。彼女には申し訳ないが、私が聖女でなくて本当によかった。私ならばそのような窮屈そうな立場は御免被る。ここでのんびり僧侶の仕事ができるだけ幸せだ。

ただリオネルはこんな話を聞かされてどう思うだろう。本来なら六人の勇者とやらの中にリオネルもいるはずだったのだ。今が楽しいと言ってくれるけれど、それでも戻りたいと思うことはあるのではないだろうか。

「では、僧侶さま。今後ともご贔屓に」

「はい。貴重なお話をありがとうございました」

隊商の長と別れて賑やかな広場からも離れ、一度家に戻る。それまでリオネルと一言も話さなかったので、彼が何を考えているかは分からない。

とりあえず台所でお茶でも淹れようとヤカンに手を伸ばしたら、私が触る前に黒い鎧がヤカンを掻っ攫っていった。……元気がない訳ではないようだ。

結局そのままリオネルが湯を沸かし、お茶を淹れてしまった。このような雑用ばかりさせる私の傍にいるより、彼は王都で聖女に仕えた方が幸せだったのではないのだろうか。

「マコトさまが気にされるようなことはございませんよ」

「……そう、ですか？」

私が何か、それもリオネルのことで悩んでいると彼には分かるらしい。しかし気にすることではないと言われてもやはり気にしてしまうものだ。

彼は元々、望んでここに来たのではない。今は喜んで私を手伝ってくれていても、それは戻ることができないと思っているから受け入れたものではないのか。名誉を得られる場所に戻れるものなら戻りたいと、そう思うものではないのだろうか。この人の本当の望みは、幸せはどこにあるのだろうか。

そういう私の気持ちが顔に出ていたのかもしれない。リオネルが兜を取って私をまっすぐに見つめながら、口にしていないはずの私の疑問に答えるように、こう言った。

「私は……もう、あの場所に戻り、六名の中に入りたいとは思っていないのです。それとも

「……貴方さまは、私がいなくなることをお望みですか？」

翡翠の瞳が少しだけ不安そうに揺れている。彼は彼で、私が自分と距離を置きたいのではと思うことがあるのだろうか。

私は別にリオネルにいなくなってほしい訳ではない。彼が望む、幸福だと思える人生を歩んでほしいだけだ。

性別という隠し事があり、彼がいる限り恋愛厳禁である私だが、早くいなくなってくれなどと思うはずがない。この世界で私を支えて護ってくれた人で、唯一の友人だ。既に彼は私にとって大事だと思う人なのだから、幸せを願いこそすれ目の前からいなくなれなどと、思うはずがない。

「……リオネルさんは、本当に戻りたいとは思わないんですか？」

「はい。許されるならば……ずっと貴方さまの傍で、貴方さまを支えてお護りすること。それが私の心からの望みです」

それが彼の偽りなき本心であるならば、彼が王都に戻りたいのではないかと疑うような私の言葉は無粋でしかない。彼が戻りたいのではと、そう思いながら接するのは失礼に値する。それではリオネルの思いを信じず、踏みにじることになってしまう。そんなことはしたくない。

「その望みが叶えば、幸せですか？」

「そうですね……幸せです」

少しの間、どこかへ想(おも)いを馳(は)せるかのように目を伏せて。再び目を開いた時には幸福そうな笑みが浮かんでいた。彼の望みがそれであるというならば、私には拒絶できない。

本当に私などのために自分の時間を使っていいのか、とか。他に探せばいくらでも、私などの傍にいなくても幸せはあるだろう、とか。こんなに幸せそうな顔をしている彼に誰が言えるだろうか。

私ができるのは、リオネルが本当に望んでここにいて、望んで私を支えてくれて、それを幸せだと思ってくれていると信じることだけだ。

「……私も、リオネルさんが傍にいてくれたら嬉しいですし、一緒にいてくれることにとても感謝しています。でも、貴方は働きすぎだと思うので休んでほしいとも思っています」

「言ったでしょう。貴方さまと過ごす日々が、私の休息なのですよ。これ以上の休みなど、貴いようがございません」

嬉しそうに笑われて、胸が苦しくなる。ここまで信頼してくれている彼に隠し事があるということが、罪悪感となって私に伸し掛かる。

この人に幸せになってほしい。ずっとこうして嬉しそうに笑っていてほしい。そう願うのは友愛からくる感情なのか、もっと別のものなのか。もう分からなくなってしまった。

ただ一つ確かなのは、私はリオネルの笑った顔が好きだということだ。

「マコトさまが異世界から来てくださってよかった。……貴方さまからすれば、とても迷惑な話でしょうけれど……そう思ってしまいます」

「…………いえ。確かにこの世界に望んできた訳ではないですけど……リオネルさんがいてくれるので、そう悪いものでもないですよ」

「そうですか」

幸せそうに笑うリオネルの顔は、この世界できっと私しか見たことがないのだろう。そうでなければおかしい。こんなに柔らかい顔で優しく笑える人だと知っていたら、誰も酷いことなどできるはずがない。できてはいけないと、思う。

せめて、私がこの笑顔を壊してしまわないように。神に誓って、努力しよう。


教会学校の道具を隊商が運んできてくれたので、もういつでも学校を始めることができる。いきなりという訳にはいかないから、とりあえず三日後の羊の刻、つまり午後二時頃にルルともう一人の生徒に集まってほしいとオルロに伝えた。

教室は存在しないため、教会の前に机と椅子と黒板のような魔法道具を設置した青空教室となる。雨が降った場合は翌日に延期すると決めた。礼拝堂でやってもいいのだろうが、なんとなく神に祈る場で私が教鞭をとるのは憚られた。……尊く恐ろしい神に絶対不敬をやらかしてはならぬという意識が働いているらしい。

現在私は届いた道具の点検と、その使い方の確認をしている。といっても変わったものといえば、黒板のような何かだ。元の世界の黒板のような深緑ではなく真っ黒な板であり、畳二枚分はある大きさでありながら私一人で持ち運べる程度の重さである。簡易な組み立て式なので何処でも使えるのが利点だ。

「チョークは、ないし……これはどうやって文字を書くんでしょうか」

「魔力で文字を書きます。指でも文字が書けますし、付属の筆を持てば魔力が伝わりますのでそちらでも可能です」

この黒板モドキの名は魔法文字板である。指を走らせればそれに沿って白い線ができた。放っておくと一刻ほどで全て消え、早く消したい場合は魔力を吸い取る布が貼られた道具を使えばいいらしい。こちらは黒板消しのようなものだと理解する。しかしこの魔法文字板の場合、いちいち消さなくても触らなければ文字が消え、黒板消しを粉まみれにしながら掃除する必要もない。

「便利ですね……リオネルさんに漢字を教えるのもこれを使えばいいでしょうか。今夜さっそく使ってみましょう」

夜の勉強会はリオネルが鎧を脱ぐことを考えれば鍵（かぎ）のかかる部屋がいい。とりあえず広いテーブルのある場所といえば台所兼食堂のあの部屋である。現代ならダイニングキッチンと呼ぶのだろうが、この世界だと上手い呼び名がない。台所もしくは食堂である。

「場所は台所の机でいいですかね？」

「そうですね。あの部屋は広いですし文字板も持ち込めるでしょう」

そういう訳で、夜。食事と入浴を済ませたらリオネルのための勉強の時間だ。机に向かい合わせで座り、私の背後には文字板を設置した。一対一の授業をするのはまるで家庭教師の気分である。相手は自分よりも年上だが。

「漢字って本当にたくさんあるんですけど、リオネルさんが知りたいものってありますか？たいていの言葉には漢字があると思います」

小学生の漢字ドリルなどは持っていないし、勿論小学校教師の資格も持っていない。いざ教えようとしてみたら、実際に漢字を書いて見せて覚えてもらう以外に思いつかなかった。

そしてどんな文字を教えるかという問題もあった。私があちらから持ち込んだのは仏教辞典であり、これは仏教語の解説をする辞典なので常用漢字でないものも大量に書かれている。そもそも仏教用語など一般的でないものばかりで「自業自得」や「立ち往生」のような日常に組み込まれた言葉の方が少ないし、この本はほとんど参考にならないだろう。ちなみに辞典の最初の言葉は「愛」であった。……なんとなく見るのをやめた。

とにかく教えるにも指針がないと難しい、ということだ。私は教師向きではなさそうである。

「マコトさまにはジングウジという家の名もあったと記憶していますが……その名にも漢字が使われているなら、教えていただきたいです」

「……よく覚えてましたね、私の苗字……じゃあ書きます」

一文字ずつ大きめに書いてみせる。神はともかく、宮、寺という文字の意味が伝わる気はしない。理解してもらえるよう、努力してみよう。

「一文字めは神様のカミです。私の文字の場合はジンと読みますが、他にもシンとかカンとか色々読めますね」

「……神、ですか。貴方さまの名前には、神の文字が使われているのですね」

「あちらではそこまで珍しくないですよ。それで、宮というのは……」

宮と寺はそれぞれ建物のことを指している。こちらの建造物でないので分かり難いかもしれないが、宮は神を祀る場所であり、寺はあちらの僧侶がいる場所であると説明した。リオネルは真面目な顔でじっと考え込んでいるが、理解できただろうか。

「……マコトさま、カミサカという家の名は、どのように書きますか？」

「神坂さんですか。それなら先ほどの神に……」

彼があちらの苗字を口にするのは不思議だったが、この世界にはあちらから聖女を何度も呼んでいる。いくつか苗字が伝わっていてもおかしくはない。「神坂」と文字板に書いた後ふと気づいた。

「カミサカさんだと……こっちの可能性もありますね」

「上坂」と続けて書いて見せる。漢字は同じ読み方の文字がいくつもあるので、音だけでは判断しきれないのが難しいところだ。

それぞれの文字の説明をしていく。しかしリオネルは私の説明を聞いているのか分からないほど深く考え込んでいるように見えた。

「……聞いてます？」

「ええ、聞いております。一字一句、間違いなく繰り返せますが、お聞きになりますか？」

「……ハイスペックですね、リオネルさん」

「はいすぺっく……？」

私は必死に書き取りをして何度も復習しないとものを覚えられないというのに、彼は一度聞いただけで覚えられるらしい。いちいち漢字のつくりなど説明しなくても漢字の形を覚えてしまえるに違いない。彼の手元の紙には私が書いて見せた漢字が一文字ずつ、教えた読み仮名と共に書いてあるだけだ。意味はしっかり頭に入っているのだろう。

魔物を一太刀(たち)の下に断(き)り捨てるだけの力があって、一度聞いた言葉を一言一句違(たが)わず繰り返すだけの記憶力があって、私からすれば完璧(かんぺき)超人かと言いたくなる人間であるのに、差別されている。天は人に二物を与えずということわざが元の世界にはあったが、まさにそれなのだろう。彼はあらゆる才能に恵まれたのに、それをすべてなかったことにされる特徴を持って生まれてしまったのだ。

「マコトさまは時々、私の知らない言葉を使われますね」

「ああ、和製英語とか外来語なんかは伝わってないですもんね」

「ワセイエイゴ……」

「あちらの世界の、私たちが住む国から離れた国から色んな文化が入ってきて、言葉も増えたんです。これは漢字じゃなくてカタカナって文字を使って表現しますけど……」

一応、ハイスペックと書いてひらがなで振り仮名をつけて見せた。リオネルは興味津々で、文字に見入っている。今度カタカナの五十音表を作って渡してあげたほうがいいのだろうか。彼なら喜んで覚える気がする。

「お願いすれば、教えていただけますか。私は貴方さまのことが……マコトさまの世界が知りたいのです」

「私が教えられることならなんでも教えますけど……リオネルさんって勉強熱心ですよね」

「いえ。このような気持ちになったのは初めてなのですよ。私は今まで、己の隙をなくすために学んでおりましたので……新しいことを知るのが楽しいのは、初めてです」

ニコニコとなんでもないように、裏側に重たいものを抱えたような言葉を放つ。リオネルは自分の欠点を、誰かに付け入られるような隙を全て排除してきたのだろう。そうしなければ何処から蹴落とされるか分からないから。でも、彼がなんでもない顔をしていると私の方が苦しくなってしまう。私には想像できないような人生を歩んでいるのだろうし、私が胸を痛めるのはおかしなことかもしれないけれど。……それでも悲しくなるのだ。

「……そういえば、リオネルさんに渡したいものがあるんでした」

「私に、ですか？」

「ええ。今持ってきますね」

　勉強の途中なのは分かっている。それでも表情が崩れてしまいそうだったから少しだけ、その場を離れたかったのだ。一度部屋に戻って、目的の物を手に取った後に軽く深呼吸をした。最近の私はリオネルに心を寄せすぎている。彼は泣いてもいなければ、悲しそうな顔もしていないのに、私が泣きそうになってどうするのか。

　心を落ち着かせてから台所に戻る。何故か魔道具の上にヤカンが乗っており、お湯が沸かされようとしているところだった。

「マコトさまがお疲れの様子でしたので、お茶でもお淹れしようかと。……お仕事の後に私にまで教鞭をとられるのは、大変でございましょう。申し訳ありません」

「リオネルさんこそ、働きすぎですよ。それに謝られることじゃありません。私も好きでやってるんですから」

　リオネルが自ら望んで私の世話とまで言えるようなことをするのと同じだ。私だって彼のためにできることがあるなら何でもやりたいと思う。……今から渡すものを喜んでもらえるかは、分からないが。

「これ、リオネルさんに使ってほしいと思って買ったんですけど」

「……それは、お守り石ですか？」

そう、隊商から買ったお守り石だ。リオネルの目に似た色の石も使われている、厄除けの願いが込められたものである。

あまり自分でお金を出して買ったという気はしないのだが、それでも彼に持っていてほしい。あちらの世界でパワーストーンや神社で貰うお守りのようなものを信じたことはなかったけれど、この世界には神がいると知っている。それならば、きっとこのお守りにも何かしらの効果があるのではと、そう思ったのだ。

「リオネルさんに降りかかる災厄が、少しでも退けられますように」

リオネルに差し出した掌の上で一瞬、緑の石が光ったように見えた。窓から入ってくる月明かりを反射しただけなのか、言葉の魔法がかかって本当に何らかの効果を得たのかは分からない。

そしてリオネルは、私の手の上に載せられたお守り石を呆然（ぼうぜん）ともいえる表情で眺めていた。彼は大体いつも笑っているのでこれは初めて見る顔である。

「……あの、リオネルさん……？」

「…………ああ、いえ…………私が頂いてもよろしいのですか」

「はい。迷惑でなければ」

恐る恐る伸ばされたリオネルの両手は、お守り石ではなくそれを載せた私の手を包むように掴んだ。細く見える長い指だが、触れられてみればとても硬く、たくさん剣を握ってきたのだと想像できる手だった。

何故お守り石ではなくて手を掴むのかと吃驚しながらリオネルの顔を見ると、泣きそうな顔をしていて二重に驚かされた。どこに泣く要素があったのかまったく理解できなくて内心焦り始めた時、ようやく彼は口を開いた。

「……お守り石は、誰かに結んでもらわなければ身につけることができません。結んでいただけますか」

「え、はい。それはいいんですけど……結び方、知りませんよ？」

「お教え、いたしますので」

リオネルに指導されながら、彼の左手首にお守り石を結ぶ。あまりにも複雑な結び方で、初挑戦の私ではお世辞にも上手いとはいえない不出来なものとなってしまったが、リオネルは嬉しそうに手首の石を見つめている。

確かにこれは一人で身に着けることは不可能であろうと思った。一人で身に着けられないということは、誰か結んでくれる人がいないとこれを着けることはできないということである。

……リオネルが泣きそうな理由が少し分かった気がした。

「誰かに贈り物をされるというのは、初めてです。……それに、お守り石とは一生無縁だと思っておりました。誰かにこの身を思っていただける日など、来ないものと……」

「…………何言ってるんですか、友達のことを思うのは当然でしょう」

「そうですね。……この世で私を思ってくださるのは、きっと貴方さまだけでしょう」

悲しいことをそれ以上言わないでほしい。せっかく落ち着いた気持ちがまた揺さぶられて、泣きそうになってしまうではないか。

沈みかけた私の気持ちは、次のリオネルの一言で一気に別の方向へと動かされた。

「本来ならこれは特別な異性に贈る物ですが……私の説明が足りませんでしたね」

「え」

「特別な意味がないことは、重々承知しております。貴方さまにはこちらの知識がまだ足りておりませんので。これを贈り合うと、将来を誓い合ったことになるのですよ。村の娘たちに貴方さまの好む石を訊かれたでしょう？」

思い返せば何やら期待したように女性たちから好みの石を訊かれたような気がする。そんな特別なものだから、売っている商人も女性用の石を勧めてきたのか。

「でも、私も男物が買えました……よね？」

「ああ、それは……貴方さまのように容姿の整った方は異性除けとでも申しますか……交際の申し込みに辟易（へきえき）として、恋人がいるように見せかけるために買うのです」

お守り石の正しい使い方は、恋人に贈って結婚を約束することである。いわゆる婚約指輪のようなものだ。あとは恋人でなくとも大事に想う異性に贈って「結婚を前提にお付き合いしてください」というプロポーズにも使われるとか。たった今、私はそれをやってしまったところである。……やらかしてしまったところである。

そういう意味のある装飾品なので、身に着けていれば大事な相手がいると思われて交際の申し込みをするような人間はいなくなるため、モテる人間は自分用に買うという。そしてそういう人間は信頼できる家族や友人に結んでもらうらしいのだが。

「ご、ごめんなさい。まさかそんな大変なものだとは思わず」

「いえ。貴方さまは純粋に、私の身を思ってくださったのだと分かっております。そのお気持ちがとても嬉しかったので……それに、私にこれを贈るのは貴方さま以外にいないでしょう。ですから、大事にさせてください」

私もこのお守り石がそのような意味のあるものだと分かっていたら、わざわざこれをリオネルに贈ろうとは思わなかっただろう。ただ単に、その名の通りのお守りであり、贈り物として一般的だと思ったからこそ贈ったのだ。

男だと思われているからこれだけで済んだが、私が女だと知っていたらどういう反応をしていいか分からなかったに違いない。しかし、今更返してくれとも言えない理由がある。

「マコトさま、ありがとうございます」

リオネルの肌は日に焼けておらず、本当に白い。だから、赤みがよく目立つ。目元や耳の先が色づいて、目には薄っすらと涙の膜が張っているように見えた。嬉し泣きという言葉は知っていたが、見るのは初めてだ。

本当に喜んでくれているのだと、今までに見たことがないくらいに嬉しそうな顔で笑っているのを見れば分かってしまう。まったくずるい笑顔だ。これを見て返してくれなどと言えるはずがない。

この顔を女性が見せたなら大抵の男はくらりとくるに違いない。残念ながらリオネルは男であり、それを正面から見てしまった私をドキッとさせただけである。

「そういえばマコトさまの手は随分小さいのですね。驚きました」

「……そんなことありませんよ、普通です」

ニコニコと笑いながら放たれた言葉に、引きつりそうな頬をなんとか笑顔に保ちながら返した。今度は違う意味でドキドキしている。

今までリオネルが私の手を握った時は籠手をつけていたので手の大きさなど気にならなかったのかもしれない。今回は素手だったから、大きさの違いがよく分かってしまったのだろう。男女の差、というものだ。性別がばれてはいないかとかなりヒヤヒヤする私に対し、リオネルは何も言わずに笑っているだけだった。……何も言われないから、おそらく大丈夫だ。

(心臓に悪い、本当に)

迂闊なことはやるべきではない。その日はもうどっと疲れてしまって、リオネルの漢字の勉強を続けることはできなかった。

本日は晴天。相変わらず寒くも暑くもない気温であり、よい青空教室日和である。

教会の前に並べられた二つの席には少年少女がそれぞれ座っている。村長の孫娘ルルと、いつだったか姉を私に取られると思って直談判しにきたあの少年だ。彼の名前はタタンというらしい。

二人の机の上には何でも書き込めるようにと渡した紙と筆、それから五十音表が広げられている。

「では、まずはひらがなの基本となる文字を五つ教えます」

もちろん母音である「あ行」の文字だ。文字板に一画ずつ、書き順が分かるように書いていく。

「そうりょさま、どうしてこの文字がキホンなんですか？」

「それはですね、ある一文字以外は音を伸ばすと、あ、い、う、え、お、のどれかになるからですよ。だからこの文字を、母なる音、つまり母音といいます」

ルルはニコニコと笑いながら疑問に思ったことをなんでも質問してくる利発な子である。一方タタンはチラチラ私を見るものの、目が合うとサッと下を見てしまい、発言もしない。盛大に転ぶところを見られたことが恥ずかしいのだろうか。

ひらがなの授業のやり方など分からない。本当は絵本を一緒に読むのがいいのではないかとも思う。私にそのような物を作る技術はないので、手探りで教えていくしかない。五十音表を読んでみたり、しりとりのような言葉遊びをしたり、興味のある単語の文字を書いてみせ、それを書かせるくらいである。

授業時間も二人の年齢を考えれば四半刻、三十分程度が限界だろう。それくらいの時間というのはあっという間に過ぎてしまったので、最後に自分の名前を書いて覚えて帰ってもらうことにした。

「ルルさんは自分の名前の文字が分かりますか？」

「分かります！　おじいちゃんに教えてもらったので！」

「そうですか、なら、最初に渡した表をお手本にしながら書いてみてください。タタンさんはどうです？」

「……オレは、知らない、ですけど」

「では、一緒に書いてみますか」

五十音表でまず彼の名前の文字を指してこれを書くのだと伝えた後は、後ろから一緒に筆を持って実際に書いてみる。すぐそこに見える小さな耳が真っ赤だったので、とても恥ずかしかったのかもしれない。

「これがタタンさんのお名前ですよ。ルルさんは書けましたか？」

「はい！」

「ああ、とても上手ですね」

一枚の紙に大きく「るる」と書かれたものを、無邪気な笑顔で掲げて見せてくれる。それなりに形が整っているので、何度か書いたことがあるのだろう。ルルは特に私が教えなくても自発的に学んで覚えてしまう気がする。

タタンの方は初対面時の威勢のよさは何処に行ったのか、というくらいに大人しいのでよく分からない。自分の名前が書かれた紙をじっと見つめて無言のままである。そして耳も赤いままである。

「では、今日はこれまでにしましょう。次はまた三日後に、晴れたらやりましょうね」

「もうおしまい？　もう少しやりたかったなぁ」

「その気持ちはおうちでの復習に使ってください。表は持って帰っていいですから」

「ありがとうございます、そうりょさま！」

ルルははしゃぎながら表と自分が書いた文字を持って帰っていった。きっと父親や祖父に見せて褒めてもらうのだろう。微笑ましい限りだ。

さて。いまだ椅子から立ち上がらないタタン少年であるが、まだどこか赤い顔でじっと私を睨むように見ている。

「どうしました？」

「……そうりょさまって、ホントに男か？」

私は笑顔のまま固まった。子供たちを萎縮させないよう離れた場所に待機してもらっている護衛には聞こえていないだろうけれど、つい横目で距離を測ってしまうくらいには動揺した。

「なんでそんなことを……」

「……変なこと言ってごめん、なんでもない。かえります！」

タタンもまた、ルルと同じように表と文字が書かれた紙を持って走り去った。……子供特有の鋭い感覚で男女の違いのようなものが分かるのだろうか。怖いことである。

私がいくらこの世界での男の格好をしていたとしても、やはり女であることには変わりない。先日リオネルにも手が小さいと言われたように、男女には体の違いというものがある。大きさは少年だと思われていればまだ誤魔化しようがあるだろうけれど、そもそも男女の差は形だけではないのだから、私を男だと思えない人間がいてもおかしくはない。

「お疲れ様です。喉が渇かれませんか？　冷えた水でしたらご用意しておりますが」

「あ、ありがとうございます。頂きます」

いつのまにか足音も立てずに近くに来ていたリオネルから、すっと水の入ったコップを差し出されて受け取った。この人はこれだけ重たそうな鎧を着ていて何故足音がしないのか、とても不思議である。やはりこれも何かの魔法なのだろうか。

よく冷やされた水を口に運べば、喋り通しで気づかぬうちに喉が渇いていたのだとよく分かる。コップ一杯の水などすぐに飲み干してしまった。

「どうぞ」

「あ、はい。どうもありがとうございます」

横から水差しが出てきてまたコップに水が注がれた。補佐というより執事や使用人レベルの仕事をしているのではないだろうか、彼は。

「リオネルさんはその鎧で日に当たってたら、暑くありませんか？　すぐ片付けて室内に戻りましょうか」

彼の鎧は全身真っ黒だ。この世界でも日光は暖かいし、元の世界の法則でいえば黒は熱を吸収する色なので、それを着て日光に当たれば大変な温度になるはずである。私は常に黒い衣であっても袖口が広く開いているので暑いと感じたことはない。……あちらの世界の夏は灼熱地獄であったけれど。

僧侶が普段着る衣は真っ黒であるため、夏は非常に暑い。そして冬は袖の中がスカスカしているため、非常に寒い。この世界の安定した気温はあまりにもありがたいのである。

「この鎧は魔法製ですので、温度の問題はございません」

「……音も全然しませんけど、それも魔法ですか」

「ええ、消音の魔法が使えるようになっています」

つまりこの鎧は着ているだけで様々な魔法を使える便利な代物であるが、しかしそれは同時にその魔法を使うだけの魔力を消費し続けるということでもある。何故平気な顔をして過ごせるのか不思議だ。……いや、顔は見えないが。

魔力を使うのは疲れる。体を動かしたり、頭を使ったりして疲れる感覚と変わらぬ疲労感だ。それに付随してやたらとお腹が空いたり、眠くなったりもする。それなのにこの友人はいつ休んでいるのか正直よく分からなくて心配だ。

この鎧は私に出会う前からずっとつけてきたのだろうし、慣れているとしても人間に休息は必要不可欠というもの。体に無理をさせ続けると若くても突然命を落とす。働きすぎの人間を見るといつもご自愛くださいと思うが、この世界でそれを誰より強く思うのはリオネルである。

水を飲んだらすぐに道具を片付けて、働きすぎる友人のためにも台所で休憩を取ることにした。まあその休憩のお茶やお菓子は、リオネルが用意してしまったのだけれど。……納得できない。

「リオネルさんはそれだけ魔力を使ってて、疲れないんですか？」

「はい。……魔力は多い方なのですよ、これでも」

今は晒されている白金の髪に触れながら彼はそう言った。やはり綺麗だと感じる私と違い、この世界の人にとっては蔑みの対象になってしまうものだ。

この台所で何かを口にする時はリオネルも兜を外すので、彼が安心してそうできるよう扉には内鍵をかけてある。夜ならともかく、昼は急な来客がないとは限らないからだ。玄関にも鍵はかけてあるし、そこまで心配しなくてもいいのかもしれないが念のためというやつである。

「こっちでも髪を染められればよかったんでしょうけど……」

「……髪を染める、とは……どういうことですか？」

「向こうの世界では髪を好きな色に変えられるんですよ。私も染めてます」

私は元々もっと黒い髪をしていた。日本でも珍しいくらいに真っ黒である。地毛でいる方が染めているのかと尋ねられるくらいの漆黒で、私はそれが好きではなかった。

だから大学に入る前に染めて今の焦げ茶の髪となったのだ。もっと明るい色にしてみたい気持ちもあったけれど僧侶になることを考えてそれはやめておいた。いくら髪型に制限のない宗派とはいえ限度はある。

とにかく。こちらでは地毛より明るい色にするなどありえないことかもしれないが、向こうではそれが普通なのだ。どんな色に染めたって自由である。

「マコトさまの髪も元は黒であった、と」

「ええ、まあ。体の時が止まって髪も伸びないので、色は変わらないですけど。伸びたら根元から黒くなっていくと思います」

こちらには染める技術がないようだし、体の時が動き始めたら確実に訪れる未来だ。いわゆるプリン頭になってしまう。そこまで明るい色に染めてはいないので派手なプリンにはならないのが唯一の救いだろうか。

「マコトさま、それは他言なされないほうがよろしいかと。この国にとって黒髪とは特別なものですので」

「あ、そうですよね」

　この国で黒髪といえば聖女である。私の焦げ茶の髪色も珍しいが、まったくいない訳ではない。しかし黒髪は聖女、ひいては日本人が持つ色だ。異世界から来た証拠のようなものであり、この国では聖女だけが持つ特別な色。元々そんな髪をしているなんてことを言ったら、とんでもない妄言扱いされるか、あるいは聖女を侮辱しているととられるか。いいことは一つもないだろう。

「けれど……黒髪の貴方さまも見てみたいですね。きっととても、お似合いでしょう」

　まるで眩しいものでも見るように。目を細めながら言われた台詞は、到底同性に向けて放つ言葉ではないように思われた。

　背筋がヒヤリとする。もしかして、どこかで気づいてしまったのではないかと。でもそれを確信できるほどの言葉でもなくて、私は返す言葉を見失ってしまった。

「僧侶さま!!　おられますか!!　僧侶さま!!」

　変な間が空く前に飛び込んできたその声は私を救ったとも言える。リオネルが素早く兜をかぶって髪を隠してしまったのを確認してから、鍵を開け台所を出た。ドンドンと玄関の扉を叩く音と私を呼ぶ声が続いている。「今開けます！」と声を掛けながら駆け足で向かった。

　しかしドアを開けようとした私の手はリオネルに押さえられてしまう。疑問に思いながら見上げると彼は緊張感を漂わせており、扉を見据えながら片手で私を下がらせた。

「……私が開きますので、私の後ろに」

リオネルが少し壁際に寄ったので、私は壁と彼の体に挟まれる形になる。そうしてゆっくりと鍵を開けて扉を開いたら、三人の村人が雪崩のように流れ込んできた。なるほど、私があのままドアを開けていたらこれに巻き込まれていたに違いない。

「僧侶さま！　大変です、魔物です！　また魔物が出ました……！」

雪崩れ込んできた村人はガバリと体を起こすなり、叫ぶようにそう言った。

「魔物って……怪我人は!?」

「いえ、怪我は大したことありません。皆かすり傷程度で……」

「それでも怪我は怪我です。薬を持ってすぐに行きますから、礼拝堂に集まってください」

先日、魔物が出た時は酷かった。今でも抉られたロランの傷を鮮明に思い出せる。今回はそんな重傷者はいなかったとしても、それでも落ち着くことはできなかった。

液体傷薬、軟膏傷薬のどちらも用意して箱に詰め、礼拝堂に向かう。リオネルは無言でそれを手伝ってついてきてくれた。

「傷薬です。どちらでもお好きな方をお使いください」

「ああ、僧侶さま……ありがたいことです」

礼拝堂に集まっている村人の中で怪我をしていたのは五人で、五人とも自力で動ける程度の怪我であったようだ。ただ元の世界なら何針か縫うことになるであろう怪我をしている者もいる。流れる真っ赤な液体からは、思わず目を逸らしてしまう。これればかりはすぐに慣れるものではない。

「僧侶さまのこの薬、美味しいんですよね……」

しかし怪我をした当の本人たちは余裕の様子で、そんなことを言いながら飲む傷薬を持っていく。私がこの世界に来て最初に作り、そして自分で飲んだ傷薬は驚くほどの不味さだったというのに。美味しくなれと育てた薬草のおかげか味は大幅に改善されているらしい。……私も今一度飲んでみるべきだろうか。

「皆さんが無事で何よりでしたが……魔物は」

「魔物を狩る準備は足りておりませんでしたので、逃げてまいりましたから……まだ、森の中をうろついているでしょう」

「こんなに魔物が頻繁に出るなんて……はやく、聖女さまの力で魔が祓われると良いですねぇ」

隊商が来た際に村人たちも聖女召喚の話を聞いたようだ。この世界では聖女が召喚され、その力が世界に満ちると魔物が減ると言われている。何か聖女にしかできないことがあるのなら、あの女の子には頑張ってもらいたい、と思う。

彼女も色々と大変だとは思うが聖女でない私にはできないことだ。これればかりはあの子頼みにするしかないのである。

「近くに魔物が出てしまいましたから……討伐隊を組まなければなりませんね」

「討伐隊、ですか」

「はい。魔物は強いですから、こちらも準備が必要です。そうでなければまた、私のように怪我をするか……命を落とすものだって、いるでしょうし」

そう話すのはロランだ。今回は怪我をせずに戻ってきていた。前回の傷は誰かを庇ってのことだったと聞いたので、狩人としては結構な実力者であるのかもしれない。

そんな彼は父親譲りである柔和な顔を厳しく、鋭いものにして考え込んでいる。魔物はそれだけ危険な存在だということだ。……私なんて、目の前にしただけで動けなくなってしまった。

「僧侶さまが来られる前にも魔物が出たことがありました。その時に、何人か命を落としまして……狩人の数が足りないのです。僧侶さまの薬があるとはいえ、村の人間だけで魔物を狩るのは少々厳しいです、ね」

そう言いながらロランの視線は私を見て、そしてゆっくり後ろに流れていった。無言で私の護衛をしている、黒い鎧の騎士がそこにいるはずだ。

「リオネルさまの手をお借りすることはできないでしょうか」

「……リオネルさんの？」

「はい。リオネルさまは前の魔物を一太刀で倒されたというお話で……大変強い力をお持ちなのですよね。そのお力を借りられれば、きっと魔物も倒せるはずです」

振り返ってリオネルを見遣る。鎧の彼は一言も発することなく、微動だにせず立っているだけだ。ロランの問いに答える気はなさそうであった。

再び私がロランに視線を戻すと彼は困りきったように眉をハの字にしていて、私の方が申し訳なくなる。リオネルからすれば、護衛対象である私から離れる気になどなれないだろう。それなら私も一緒に行けばいいのかといえば、そうでもない。護衛として離れないために私が危険な討伐隊に同行するなんていうのは本末転倒である。

私だって皆の危険が排除できるならそれがいいとは思う。しかし短時間とはいえ傍を離れて私が魔物に襲われそうになったことを、リオネルは悔いている。そんな彼に護られるだけの存在である私が「行ってくれ」などと言えるはずがない。

しかも危険だと分かっているのに。危険な場所へ行ってほしいなんて、願うものじゃない。そこへ行くことを決めていいのは本人だけだ。

「駄目、ですか……仕方ありません……王都へ、嘆願書を出してみましょう。騎士団を派遣してもらえるように」

誰かが死ぬと分かっていて、勝てない可能性が濃厚だと分かっていて、勝負に出ることほど愚かなことはない。

王都から魔物退治専門の騎士団が派遣されるなら、その方がいいだろう。そちらはプロであるのだろうから、村人だけで行くよりもずっと安全なはずだ。ただそういう魔物狩りのエリートを無償で送ってくれるほど世の中は甘くできていない。だから村人たちもできる限り自分たちの力で対処しようとしているのだろう。

しかしこの場には異世界人である私がいる。私からの要望であれば迅速な対応をしてくれるかもしれないと思い至った。

「では一刻も早く派遣してもらえるよう、私も一筆を……」

「お待ちください。私が行きましょう」

それはいつもより幾分か硬い声であったが、聞きなれたリオネルの声で間違いなかった。驚いて振り返りそうになるのを何とか堪える。突然気が変わるなんて、一体全体どうしたというのだろうか。

（……騎士団、かな）

喜ぶロランの顔を眺めて笑顔を貼り付けながら、思い当たることはそれだけだと考える。リオネルは以前騎士団にいたと言っていた。確執があるだろうことは簡単に想像できる。

「僧侶さま、お話がございます。よろしいでしょうか？」

普段はマコトさまと名前で呼ぶリオネルだが、人前であるからかそのように呼ばれた。やはり声色もまだ硬い。話というのは私も聞きたい内容で間違いないだろう。ならばすぐにでもこの場を去って、何を考えているのかを教えてほしい。

「……分かりました。では皆さん、お先に失礼します。余った薬は回収しますね」

「ええ、僧侶さま。私どもも魔物討伐に向けて準備いたします。リオネルさま、どうぞよろしくお願いします」

軽くなった薬の箱を持って礼拝堂を後にした。余った薬を棚に仕舞い、話すならいつもの台所だろうとそちらに足を向ける。とりあえず入るなり扉に鍵をかけて、誰も入ってこられないようにした。

話し合いとなればやはり飲み物が必要だろう。まずはお湯を沸かすかとヤカンを手に取っていくから。

――それを、手にできたことに驚いた。いつもなら黒い手が伸びてきて私からヤカンを攫っていくから。

振り返って見れば、リオネルはまだ台所の入り口で立ち尽くしていた。

「リオネルさん、とりあえず座ってください。お茶、私が淹れますので」

静かに着席する鎧姿を見てから湯を沸かす。といっても先ほど村人に呼び出されるまでは沸いていたものであり、まだ温かいので魔力も時間もほとんど必要としない。私にできるのは

「美味しくなれ」と呟いて、本当に美味しいお茶を淹れるくらいである。

二人分の熱い茶を運び、私も席に着いたがリオネルはまだ無言である。鎧兜を取ることもなくただ座っていた。仕方がないので私は一人で茶を啜る。……魔法を使ったのにリオネルが淹れてくれたお茶の方が美味しい気がした。

（やっぱり、他人に淹れてもらうお茶の方が美味しいってことかな）

私が淹れると確かに味はいいのだが、不思議なことに誰かに淹れてもらった方がお茶は美味しいと感じるものだ。ようは思いやりの問題なのだろう。誰かの好意を嬉しく思う気持ちが味にも影響するのだと思う。だからこそ私だって彼にお茶を淹れるくらいはしたい。

暫く(しばら)そのような些末(さまつ)なことに思考を巡らせて私の湯のみが空になった頃。鎧で顔が見えないまま、リオネルはようやく口を開いた。

「私は、貴方さまの傍を離れたくありません」

第一声がこれである。そしてそれは私もよく分かっていることだ。机の上で両手を硬く結ぶ姿を見れば此度(こたび)の決定が心底不本意であろうことも伝わってくる。たとえそれを見ていなくても、普段の彼の言動を知っているのだから私が分からないはずがない。

「それはよく分かっているつもりです。リオネルさんが私を護ろうとしてくれていることを、疑ったことはありませんよ」

「…………はい。この度は勝手なことをしてしまい、申し訳ありません。私が離れる間、貴方さまを一人にしてしまうことは……本当に、心苦しいのですが……私はどうしても、この村に……貴方さまに、騎士団を近づけたくはないのです」

騎士団は私が来る前にリオネルの所属していた、いわば古巣。そこにいる人間のことは彼がよく知っている。国に嘆願すれば派遣されるであろうメンバーの中に、どうしても私に会わせたくない人間がいるらしい。

「あの男は……私を傍に置く貴方さまを傷つけるようなことを口にするでしょう。それは、耐えられません。貴方さまが傷つく顔は、見たくない」

「私のため、ですか」

いつもいつも、私のためだ。いつも私を、自分より優先しようとする。そうして自分が傷つきながら危険な場所に行こうとするなんてやめてほしい。私だってリオネルには傷ついてほしくないのに。

でもきっと、彼にはそれが分からない。自分を大事に思う誰かが傍にいたことが、なかったから。

「私はそれくらい大丈夫ですよ。だから、リオネルさんが自分だけ危険に飛び込む必要なんて」

「いいえ。それだけでなくて、私は……貴方さまに、見られたくないのです。私が、どのように扱われているか……」

「……それは」

「貴方さまにだけは、見ていただきたくない。私のわがままを、お許しください」

何も言えなくなった。私はリオネルがどのような扱いを受けてきたのか、彼の話を聞いてはいるが実際に目にしてはいない。彼はその姿を情けないと、だから見られたくないとそう思っているのだろうか。

顔は見えないのに苦しそうなのが分かってしまう。見られたくないと言うものを、わざわざ見ようとは思わないし、見ても平気だとも言えない。本人が望んでいないことを無理やりやらせる気にはなれない。

「……分かりました。でも、リオネルさん。一ついいですか?」

「……はい、なんでしょうか」

「私も、貴方には傷ついてほしくないんですよ。心も体も、どっちもです」

表情は見えずとも彼が私の言葉に戸惑っていることは伝わってきた。私がこの人をどれほど大事に思っているか、彼自身にしっかり伝わっていなかったようだ。

「貴方が私に傷ついてほしくないと、私を大事に思ってくれる気持ちと同じですよ。私だってリオネルさんが大事なので、傷ついてほしくはありませんし……貴方が傷つくと悲しいですよ」

大切に思っている相手が傷つくと自分も傷つくものだ。自己犠牲なんて言葉があるけれど、私は好きではない。自分が傷つくことを平気だと思う人は気づかないのかもしれないが、それをするのが身近な人であればあるほど、見ている方も辛(つら)く悲しい思いをする。

私にとってはまさにリオネルがそういう相手。自分が私に大事に思われていることを自覚してほしい。そして、自分をもっと大事にしてほしい。

「……貴方さまは……嘘が、つけないお方ですから、本当に……そのように、思ってくださっているのでしょうね」

　見えない顔は、今どんな表情を浮かべているのだろう。声が震えそうで、手は硬く結ばれたままで。笑顔には程遠い顔をしていそうだ。

　誰かに大事にされた経験のないこの人は、初めて大事だと口にされて混乱してしまっているのかもしれない。私は彼ではないから本当のところは分からないけれど、気持ちが落ち着かないのはたしかだろう。

「手を握りましょうか？」

　両手を差し出して笑ってみせた。以前は断られてしまった提案だったが、今回は暫くの間を置いてゆっくり解かれた手がそれぞれ私の手に重ねられた。

　分厚い籠手に包まれているのに、いつもは私を護ってくれる手であるのに、今日はとても頼りない気がする。でも、それでいいのだと思う。いつもは私が頼りっぱなしなのだから、たまにはこうして頼ってほしい。

　重ねられた手を弱くない力で握ると、少しだけ握り返された。

「……貴方さまの手はこんなに小さいのに、安心いたしますね」

　見えないけれど、きっと今彼は穏やかな顔をしている。それが分かってほっとした。リオネルにとって過去の差別は根深い傷で、消えるものではない。簡単なことですぐに開いてしまうような、治りきらない傷なのだ。

私はできるだけその傷が痛まないようにしたい。できるだけ思い出さなくて済むようにするにはどうすればいいのだろう。やはり楽しい時間を過ごしてもらえばいいのか。でもそれは、魔物退治が終わらないと訪れない平穏だ。

「リオネルさん、本当に気を付けてくださいね。私は貴方が怪我をしたら嫌ですよ」

「貴方さまこそ、私がいない間はこの家を決して出ないでください。この村でこの家が最も安全ですから」

真剣な声だ。私だけ安全そうな場所に引きこもっているというのは気が引けるのだが、そうしなければ私のことが気になってリオネルは戦いに集中できないのだろう。彼に怪我をしてほしくない私としては、その言葉に従うより他にない。

「分かりました。私は家にいます。そして、リオネルさんと村の人たちが全員無傷で魔物を倒し、帰ってくるように神に祈ります」

「………マコトさま、それは……」

「え？　……あ……れ……」

リオネルの困惑する声を聞いたと思ったら、急に意識が遠くなり始めた。マコトさま、と叫ぶような声が聞えた気がするが、よく分からない。ついでに、したたかに額を固い板にぶつけたような気もするが、とにかく何も分からなくなって、意識は暗闇（くらやみ）の中に沈んでいった。

目が覚めたら自分の部屋の布団に寝かされていて、しばし自分の状況を理解するのに時間を要した。私の記憶ではつい先ほどまで台所にてリオネルと大事な話をしていたはず。それが何故布団の中にいるのか。

(急に意識が遠くなって……気絶した?)

バッと起き上がってまず自分の服を確認した。私が台所で意識を失ったなら、ここまで運んだ人物がいるはずである。そして、それはリオネル以外にない。

意識を失う前と変わらず衣姿であったためとりあえず安心した。優秀すぎる補佐である彼でもさすがに気絶した人間の服を着替えさせたりはしなかったようだ。

窓から差し込む光は既に月明かりとなっており、どう見ても夜である。一体どれくらいの時間気を失っていたのか。

(……今何時?　っていうか魔物討伐はどうなって……)

時計を見ると絵柄の動物は鼠であり、刻針は真上を少し過ぎたばかり。ちょうど日付が変わった時間だった。

またリオネルに迷惑をかけてしまったらしい。反省しながら起き上がり、言葉には本当に気を付けなければと胸に刻む。……何度か刻んでいる気がするのは気のせいだろうか。

(それにしてもやたらとお腹が空いてる……何か食べないとやばい感じ……)

片手で空腹を主張する腹を押さえながらふらふらと部屋を出たら、すぐそこに白金の見慣れた人物が立ち尽くしていた。廊下で私が目を覚ますのを待っていたのだろうか。彼は私を見るなり目を見開いて、バッと手を伸ばしてくる。
「マコトさま!!」
「あ、え、はッ!?」
リオネルの硬い掌が私の頬を包み、普段はずっと上の方にある顔が鼻先十センチ程度まで
迫っている。その顔は今にも泣き出しそうでまったく余裕がなかったが、私にも余裕がない。
(近い、本当に近い……!!)
この綺麗な顔に迫られるとさすがに頬に熱が集まってしまう。ついでに心臓も割れるのでは
というくらい早鐘を打っている。うちの寺の鐘はどんなに頑張ってもこんなに早くは打てない
だろう。いやそういうことを考えている場合ではなくて。
「お、落ち着いてください……!」
「……!! 私としたことが、失礼いたしました……っ」
私の顔を一生懸命覗き込んでいた彼は私の言葉でようやく平静を取り戻したのか、すぐに離
れていった。離れたところで私の顔の熱と心臓の鼓動はすぐには収まらないが。
「申し訳ございません……マコトさまが一日経ってもお目覚めにならないので、取り乱してし
まい……」
「……一日経っても……?」

リオネル曰く私は昨日、いや、日付が変わっているので一昨日だ。その夕方に倒れたまま目が覚めなかった。彼は私の身を案じつつも朝には代わりに礼拝堂を開け、礼拝を終えたあと村人と共に魔物退治に出向き、昼には討伐を終え帰還した。しかし帰っても私はまだ目覚めておらず、夜になって魔物鍋が振舞われる時間となっても起きてこない。村人には詳しい事情を話せないので適当に誤魔化して鍋を分けてもらい、あとはずっとここで私が目覚めるのを待っていた、と。そういうことらしい。

「魔力を一度に使いすぎると、二度と目覚めなくなることがあります。マコトさまが……もう目覚められなかったらと……」

それはつまり、死ぬということだ。眠ったまま数日の後に静かに息を引き取る。この世界にはそういう死に方がある。リオネルは私がそうなるのではと、不安のあまりいても立ってもいられず、こんな時間まで眠りもせずに廊下に立っていたようだ。

そこに私がふらふらしながら出てきたものだから、あれほど取り乱しながら体調を確認するように顔を覗き込んでしまったという訳だ。これについて彼を責めることはできない。

大事な相手に何かあれば辛いのだと訴えた私がこの有り様である。リオネルにはどれほどの心配をかけてしまっただろうか。この人が私を大事に思ってくれているのは、痛いほど知っている。

「ご心配をおかけしてすみません……」

「……いえ……目覚められて本当によかった。それよりも早くお食事をどうぞ、魔物の肉は魔力が回復いたしますので、召し上がってください」

まだどこか不安げな顔をしている彼を見ていると大変申し訳ない。自分よりずっと背が高い人なのに、母親を見失った迷子の子供のように気が弱ってしまっている。

当然、台所でも彼は私が魔力を使うことを良しとしなかった。一日魔力を与えていないのを思い出してあの卵に触れようとしたら、手を掴まれ泣きそうな顔のまま軽く睨まれたくらいだ。

……とりあえず食事が済んでから魔力を与えようと思う。それまでは、大人しく椅子に座っていることにした。

（よっぽど心配だったんだな……本当に悪いことをした）

目の前で倒れた上にまったく目覚める気配もなく、原因は魔力の使いすぎで目覚めないまま命を落とす可能性すらあって、本当に気が気でなかったことだろう。

真剣な顔でこちらを見つめるリオネルを前に食事を始めた。食べるだけでどこか元気になる気がしていたが、この魔物の肉は本当に魔力の回復する食べ物であったらしい。口にした途端に体が癒されたような心地だ。

そうすると思考能力も戻ってきて、心配そうにしている目の前の彼がどのように過ごしていたかも想像できるようになってくる。……私を心配してほとんど食事もとらず、眠りもしなかったのではないだろうか。

「リオネルさんは食べましたか……？」

「……いえ……食事も喉を通らなかったので」

「……本当に申し訳ないです。でも、もう大丈夫ですからリオネルさんも食べてください」

「……分かりました。貴方さまに、心配をかけてしまうのですね」

そう言ってリオネルは自分の分も用意すると静かに食事を始める。普段なら何かしら言葉を交わしながら食べるのだが、今日は「ごちそうさま」と口にするまで無言のままであった。ついでに食器を片付けて、食後のお茶を楽しむ時間になっても無言のまま向かい合っている。

（気まずい……でも私が悪いからなぁ……）

心配して、心配して、その気持ちが大きければ大きいほど、発散できないと収まらない。迷子になった子供を必死に探した親がその子を叱るのは、大事に思うからこそ。

おそらく今彼が抱えているのは私の目が覚めたことへの安堵感と、どこにもぶつけることができずに燻る気持ちだろう。

「あの……リオネルさん。自分で言うのもなんですけど……私のことをもっと、怒ってもいいんですよ？」

怒鳴られても仕方がない、そういう覚悟はできている。迂闊な私が悪いのだ。神に祈ることは心の内で何度もしてきた。それをそのまま、言葉にしてしまった私が悪い。私の言葉が神へ直接届く祈りであることは充分に理解していたはずなのに。

「そのような気持ちもない訳ではありませんが……私はただ、怖かっただけで……まだ、怖いですよ。これは私の都合のいい夢で、貴方さまはまだ目覚めておらず……そのまま、冷たくなっていくのではないかと」

随分と弱りきった顔だった。彼に笑っていてほしいはずの私が今、この顔をさせている。この世界で私が信頼できるのが彼だけであるように、彼にとって私もまた、この世界で唯一の存在なのだろう。

この村に来てから本当にずっと一緒にいるのだから、リオネルが初めて自分を否定しない私という人間に出会って、いつの間にか心酔に近い感情を抱いてくれるようになったことくらい知っている。

私はそのような思いを抱いてもらえるほど高尚な人間ではないが、彼はそれくらい私を慕ってくれているのだ。私に何かあれば、酷く悲しんでしまうのは当然で——だからこそ、私は彼に心配をかけるようなことをしてはいけないと、思っていたのに。

今彼の手が震えているのは私のせいだ。そして私しか、その震えを止めることはできないのだろう。

「リオネルさん、手を貸してください」

両手を差し出したらとても戸惑った顔をされた。そういえば同じように机で向かい合わせになって、手を握っている間に倒れてしまったことを思い出す。リオネルからすれば軽くトラウマになっていても仕方がない。

　ならばと立ち上がり彼の隣の椅子に腰を下ろす。そして再び手を差し出した。

「夢ではないと実感できるまで握っているのはどうかな、なんて思ったんですけど……」

　目を大きくして驚くリオネルの顔を見上げながら、ふと気づいた。私は彼の隣にいるという経験がほとんどない。思い出してみれば彼はいつも私の後ろにいるか、正面にいるかのどちらかであった。こうして隣に座るのは初めてである。

　恐る恐る手を握られて、私もそっと握り返す。彼の手はとても冷えていて本当に怖かったのだと、今でも怖いのだと伝わってくる。

「本当にすみませんでした。リオネルさんをこんなに……心配させるつもりは、なかったんです」

「……貴方さまは特殊な状態であられますから……その魔法を自覚されてから、一月（ひとつき）程度しか経っておりません。それを責めても、詮（せん）無きことかと……」

　力なくそう言われてしまえばこれ以上私を責めてくれと言うことはできない。それは私の自己満足になってしまう。……なじられた方が楽なことも、あるらしい。彼が辛そうにしている顔を見て、罪悪感に襲われるのは私の自業自得というもの。受け入れなければならない。

「……魔物退治は、上手くいきましたよ。久々に見る大物でしたが……色々と不思議なことが起こりまして。貴方さまの魔法のお力、でしょうね」

現れた魔物はなかなか見かけない珍しい魔物、それも魔物退治のプロである騎士団が向かっても、怪我人を出さずに戦うことは難しいようなものだったという。それを村人とリオネルだけで、そして誰も怪我をすることなく退治し、戻ることができたのはひとえに魔法の力である。

魔物の行動を制限するようにその足元の大地が突然崩れたり、魔物の巨体に大木が倒れ込んできたり、空は晴れているのに魔物に雷が落ちたり。自然の全てが魔物の行動を阻んだ。神々は私の願いを聞き届けてくれたらしい。

「貴方さまが倒れるほどの魔法ですから、当然でしょう。村人は困惑しておりましたが……貴方さまのおかげです」

「そう、ですか。……誰も怪我がなくて、よかったです」

私が倒れた甲斐(かい)があったとは口が裂けても言えない。それでも誰も怪我をしなかったのは良いことだ。それでリオネルの心がここまで傷ついてしまったのはまったく良くないのだけれど。

握っている手はまだ、冷たいままだ。

「……マコトさま、手を握っていただくだけでは……足りないかもしれません」

「そう、ですね。じゃあどうしましょう。あ、そうだ。抱きしめましょうか？」

不謹慎かもしれないが、それは冗談のつもりだった。どうにかリオネルを元気づけたくて口にした冗談。だからまさか「そうですね」と、そんな返事がくるとは思わなかった。

予想外の答えに驚いている間に背中に回された両腕が、私をぐっと引き寄せる。視界にはリオネルの肩口から見える向こう側の景色と、キラキラ光る白金の髪しかない。

人間は自分の予想を飛び越える出来事が起こると頭が停止してしまうらしい。暫く何がなんだか分からず呆けてしまった。その意識が思考を取り戻したのは、肩に温かく濡れる感覚があったから。

（……泣かせてしまった）

声もなく静かに。私を抱く腕を震わせながら、まるで縋るように。

自分よりも大きな人が声を殺して泣いている。私は彼が落ち着くまで大人しくしていることにした。彼は怒る代わりに、今泣いているのだろう。涙は感情を吐き出す手段のうちの一つだ。苦しい時はそれを吐き出そうとして、涙が出るもの。

泣きたい人はいくらだって泣いていいと思う。子供でも、大人でも、老人でも、女でも、男でも。誰にでも泣く権利はある。たまにそれを許さない人がいるけれど、人間には泣きたい時があるものだろう。私はそれを泣くなと、抑え付ける人間にはなりたくないのだ。他者でも、自分でも。

「貴方さまが目覚められて……本当に、よかった。もう、お会いできないのかと……」

暫くして体に伝わる震えが小さくなった頃。力のない声が耳元でそう呟いた。

「……はい。本当に、心配かけてごめんなさい」

「……ええ……本当に、心配いたしました。……ですから、もう暫く……このままでいてください」

小さく頷く。今離れれば泣き腫らした目を見せることになってしまうだろうし、さすがにそれは恥ずかしいはずだ。彼を泣かせたのは私なので、収まるまで待つことに異存はない。しかし。

（……この体勢は……なかなか……）

抱きしめられて、すっかり腕の中に入ってしまっているのだ。私とリオネルの体の間に挟まれている掌から、彼のいまだ落ち着かない鼓動が伝わってくるような距離である。恥ずかしいのもあるが、それ以上に。……性別、ばれてやしないだろうか。

「……貴方さまはとても、細いですね」

「……普通ですよ」

どういう意味で早くなっているのかよく分からない私の心臓の音が、彼に聞こえていないことを祈るしかない。

幕間　ひとりの鎧騎士

「マコトさま……！」

　魔物討伐に参加する村人とリオネルの無事を祈ったマコトが机に倒れ込む。気を失ったようで受け身すら取らず、木の板と頭の骨がぶつかる鈍い音がした。

　慌てて握っていた手を放し、反対側へ回り込んで容態を確認する。穏やかな寝息を立てていることにひとまず息をついた。魔力の使いすぎによる疲労で急な眠気に襲われただけらしい。

（暫くは目を覚まさないだろう。部屋に運んで寝かせてさしあげなければ）

　気を失ったマコトの体を抱き上げて、男とは違う柔らかさにどきりとした。彼は――いや、彼女は。少年ではなく、女性である。それに気づいたのはごく最近のことだ。ただそれに気づかないフリを続けているだけで、そこから生じた内心の変化はどうしようもない。

　そのまま彼女の部屋まで運び、履物を脱がせるだけで罪悪感が湧き上がる。同性であればどうともない行為が、異性と分かっているとどうも背徳的な気がしてならない。異世界人であるマコトにその感覚がないことが唯一の救いだろうか。

（……布団に寝かせるなら、必要なことだ。そもそも私はこの御方の……）

　オルビド村に二人でやってきた初日。見てはならぬものを見てしまったことを思い出し、彼女を寝かせた布団の横でそっと目を覆った。思い出してはならないし、思い出すべきではない。少なくとも彼女が男として振舞っている間は。

（責任はその時に取る。……今はただ、マコトさまのために）

　魔力を消費して眠ったのだから目を覚ました時には回復のための食事が必要だ。いつでも食べられるようにそちらを用意し、翌朝は彼女の代わりに礼拝堂を開けた。

「おや、本日僧侶さまは……？」

「僧侶さまは魔物討伐に備えた薬作りでお疲れになり、倒れられてしまいました。私が代わりを務めさせていただきます」

「それはなんという……僧侶さまはお優しいですが、我々のためにそこまで無理をなさるとは……」

　申し訳なさをにじませる村長の顔を見下ろす。他の村人も似たような反応だ。今まで僧侶のいなかったこの村にとって、存在しないはずの人間として生きている自覚がある彼らにとって僧侶であるマコトの存在は大きい。生涯得られるとは思っていなかった恩恵が、彼女の存在と共に与えられたのだから。

「僧侶さまの薬があると思えば魔物退治もさほど恐ろしくありません。生きて戻ってきさえすれば助かるのだと思えますから」

そのように語っていたのは以前、魔物に腹を抉られた村人である。明らかな致命傷を負ったにもかかわらずその日のうちに全快した彼がそう思うのも当然だろう。マコトの薬は特別である。その理由を知っているのは、リオネルだけだ。

「それではリオネルさま、今日はよろしくお願いいたします。魔物が出たのは森に入って南西の――」

討伐隊としてリオネルは村人と共に森に分け入った。教会居住区には魔道具による厳重な鍵をかけているとはいえ、マコトの傍を離れるのは心配でならない。彼女が目覚めた時に食事を摂れるよう料理の準備もしてきたが、足りないかもしれない。傍にいなければできないことが多すぎる。

早く魔物を討伐して帰らなければ。リオネルを突き動かすのはその思いだけだ。

「いたぞ……！」

誰かが魔物を見つけたらしく、潜めた声で方向を伝えられる。そちらを見て魔物の姿を確認し、驚いた。その魔物は熊に近い形をしている。立ち上がれば一階建ての家よりも背が高いだろう、巨大な熊の魔物。これはとても村人の手に負える代物ではない。騎士団の精鋭が相手取るべき個体だ。本来なら撤退するべきである。だが魔物の方も大勢の人間の気配に気づき、こちらに顔を向けた。瞬間、咆哮を上げながら突進してくる。

「全員下がれ……！」

リオネルが声を張り上げたところで間に合うはずはなかった。しかし突然、魔物の足元に地割れが起こりその巨体が地面に半分吸い込まれるように落ちる。おかげで村人たちは充分な距離を取ることができた。

（これは……マコトさまの魔法か？）

体勢を整え再び向かってきた魔物にリオネルが剣を振るい、その爪をはじく。村人たちは後方から魔道具を使って遠距離の攻撃をしかける。形勢は有利だが、村人の方へ魔物を向かわせないよう気を使うせいで決め手となる一撃を決められないでいた。

そんな中でしびれを切らした若者が一人、魔物の後方に忍び寄ろうとして気づかれてしまう。リオネルから離れたその人間を先に食らわんと身を翻した熊は、村人に牙をむく前に突如として倒れ込んできた巨木の下敷きとなった。そのおかげで若者は慌てつつ無事に後方へと戻ってくる。

「さっきから一体何が起こってるんだ……!?」

「それはいい。全員私の後ろから出るな、守れなくなる。支援にだけ集中してくれ」

戸惑う村人を制して目の前の敵に集中する。今、ここには神の加護があるという確信があった。この場の誰も死ぬことはない。それならばもっと、攻撃的に動いてもいい。

しかし魔物もなかなか隙を見せない。リオネルの剣が急所を捉えようとすると大きく距離を取り、刃の届かぬ位置に逃げる。一瞬でも上手く動きを止められれば――。

瞬間、閃光と轟音にあたりが包まれる。どうやら魔物に雷が落ちたらしいと理解したのは、動きを止めた魔物の首に剣を突き立てた後だった。

リオネルの鎧には数多の魔法が掛けられており、光にも音にも怯まずに済んだのはこの鎧のおかげだ。村人は皆腰を抜かしていた。

「い、いまのは雷か……？　おっどろいた……おい、誰も怪我してねぇか？」

「耳が痛ぇ……けど無事だな。魔物はリオネルさまが仕留めてくれたし、誰も怪我してねぇな」

「なんかすごい、奇跡みたいだったな……」

それはそうだろう。これは神が起こした奇跡であり、それを願って叶えたのはマコトだ。その事実を知っているリオネルはただ口を噤む。彼女の稀有な能力について漏らすことは絶対にできない。

討伐にかかった時間より、巨大な熊の解体と持ち帰るための時間の方が長いくらいだった。昼過ぎには全員無事で村に帰還し、奇跡的な討伐に全村人が喜び、広場では宴が開かれる。

リオネルは鍋を多めに分けてもらうだけで宴に参加することは辞退した。何故なら、まだマコトが目を覚ましていなかったからだ。

討伐から戻ってもリオネルの用意した食事に手を付けた様子がなく、昨夜倒れてから一度も目を覚ましていないのだと理解した。夕刻を過ぎても目を覚ます気配はない。いても立ってもいられず彼女の部屋の前に立ち尽くし、ただその扉が開くのを待ち続ける。

(あれほどの奇跡……一体、どれほどの魔力をお使いになったのですか、マコトさま)

魔力とは生命の源、生命そのものである。例えるなら湧き出る水が溜まって出来た泉のようなもので、その水は使っても時間が経てば回復していき、本来枯れることはない。そして泉の大きさは人それぞれであり、これが大きい人間ほど使える魔力が多いのだ。

しかしもしも、それを一滴残らず使い切ってしまったら。源泉を掘り起こし、根本まで使い果たしてしまったとすれば。水はもう二度と湧き出ることはない。つまり――人は魔力を使い果たすと回復することなく死んでしまう。

(マコトさまがこのまま目覚めなかったら……?)

そんな不安がリオネルを呑み込もうとする。この村や村人にとって僧侶は特別な存在だ。けれどリオネルにとってマコトはそれ以上に特別である。

孤独であった心は、誰かを想うことの喜びも想われることの幸福も知ってしまった。もう知らなかった頃には戻れない。これを失ってしまったらどうすればいいのか、どれほど苦しいか。想像したくもない。一人での生き方なんて、彼女と過ごしたこの一ヶ月ですっかり忘れてしまった。

(どうか、神よ……マコトさまを、私から……)

奪わないでくれ。自分のものではないのは重々承知で、そう願う。この傲慢が許されるかどうかは、神のみぞ知る。

「おお、僧侶さま。薬の作りすぎで倒れられたと聞きましたが……良くなられて何よりです」

「ご心配をおかけして申し訳ありません。この通り、もうすっかり元気ですよ」

私の魔法について村人たちに教えることはできない。リオネルは魔物討伐に備えてたくさんの薬を作ったことで私が倒れた、と説明していたらしい。

朝の礼拝の時間、皆から声をかけられて心配されていたことを実感し、私も己の身を大事にするべきだと改めて自覚させられた。

「そうりょさま、ルルとタタンは一緒にあの表でおべんきょうできるので、そうりょさまは休んでください」

「……無理しちゃだめだ、です」

このように幼い子供たちにまで心配される始末である。大変情けない。どうしてもと言われて、教会学校は一日延期になった。私はもう元気なのだけれど、皆をこれ以上心配させるのは申し訳ない。

リオネルはといえば、今日もピッタリ私の後ろについてきている。性別について言及されることはないままだが、本当にばれていないのかと少々不安である。

それはさておき、私が気になるのは卵のことだ。一日以上眠り込んでしまったため魔力を与えるのが途切れてしまった。きちんと育っているのだろうか。朝食の前に普段より多めの魔力を与えてみたが、変化はない。むしろ拾った時からまったく様子が変わっていない。

「……これ、いつ孵るんでしょうね」

「年が明ける前には孵るはずです」

結構具体的な答えが返ってきた。年明けは三ヶ月後である。それまで魔力を与え続けなければならないとなれば結構な時間だ。そしてやはり、リオネルはこの卵が何であるのか分かっているらしい。

「リオネルさんはこれが何か知ってるんですね？」

「……大体の予想はついています。その通りのものであると分かれば、その時お話ししましょう」

今話す気はないということか。ならばこれ以上訊くまい。ただ真面目に卵へ魔力を注ぐだけだ。

「魔力を使われたなら少しお休みください」

「いや、卵に与える魔力なんて微々たるもので……」

「一体何があって魔力を使うことになるか分かりませんので、どうか」

リオネルはすっかり過保護になってしまった。また泣かせてしまう訳にもいかないので、私は大人しくしているしかないのである。

そうして私を椅子に座らせたリオネルは早速朝食を作って私に食べさせようとする。いつもよりおかずが一品増えているのは、食べて魔力を回復しろという無言の訴えなのだろう。

(……美味しいから食べてしまうんだけどね)

今、太らない体であることに感謝するしかない。……痩せることもないが。

「リオネルさんはお料理上手ですよね」

「ありがとうございます。……マコトさまはいつも満足そうに食べてくださるので、私も作り甲斐がございます」

「そんなに顔に出てるんですか……少し恥ずかしいです」

けれど彼のこの料理の腕も本来は聖女のために磨いたもの。私がいなければ聖女のあの子が食べられた料理、ということだ。

(少し悪い気がするんだよなぁ……)

リオネルの優秀さを見せつけられる度、そう思う。彼が私の元に望んでいてくれることはもう疑っていないが、私がこれだけ彼の存在をありがたいと思うのだから、聖女もリオネルが傍にいたなら大変助かったことだろう。それを私が奪ってしまったような形なのだ。

しかしリオネルのことを考えるなら私の傍にいてもらう方が良いとも思う。貴族たちは皆、隠していようとリオネルの髪の色を知っていて、ことあるごとに差別する。しかしこの村の人たちはそれを知らないし、知っている私がその色で彼を嫌悪することはまずありえない。リオネルにとってはここが唯一、誰の目も気にせず過ごせる場所なのだ。

「マコトさま、何をお考えですか？」

「リオネルさんのことを……あ」

ぼんやりしながら「特に何も」と答えようとしたらこれである。そっと前に座る人物の顔を窺えば、何でもないように笑っていた。喜んでいるように見えるのは何故だろうか。

私の持つ魔法は強力で便利な部分も多い。だが喋る時は意識をしっかり話すことに向けていないと何を言うか分からないのが困ったところである。

「……ええと………早く、魔物が減るといいですね。魔物が出るとリオネルさんも行かなきゃいけなくなりますし」

「そうですね。年が明ければこの地に聖女さまの力が満ちますので、魔物は減ると思います」

「へぇ……」

話を逸らすことに成功してほっとした。しかし、年が明けると聖女の力が満ちるというのは不思議な話だ。正月はやはり特別だということか。

この世界にも正月を祝う習慣がある。聖女が日本人であるのだから当然かもしれないが。日本人にとって正月とは昔から大事な日なのだ。

年が明けるとおせちを食べて、神社に行って初詣というのが一般的な行動であろう。私は寺の子であったので初詣など行った事はないのだが。

初詣に行かない私のような寺院関係者にとって忙しいのは、正月よりも一年の終わりの時、大晦日の除夜の鐘の時間である。最近は夜中に鐘の音がうるさいというクレームが出て鐘を撞かなくなった寺もあるけれど。……そうやって、習慣というのは消えていくのだろう。

「正月は皆、家の中でゆっくり過ごすのが習わしですので……マコトさまにとっても、休日となります」

「礼拝堂は開けなくていいんですか？」

「大晦日の夜に祈りますので、朝は礼拝堂を開放する必要がございません」

除夜の鐘は存在しなくても大晦日に祈る習慣はあるらしい。私としては大晦日に何もしないというのは落ち着かないし、仕事があるなら何よりだ。

それに正月は家の外に出なくていいようなので、リオネルも少しは休めるだろう。私が外に出ると鎧を着て活動しなくてはならない彼にとっても良い休日になればいい。

「王都の方では盛大な宴が開かれそうですが……」

「ああ、聖女……さまを迎えての新たな年だからですか？」

「ええ。聖女のあの方をお迎えして、皆浮かれているでしょうから」

今、リオネルの言葉に棘があったように思えたのは私の気のせいだろうか。

いつもなら「聖女さま」と呼ぶはずのものを「聖女のあの方」という言い方をしている。何か思うところがあるのだろうか。いや、彼からすれば差別者だらけの王都はいい場所ではないだろうし、含むものがあってもおかしくはないか。

（……そういえば、聖女の方はどうなってるんだろう）

私に彼女の様子を知る術はない。同じように突然異世界に連れてこられた仲間だし、苦労していないかと心配になることもある。元気で過ごせていることを祈るばかりだ。


二度目の魔物騒動から一ヶ月以上が経った。あれから特に何の事件が起こることもなく、平和な時間が流れている。

私はただ僧侶としての仕事をこなしながら子供たちに文字を教えていた。いや、むしろ子供たちと共に文字を教えていると言うべきか。二人の生徒はひらがな程度ならすぐに覚えてしまったので、今度はその二人に文字を広めてもらっているところなのだ。

子供は自由な時間が多いためあちらこちらに表を持っていっては、文字を覚えていない大人たちに得意げに話し、五十音表を広め、ついでに識字率をあげてくれている。そのおかげで相談ではなくラブレターめいたものが私宛に届くようになった。「文字を書く練習も兼ねて文通したい」という女性からのお手紙である。これの返事を書くという仕事が最近増えた。

「そうりょさま、お手紙です」

「ああ、すみませんね……こちらがお返事を書いた分なのですけど、今日もお願いしてもよろしいですか」

「任せてください！」

手紙の運搬を担っているのは主にルルである。女性たちもこの少女になら手紙が渡しやすいらしい。そして匿名で届く手紙しかないため、返事を運ぶのもまたルルにお願いすることになる。

何故匿名で届いても返事を出せるのか。それは女性たちが使っている便箋が、それぞれ違うからである。前回やってきた隊商では手紙関係のものがよく売れたようだ。その時はお守り石の時のように女性たちが一つの店に集まっていたので私も何があるのかとその店を覗いた。すると彼女たちは以前のように解散するのではなく、私を囲んであれこれと好みのモチーフや色について尋ねてきたので大変だったな、と苦笑いする。

届く手紙は一人一人模様が違う便箋を使っていて、返事用のものまで同封されて届く。そして私がそれに返事を書くので、送ってくる側はどれが自分のものなのか分かる、という寸法だ。そして質問攻めにされてくたびれた私は質問が終わったと感じてすぐ店を離れたので、誰がどのような便箋を買ったのかは知らない。そういう訳で匿名性は守られている。

走っていくルルを見送った後、新たに渡された手紙に視線を落として小さく溜息をついた。

「お疲れですね、マコトさま」

「わかりますか……」

この世界の文字はひらがなだ。全文ひらがなで、しかもまだ書き慣れない少々いびつな形で書かれた手紙は大変読み難いのである。小さい子供がくれるお手紙を想像してほしい。まさにあれを見ている気分で、しかもその返事もまた全文ひらがなにしなくてはいけない。文字を書く練習と言われているので元々の手紙について軽く添削もする。そして内容は恋する乙女のような雰囲気が漂うもの。……なかなか、疲れるのである。

「あちらでは漢字とひらがなとカタカナが交じった文を書くので……」

「なるほど。漢字を使われた文章なら文字の数も少なくてすみますし、慣れているならそちらが読みやすいのですね」

実際に少しずつ漢字を学んでいるリオネルは理解が早くて助かる。漢字交じりの文章に慣れている私では、ひらがなだけの文章は目が滑りやすい。字が拙いと特に。

「まあでも、皆さん上達が早いですね。目標があるとやる気も出るってことでしょう」

主に私との仲を深めたい女性たちの上達が本当に早い。外国語も恋人が外国人であると覚えるのが早いというが、これも似たようなものだ。恋の力というのは強力なのである。

しかし私はそれに応えられない。分かりやすく女性の好みや想う人はいるかどうかなどを尋ねてくる手紙もあるので色々期待されているのは分かるのだけど——とりあえず、誰かとお付き合いする気はないという意思をぼかしながら伝えている。これが気疲れする主な原因だ。

（これが言葉だったら答えられなくなってしまうところだけど……文字でよかった）

想い人がいるのか。そう訊かれたら「いない」と答えたくとも口が勝手に違う言葉を紡いでしまう可能性がある。……私の口は、私の意識よりもずっと素直であるからして。

「休憩に致しましょう。お疲れを癒してください」

「……そうですね、そうしましょう」

休憩となれば台所である。ここに来た時はついでに卵に魔力を与えるようにしているので、今日もいつも通り白い卵に触れて、リオネルにお茶を淹れてもらおうとした。

「今、音がしたような……」

ピキッとか、パキッとか。そういう軽い音がたしかに聞こえた。よくよく見てみれば、卵の天辺に小さな亀裂が走っている。

もしかしてようやく孵るのかと暫く待ってみたがそれ以上亀裂が広がる気配はなかった。もう少し魔力を与えれば孵るのかもしれない。

「マコトさま、それ以上魔力をお与えになるなら夜にした方がよろしいかと」

「あ、そうですね。まだ誰か訪ねてくるかもしれませんし」

もう一度魔力を与えようと伸ばしていた手を引っ込める。何か生まれるならその面倒を見なければならないかもしれないし、どんな生き物でも生まれたての赤ちゃんは手がかかるものだ。

そんな時に村人が訪れたり魔物が出現したりすれば大変だ。夜ならば重大な事件でも起こらない限り誰かが来ることはないだろう。

「産湯とか用意したほうがいいんでしょうか」

「……人間ではありませんので必要ないかと」

白蛇の卵なのだから生まれてくるのは蛇だろう。蛇は変温動物で外気温に体温を左右される。湯に浸からせるなどもっての外なのかもしれない。

(もうすぐ生まれるんだなぁ……)

何かが生まれるというのは、良いことだ。仏教では生まれることが苦しみであると言われていても、私自身は何かが生まれるのを見ると感動する。夜が待ち遠しい気分だ。

「楽しみですね、生まれるの」

「……そう、でございますね」

私は本当に楽しみで笑いながらそう言ったのだけれど、リオネルは歯切れ悪く返事をした。彼はあの卵の正体を知っているらしいので、何か思うところがあるのだろうか。

そういえば卵が生まれたら説明をしてくれるような口ぶりだった。それが言い難い内容なのかもしれない。……そう考えると、少しばかり不安である。

その日も夜まで村人の手紙の返事を書いたり、薬の勉強をしたりといつも通りに過ごした。

今日も魔物が出なくてよかったと、ほっとして一日の業務を終える。

夜にやるべきことも終えたらいよいよ、卵である。期待なのか不安なのかよく分からない気持ちでそっと卵に触れた。魔力を送り込めば、小さかった亀裂が音を立てて大きくなる。そして真二つに割れた卵から光と共に現れたのは——。

「……………馬？」

「……馬ですね」

蹄のあるスラリとした足が四本。頭と首が長く、そして頭から首にかけて鬣が生えている生物。大型犬ほどのサイズしかなくポニーよりも小さいが、それはどこからどう見ても馬であった。生まれたばかりであるはずの馬は四肢を震わせることもなく普通に立ち上がり、私の体にまとわりつくように擦り寄ってくる。

卵から白い馬が生まれた。馬は哺乳類であり、哺乳類は胎生であり、決して卵から生まれるものではない。

「…………なにこれ」

「ご説明、いたしましょう。とりあえずお座りになってください」

言われた通りに椅子に座った。白馬は私の後をついてきて、やはり私の周りをうろうろしている。卵の時と変わらず机などはすり抜けるが、私には触れられるようで顔を押し付けてくる。懐かれているようで悪い気はしないのだが、リオネルの話を聞こうにもこれでは集中できない。

「……後ろで大人しく待っててね」

言葉が分かるのか、言霊の効果なのか。馬は私の背後で大人しく立つようになった。大人しくするように言ってから、なんだか捨てられた子犬のような顔をしているように見える。……馬なのに。

鳥の雛の刷り込みのように、私を親だとでも思っているのだろうか。

「マコトさまの魔力で育ちましたから、親として認識しているのですよ」

「魔力を与えて育てたのは私ですけど……親はあの白蛇なのでは」

赤い瞳の大蛇を思い出す。この白馬も赤い瞳をしていて、あの蛇に似た強い存在感を放っている。しかし蛇から馬が生まれるとは一体どういうことなのか。遺伝の原理をはき違えているとしか思えない。

「これは干支の聖獣です。今年は蛇でしたから」

「……ああ、巳の次は午だから、ですか」

干支の順番でいえば蛇の次は馬である。だからといって哺乳類である馬が卵から孵るということに納得はいかないが、干支の聖獣というものは卵で生まれる。それがこの世界のルールなのだろう。

そしてこれらの聖獣は毎年生まれ変わるのだという。一年の間、この国に己の力を注いで護る神聖な獣。毎年代替わりをしながら、ずっと国を守り続けていく。

「しかし聖獣も時が経つにつれて力を失っていきます。長い時をかけてゆっくりと」

「……聖獣が弱ると魔物が増えるってことですね」

聖獣の力が弱まると魔物が生まれやすくなってしまう。弱まった力を取り戻すために必要なのが聖女の力。だから異世界から聖女を呼び出す。そうすると普段はまったく人間に姿を見せない聖獣が、どこからか現れるのだという。そして十二年の間、つまり干支が一周してすべての聖獣が生まれ変わるまで人間の元へ現れ、それが終わるとまた姿を隠すようになるらしい。

「聖女さまの力を得て、聖獣は失いつつあった力を取り戻し……再び魔を祓うようになるのですよ」

まっすぐに私を見つめる、真剣な翡翠の瞳に嫌な予感がする。その先を聞きたくない。しかし耳を塞いだところで何の意味もないだろう。聞く以外の選択肢は、存在しない。

「聖獣は聖女さまの元に現れ、その力を受けて育ちます。そして貴女さまは今まさに聖獣を誕生させました」

そう言ってリオネルは微笑んだ。いつものように柔らかい微笑み。彼が見ている私は、どんな顔をしているだろうか。

私もそれを疑ったことがなかったとは言えないが、それでも。希望的観測もあって、自分はただの巻き込まれた僧侶であるとそう思い続けていた。それなのに。

「やはりマコトさまが……本当の聖女さまなのですね」

ハッキリと断言されてしまった。これでもう聞かなかったことにはできない。その事実をどれほど否定したくても、私とて薄々勘づいていたのだから不可能だ。

リオネルは「やはり」とそう言った。つまり以前から私のことを聖女ではないかと疑っていた、ということ。そしてそれは私の性別にも気づいていたということでもある。一体、いつから知っていたのか。

「リオネルさん、いつから……私をそうだと……？」

「貴女さまが聖女さまではないか、と思い始めたのは卵を拾った時ですよ」

私が拾ったあの卵は聖獣の言い伝えそのものの特徴を有していた。そして聖獣は聖女の元に現れるものだ。その時からリオネルは私のことを聖女ではないか、女ではないかと思いながら見ていたらしい。

一度そう思ってしまえば、もう少年だと思えないことが多くなった。しかしそれでも私が少年であり僧侶であることを望んでいるように見えたから、何も言わなかったのだという。

「貴女さまにとっては少年である方が都合が良いように見えましたので……私もそのように、接しておりました」

たしかに私はそれで都合が良かったし、リオネルのその気遣いはありがたかった。そしてもし卵が聖獣のものではなかったら、彼はそのまま気づかぬフリを続けてくれたのだろう。

しかし卵が聖獣であり、私がそれを孵すなら。私はこの国で最も重要な人物、すなわち聖女である。それを黙認することは、さすがにできない。

「本来ならすぐにでも国へ連絡するべきなのですが……」

彼は私の様子を窺うようにじっとこちらを見た。

（私は……どうしたいんだろう）

私が聖女であるならば、聖女とされているあの子の方が巻き込まれた被害者だ。そしてこの事実を知らせるべきかと考えた時、それはもちろんこの国のためには知らせるべきかもしれないが、そうなると巻き込まれたあの子はどうなってしまうのか。それを考えると気が重い。

「マコトさま、私は今まで通り貴女さまを補佐し、お護りいたします。貴女さまが望まれないことはいたしません」

「……リオネルさん……」

「貴女さまは今、聖女のあの方のことでお悩みなのでしょう」

「……はい」

聖女でないとされたらあの子は、私と入れ替わってこの村に送られるのだろうか。最初から女だと思われている彼女が、私のように僧侶となれるとは思わない。この村で他の村娘と同じように暮らすことになるのか。その場合は、私のように補佐をつけてもらえるのだろうか。

（……その補佐、は……）

ずっと私を支えてくれた目の前の友人を見る。私と現聖女の立場が入れ替わると、この人はどうなってしまうのか。今度は元聖女の補佐となるのだろうか。そうしたらもう、共に過ごすどころか、会うことすらなくなってしまうのではないだろうか。

「そのようなお顔で見つめられると、なんだか面映ゆい心地になるのですが」

「……どんな顔をして、ますか？」

「私がいなくなることを想像されたのではないですか。そういう顔をなさっております」

それはつまり、どういう顔なのか。優しげに笑うリオネルの表情を見るに、あの聖女の子ではなく私の元にいてほしいと、そういう思いが顔に出ていたのではないかと思う。とりあえず顔を手で軽くもみほぐした。

「貴女さまが聖女さまと分かれば、六名の勇者から求婚されるでしょう」

「それは正直、嫌なんですけど」

聖女の役割の一つに良家の男子と婚姻し子をなすことがあるのは知っている。政略結婚的なお見合いに似ているが、選べる立場にある分それよりマシなのかもしれない。しかしそれでも。

(立場と結婚する、みたいで……なんだかな)

聖女と結婚することを望んでいるその六人にとって、私という人間は重要ではない。現聖女であるあの子であっても、私であっても、囁く言葉に違いはないのだろう。私の人間性など一切関係がなく、聖女であるというだけで婚姻を望む。

それではまるで自分という中身が必要とされていないように感じられて、空虚な気持ちになってしまう。

「私からの求婚もご迷惑でしょうか？」

真剣な顔で告げられて思わず息を呑んだ。しかしリオネルからしてみれば、この行動は当然のことである。

彼は元々、例の六人の中に選ばれていたのだ。聖女に求婚するのはおかしなことではない。その上私が裸足を見せてしまったため、彼には私を娶る義務すら発生してしまっている。もしも私を娶らない場合はどこか体の一部を切り落とさなければならない、というとんでもない罰則までついてくるのだから、私に求婚しないという選択肢はないだろう。

彼のためを考えるなら、私はそれを受け入れるべきだと、思うのに。

「……それは……」

けれど私は素直に良い返事をすることができなかった。元々はこの人に幸せになってほしいから、私と義務で結婚しなくていいようにと性別を隠し通すと決めた。しかし私が聖女であるならば、私と結ばれることは彼にとって栄誉なことで、幸せなことになるのかもしれない。

それでも受け入れられないのは――私が、この人のことを好いてしまったからだ。義務や栄誉のために求められたくないと思ってしまっている。

他の者にそういう理由で求められるのなら辟易とするだけで済む。でもこの人にだけは、そういう求められ方をされたくない。

（ああだめだ、面倒くさい思考になってる……）

だから恋は嫌なのだ。自分が自分でないようで、自分の心であるのに思いのままに操れない。欲望に振り回されたくないのに、割り切れればよいのにと思っていてもそうできない。

これは渇愛だ。好ましいものに対する飽くなき渇望、欲望の始まりだと自分で分かる。私は今彼に、自分と同じ気持ちを求めているのだ。そしてこの欲はきっと、どんどん大きくなっていくのだろう。……本当に、自分の心が面倒くさい。

この気持ちがなかったなら、裸足を見せてしまうような迂闊な自分の行動の責任を取るという意味でこの求婚を受け入れられただろうに。

「そのようなお顔をさせたい訳では……なかったのですが……」

いつの間にかリオネルが隣にいた。正確には私の座る椅子のすぐ傍に膝をついて私を見上げている。考え込んでしまう時の癖でまた、俯いてしまっていたようだ。声が聞こえるまでまったく気づかなかった。

困ったように笑いながら私を見ている彼の目に、私はどのような顔をして映っているのだろう。

「私のことは、お嫌いですか」

「……いいえ」

「それでは何故、そのように悲しげなお顔をされているのですか」

そんな顔をしているらしい。しかしどう説明すればいいのだろう。好きだから求婚されても喜べないなんて、それが辛いなんておかしな話を。

このようなことでうじうじと悩む自分が嫌になってくる。好きな人に、自分と同じ意味で好かれたいなんて情けないことを、口にすることができない。

「……私は……義務とか、使命とか、そういうもので結婚を……したくはない、です」

私にギリギリ言えるのはそれくらいだ。本当にそう思っているのだから。それがリオネル相手であれば殊更にそうであるというだけの話。

名も顔も知らぬ六名とどうしても結ばれなければならないとなればどこかで諦めがつくかもしれない。日本でも昔は家同士の利益でまったく知らぬ相手と結婚することが多々あったし、その合理性についても理解もできる。

それでも今は。私がこの人が好きだからこそ、己を曲げられないのだろう。

「もしかしてマコトさまは、私のことを……友として以上に好いてくださっているのではないですか？」

また息を呑んだ。それが分かる態度を取ってしまっていたのか。

どうしてもその問いに答えることができず、無言の時が流れていく。嘘を言えない私ではその質問に「はい」以外の答えを出せない。それ以外を言おうとしても、肯定の言葉をこの口は放ってしまう。

しかしこの質問で言葉に詰まるのもまた、答えているようなものだろう。私は嘘が言えないと、彼は知っているのだから。

「貴女さまの場合、沈黙が何よりの答えですね」

前にも同じことを言われた。その時も彼は笑っていたけれど、今はそれよりもずっと嬉しそうに笑っていた。

私は彼のこの笑い方が好きだ。柔らかくて、本当に喜んでいるのだと伝わってくるような笑みが好きだ。だから私が自分を好きだと知って、そういう顔で笑わないでほしい。そんな顔で笑われたら自惚れてしまいそうになる。……この人も私が好きなのではないか、なんて。

「私はマコトさまをずっと見ておりましたので……この世で誰よりも私が、貴女さまのことを知っていると思っております」

それはそうだろう。こちらに来てから最も長くの時間を共に過ごして、最も多くの言葉を交わした。一番親しくて、一番信頼している相手。隠し事があったとしても、それは事実で。

この世界で私のことを一番知っているのは、リオネルだ。それ以外の人たちは知人としか言えない程度の関わりしか持っていない。

「貴女さまが聖女だからではなく、貴女さまの裸足を見てしまったからでもなく。貴女さまの傍で共に過ごしているうちに……私自身がこれからもずっと貴女さまと共に在りたいと、望むようになりました」

この人は私の心が読めるのだろうか。何故、私が気にしていることが分かるのだろう。そしていつも私が欲しい言葉をくれる。

でもこれはきっと嘘ではない。彼はとても真面目な人だから、私と共に在りたいと本気でそう望んでくれている。……私と、同じように。何故だか無性に泣きたくなった。

「どうか、他の者ではなく、私を選んでくださいませんか？」

柔らかく微笑んで尋ねられたその言葉は、私の答えを確信しているように聞こえてならなかった。彼の言葉が心底嬉しいくせに、すぐに答えたくないと思ってしまうのは私の心が幼いからだろうか。

「…………私が断ったら、リオネルさんはどうするんですか」

「貴女さまの裸足を見た責任をとります」

それはつまり、結婚しない方の責任の取り方をするということだろう。私がこの人を好きなのを知っていて、そう言うのだ。私が断れる訳がないと分かっていて、嬉しそうに笑って言うのだ。……本当にずるい。

「……ずるくないですか」

「ええ、承知しております」

そう言って笑う彼を本当にずるい人だと思いながら拒絶できない。私も大概である。

こうなってしまうともう断る理由はない。リオネルが聖女もしきたりも関係なく私が好きで、私を望んでくれると言うのなら、それは何よりも嬉しいことである。

しかしリオネルだけがすっきりとした顔で笑っているのが釈然としない。私ばかり己の気持ちに振り回されているではないか。

「……恋人としてお付き合いするところからで、よかったら……」

それはせめてもの抵抗だったのだけど、リオネルは嬉しそうに笑っていた。いや、今だけでなく私の気持ちに気づいて以降はずっと嬉しそうに笑っている。私は彼のこの顔が好きで、ずっとそうやって笑っていてほしいと願っていた。それなのに何故か、悔しくなるのである。

私は精一杯なのに、彼が余裕そうに笑っているからかもしれない。

「マコトさま、こちらを受け取ってはくださいませんか」

「これは……お守り石、ですね」

恋人と結婚の約束をした時に身に着けるお守り石。私はそれを知らない時にリオネルに贈った。差し出されたものは緑の石が使われたもので、私が彼に贈ったものとよく似ている。一瞬同じものかと思ったのだが、リオネルの手首には私の贈ったものがつけられているから別物だ。

前回の隊商の訪れの時に買ったのだろうが、一緒に行動しているはずなのにまったく気がつかなかった。

私がこれを受け取るとお互いにお守り石を贈り合ったことになる。――それはつまり、婚約と同義だ。

「……結んでくれますか？」

「喜んで」

彼は隣の椅子に座ると優しい手付きで私の左手を取った。丁寧に紐が結ばれていくお守り石はどう見ても男物で、私が僧侶を続けたいと思っていることを考えて用意してくれたのだろう。僧侶は男の職業だから、女物をつけていたらおかしなことになってしまう。

私がリオネルにこれを結んだ時は結構な時間が必要だったのに、何でもできてしまう器用な彼は短時間で、しかも綺麗に結んでしまった。彼も初めて結んだはずだが、私の時とは仕上がりが大違いである。

「改めて、これからもよろしくお願いいたしますね。……マコト、さん」

前にもそのように呼ばれたことがあった。それは友達になった日だったと思うけれど、その時はお互いあまりの気恥ずかしさに耐えられず、すぐにやめた呼び方だ。

今呼ばれてもかなり照れ臭いが、今日から恋人同士であるならこちらの方が自然である。

段々顔に熱が集まってきている自覚はあっても、やめてくれとは言えない。

そっとリオネルの顔を窺って見ると彼の白い肌もまた血色が良くなっていた。嬉しそうに笑っているものの、目が合うとそっと視線が逸らされる。

（なんだ、リオネルさんも余裕ないのか）

余裕綽々に見えたからこそ、自分だけが一杯一杯なのが不公平だと子供のようなことを考えて納得いかなかった。私があまり彼の顔を見られなかったのもあるけれど、彼自身もどうやら必死に顔に出さないようにしていたらしい。それが分かると途端に可笑しくなって、声を上げて笑ってしまった。

「こちらこそ、改めてよろしくお願いしますね。リオネルさん」

そっと差し出した手は大きな手に優しく握り込まれた。今後、私が聖女となって面倒ごとに巻き込まれたとしても、きっとこの人がいてくれれば乗り越えられるだろうと、そう思える。ずっと私を支えてくれたこの人を、いつかは私が支えられるようになりたい。

「つかぬことを伺いますがマコトさ、んは……おいくつなのでしょうか」

「ああ、私は二十歳ですよ。リオネルさんとは四つしか違いませんから、もう子供扱いしないでくださいね」

まだ呼び方が拙い彼に笑って答えると、温かくて大きな手が頬に触れた。一体どうしたのかとその顔を見上げれば、どこか熱に浮かされているように見える翡翠の瞳と目が合う。

「……貴女さまを子供だとは、思っておりませんよ」

低く、耳の奥に残る声だ。心臓が一度強く跳ね、それから鼓動が速くなっていく。彼から目を逸らすことも、動くこともできない。ゆっくりと近づいてくる翡翠に吸い込まれそうな気さえした――その時だった。私の後ろからぬっと、長い顔が出てきたのは。

「わッ!?」

まったく可愛げのない驚き方をしてしまった。しかし本気で驚いた時は「きゃあ」なんて声はでないのである。リオネルがビクッと反応したのは私の声のせいではなく、顔を出した馬のせいだと思いたい。

恥ずかしいことにすっかり聖獣の馬の存在を忘れていたというか、リオネルのことしか見えなかったというか。周りが見えなくなっていたらしい。

私に大人しくするように言われていた馬は、ずっと大人しく私の後ろに控えていたようだ。頭の容量を超えると人間の視野は驚くほど狭くなる、と学ばされた。キラキラ光るような純粋な赤い目に見つめられ、申し訳なさが込み上げてくる。

「……放置してごめんなさい」

顔を軽く撫でてやれば嬉しそうに手に擦りついてきた。聖獣には温度がなく、掌から伝わってくるのは手触りの良いクッションのような感覚で、いつまでも撫でていたくなる。それが懐っこく擦り寄ってくるものだから、結構可愛い。

リオネルは苦笑しながら仕方ないという顔で馬を見ていたが、ふと何かに気づいたように天井を見上げた。

「どうしました？」

「……どうやら緊急の連絡があったようなので、確認してまいります」

国とのやりとりは魔道具を使っているらしい。それはリオネルの部屋にあり、私は見たことがない。どのような仕組みで、どのように連絡ができるのかも知らない。彼は私に必要のないことは言わないタイプなのである。

リオネルが出ていくのを見送って、深く息をついた。なんだかまだ実感が湧かず、幻でも見ていたような気分だ。しかし私の左手首には綺麗に結ばれたお守り石がある。これは夢ではないのだ。

ついつい頬を緩めながら仔馬と戯れて過ごす。暫くして戻ってきたリオネルは難しい顔をしていた。眉間にしわが寄っている顔など初めて見たので、軽く驚く。

「リオネルさん？　あの、どうしたんですか？」

「王都の……聖女のあの方が、ご懐妊されたという連絡だったのですが……」

「………あの子は相手を選べないという話ではなかったですか？」

前回訪れた隊商から聞いた話でも、聖女はまだ相手を選べていないという話であった。それから大した日数は経っておらず、結婚して妊娠したというには早すぎる。

「誰の子か分からないようです。同じ世界から来た貴女さまに、何か判別方法を知らないかというお話で……王都まで来るようにとお達しが」

どうやらとんでもない厄介事に巻き込まれそうである。

（貞操観念についてガチガチの考えはないけど……六人は、さすがになぁ……）

この国は一夫多妻制でも一妻多夫制でもない。一夫一婦制の、今の日本と似たような価値観がある国だ。一昔前なら婚前交渉などありえなかったのだから、結婚前の男女が仲良くしすぎるのはよろしくないことだろう。そして一人が多くの人間と関係を持つのは、もっとよろしくないことであるに違いない。

そんなことをあちらの聖女はやってしまったらしい。妊娠はしたが、それが六人のうちの誰の子か分からないのだという。

「……まだ信じられないのですが……」

「まあ、今は昔みたいにその辺が厳しくないといいますか……たまに、そういう人がいます」

リオネルが大変ショックを受けた顔をしていた。貴族でありお育ちのよい彼からすれば、信じられぬことなのだろう。

そして聖女と関係を持った六人もまた、聖女に愛されているのは自分だけだと思っていたに違いない。そういう関係に至ったのだから、もう自分が聖女と結婚するものだと信じていたと想像できる。彼らの貞操観念からすれば、同時に何人もとお付き合いするというのはあり得ないことなのだから。

よりにもよってそんなことを聖女とされる人物がやってしまったのだ。しかし聖女を責めることなど、この国の人間にはできない。現在お偉いさん方は大混乱であり、藁にも縋る気持ちで異世界の知識を持つ私を呼びつけようとしているのだと想像できる。

そして私が出ていって、実は私が聖女なのですと言おうものなら――ああ、考えたくない。

「私が聖女だと、とても言い出せる雰囲気ではないような……」

「しかし一目見て知られてしまいますよ。その聖獣は……貴女さまから離れないでしょうから」

私の膝に頭を乗せて寛ぐ白馬の頭を撫でながら、小さく溜息をついた。この国のトップに呼び出されているのだから、行かないという選択肢はない。行けば一波乱は確実だとしても。

「迎えの馬車も既にこちらに向かっております。夜中の出発になるでしょうね」

「……教会を留守にすると、オルロさんに伝えておいた方がいいですかね」

「私が行きましょう。貴女さまはここで聖獣と共にお待ちください」

明らかに異質な馬を連れて村長の元へ行くのは色々と不都合が生じそうなので、伝言をリオネルに任せて私は出かける準備をすることになった。

しかし村を出て王都に行くのに何が必要だろうか。私はこの村に永住し、二度と出ることはない。そう思い込んでいた。外に出ることなど想定したこともない。

(……薬類、かな)

数日泊まることになったとしても、生活に必要なものはあちらが用意してくれるだろう。私にしか用意できないのは薬や薬草くらいのもの。備えあれば患いなしともいうし、鞄に処理した薬草類を小分けして詰めておく。

そういう準備をしている間、聖獣たる白馬は壁や床をすり抜け、宙に浮いたりもしながら私の周りをうろつき、時には体を擦り付けて甘えていた。可愛いのだけど、まったく集中できない。しかし邪魔をされても可愛いので怒れない。飼い猫が作業中のパソコンの上に寝そべって仕事が進まない飼い主の心境はこんな感じだろうか。

（もしかしてお腹が空いてるとか？　……薬草かな）

鞄にしまった薬草を再び取り出し、馬の口元に一枚差し出すとぱくりと銜えた。すると一瞬で薬草が消えた。

どういう吸収の仕方なのか分からないが、ドライアイスが昇華するような消え方だった。何枚かそのようにして薬草を与えると馬は大人しくなったのでこれで正解だったようだ。この子の食用に、薬草は持てるだけ持っていくべきだろう。

（……薬草があれば薬はいつでも作れるし……）

あちらにも薬を作るための道具はあるから薬草さえあればなんとかなるはずだ。持っていけるだけの薬草を鞄に詰めたあとは、報告から戻ってきたリオネルが仕度を済ませるのを台所で待った。眠る時間はあまりないので馬車の到着まで起きておくことにする。

王都からこのオルビド村に来るまでは四時間ほどだったけれど、急いでくる馬車はおそらくもう少し早く着くだろう。

「……マコトさん、馬車の到着まで休まれなくてもよろしいのですか？」

「短い睡眠だと逆に疲れそうなので……それに、落ち着きませんしね」

鎧に身を包んだリオネルが少ない荷物を持って戻ってきた。そのままこちらに歩いてきて、隣に腰を下ろす。王都の城にいくならば彼がこの格好をするのは当然なのだろう。

私はまだ、彼を差別する場所で彼と共に過ごしたことがない。それが少し、心配だ。

「何があっても私が貴女さまをお護りいたしますよ」

「……どうしたんですか、急に」

「不安そうなお顔をされていましたので」

私が怖がっているように見えたのだろうか。確かに似たような感覚ではあるかもしれない。私が聖女だと知ったら、あちらはまた大騒ぎするのだろうし、その時私やリオネルがどうなるのかが分からない。それももちろん不安要素だが、理由は他にもあるのだ。

「リオネルさんに何かあったら、私は……冷静では、いられないと思うんですよね。それがちょっと不安です」

もし、彼への差別を目の当たりにしたら。その時私は平静でいられるだろうか。

私の言葉は魔法である。もし私が怒りのあまり我を忘れ悪態でも口にしようものなら、一体それを言われた相手はどうなってしまうのか。考えるだけで怖いことだ。

しかし当のリオネルはどこか嬉しそうな雰囲気を漂わせていた。鎧を着ていても分かるくらいに。軽く首を傾(かし)げると彼は一言「申し訳ありません」と謝ってからこう続けた。

「……貴女さまが私のために怒ってくださることを、喜んでしまいます」

なんだか気が抜けてしまって、小さく笑った。この人が気にしていないなら私も気にするべきではない。後の不安はこの後どうなるか分からない、ということくらいで。

私の望みは、今まで通りこの村でリオネルと共に在り、そしてここで僧侶を続けることだ。王都で聖女をやりたくは、ない。

「あちらに着いたらどうすればいいんでしょうか」

「あちらが色々と必要なことをしてくれるでしょう。頼まれたことだけすればよいかと」

「……リオネルさんは、一緒にいてくれますか？」

「ええ。マコトさんを護るのは、私の役目ですから」

「それなら、安心です」

リオネルが一緒にいてくれるなら心強い。一人ではどうしようもなく不安になってしまいそうな状況でも、今までずっと私を支えて護ってくれた彼がいるならば、私も臆することなく困難と向き合えるだろう。

迎えが到着するまでの時間、言葉を交わして過ごした。時々しりとりのような遊びも交えたけれど、漂う緊張感を拭(ぬぐ)うことはできなかった。

「……迎えが到着したようです。行きましょう」

差し出された黒い手を借りて立ち上がった。この手を握ると不思議と落ち着くのである。歩き出す前に手は離されたけれど、それだけですっかり心は凪(な)いでいた。

いつものようにリオネルは私の後ろについて歩くが、少し居心地が悪そうなのは白馬も私の後ろを位置取るからかもしれない。この馬は私以外をすり抜けるので、時々リオネルと重なっているのが大変可笑しい。

迎えの馬車に乗り込む前には御者が私、というか白馬を見てぎょっとして、その後蒼白(そうはく)の顔で私を見ていたので心配になる。気が動転するあまり事故を起こされたら困るため「気をつけて王都までお願いしますね」と伝えた。……上ずった声で返事をされた。

「もしかしてですけど、あの反応を連続で見ることになるんでしょうか」

「恐らくは。……あの村へ人を送るのは、後ろめたいことなのですよ。皆、大層後悔することでしょう」

生活の支援は充分にしてもらっていたし、まったく恨んでも怒ってもいないので私としてはそんな大仰な反応をしなくても、という気持ちである。どうも私の価値観と他の人間の価値観にはズレがあるようだ。

「私はそれでよかったんですけどね」

「普通は、そうは思わないものなのです。あの村で一生を過ごせと言われるのは処刑に等しいですから」

存在しないはずの村で、存在しないはずの人々が暮らしている。そこで暮らすことを命じられるのは世間的に抹消されると同義であるので、処刑と言えるのかもしれない。

（この馬車も久しぶりだなぁ……前は、もっと居心地悪かったっけ）

前にもこうしてリオネルと向かい合わせで馬車に乗って移動した。その時は城から村までの時間を無言で過ごしたのだが、今は普通に会話がある。あれから本当に、随分と関係が変わったものだとしみじみ思う。ちなみに聖獣の馬は私の膝の上に頭を載せてじっとしていた。本当にずっとついてくる気らしい。

それからぽつりぽつりと会話をしていたがこの馬車の揺れは大変心地よく、眠気を誘われていつの間にか眠ってしまった。

「……まもなく到着いたしますよ、マコトさん」

リオネルの声で目を覚ます。窓にかけられた布の隙間（すきま）からほんの少し見えた外の景色は明るさを増していた。もう夜明けであるらしい。

「眠たいですけど……気合を入れていきますか」

「貴女さまが眠そうにされていれば、あちらは大慌てで寝台を整えそうですが」

「はは、まさか」

一瞬冗談だと思って笑ったが、そういえば私は聖女でもあるのだった。あながち間違いとは言えないのかもしれない。

そして城門を越えた馬車が停止し、ようやく地面に降り立つことができた。軽く伸びをして体をほぐした後にあたりを見回せば、案内役を申し付けられたと思われる騎士があんぐりと口を開けているのを発見する。リオネルのように顔まで隠してしまうような鎧ではないので、表情が分かりやすい。

　人間は驚くと口を閉じる力も抜けてしまうのだな、とのんきに考えながら近づいて声をかけようとしたら、騎士の方が先に開けたままの口から声を上げた。

「せっ聖女さま、も、もうしわけございません!!　す、すぐにごあんな、い、いたしますので!!」

「あっはい。お願いします」

　ぎこちない動きで歩き始めた騎士の後ろをついていく。騎士ということはリオネルとも顔見知りであるのだろうか。しかしまったく余裕がないのか、目立つはずの黒い鎧の方に一切の視線を向けず、むしろ白馬と私に目が釘付け(くぎづ)けであった。こういう反応をされると少し居心地が悪い。

「こ、こちら……です……」

　案内された部屋は随分と奥まった場所にあった。あまり知られたくない事態であろうから、人目につかない場所で話し合いが行われるのも当然であろう。

　まだ明け方で城の中にいる人間も少ないらしく、ここに来るまで誰ともすれ違わなかった。すれ違ったらすれ違ったで、あの御者やこの騎士のような反応をされるだけであろうから、それでよかったと思える。

ゆっくり開かれる扉の先にいた面々は、ようやく来たかと言わんばかりの顔を緩慢な動作でこちらに向け、私の傍から離れない白馬を見て一瞬で顔色をなくしてしまった。

中にいたのは四人だ。部屋の真ん中の豪勢な椅子に座っている、立派なヒゲで派手な服を着た男性は見覚えがある。そのすぐ傍にいかつい鎧の護衛と思われる騎士が立っており、少し離れた位置に丸めがねの男性が、華美でなく質の良い柔らかそうな椅子に腰掛けていた。そして最後の一人はこのメンバーの中で一番目立つ、燃えるような赤髪のどこか可愛らしい顔立ちをした青年。丸めがねの男性と対称の位置に座している。年齢的に例の六人の内の一人だろうか。

渦中の人物たる聖女がいないのは、妊娠初期の聖女さまをこのような時間から起こしては申し訳ないという配慮かもしれない。

しかし固まって動かない面々を前に、私もどうしたらいいのか分からない。リオネルなら助言をくれるかと思って背後の鎧を見上げれば、彼は私の気持ちを理解したかのように頷いてみせた。

「聖女さまをお連れ致しました」

そして、ハッキリとした声でそのように言い放ったのであった。……違う、そういうことではない。

（空気が重い……いやむしろ硬い……）

空気とは常にそこにあり、人間を生かすものであるはずなのに。この場の空気は驚くほど硬く、呼吸すらままならないものであるようだ。俯いて震える立派なヒゲの男性や固まってまったく動いていない丸めがねの男性が心配になってきた頃。声を上げたのは、赤髪の青年であった。

「嘘です！　聖女さまが、聖女さまでないはずはない……！　貴殿は偽者だ！」

腰掛けていた椅子を倒すほどの勢いで立ち上がった青年は、目にも留まらぬ速さで私の方に飛び掛かってくる。私の首を掴もうと伸ばされた手だけは、やけにハッキリと見ることができたのだが——それは一瞬で視界から消えてしまった。

「聖女さまに手を出すことは許されませんよ、イフリーオ殿」

下から聞こえた声に目を向けると見慣れた黒い鎧が青年を取り押さえていた。視界から消えたのはリオネルによって地面に引き倒されたからであるらしい。私はいつの間にか止まっていた息を吐いて、暴れるように鼓動する心臓の上に手を置いた。かなり、心臓に悪い。

イフリーオと呼ばれた青年は「男が聖女であるはずない」やら「聖獣をどうやって奪った」などと叫びながらまだ暴れようとし、リオネルに軽く絞められて意識を落とされ、大人しくなった。

いつまでも床に転がしておく訳にもいかないため、部屋の外に待機していた案内係の騎士が呼ばれ、運び出されていく。

気絶した若者が部屋から連れ出された後、ずっと震えて俯いていた顔面蒼白のヒゲの男性が

椅子から崩れ落ちるように床に手をついた。

「なんたること……おお、聖女さま、申し訳ございませぬ……」

「王……!!　お気をたしかに……!!」

どこかで見たことがあると思っていたら、ヒゲの男性は王様であったようだ。この世界に召喚された部屋で聖女の前に膝をついていた人物である。傍に控えていた騎士がすぐ傍によってその肩を支えようとするが、王は立ち上がることなく透明な雫を床に落としていた。

「まさか……僧侶さまが、聖女さまだった、とは……申し訳ございませぬ、このような危険な目にも遭わせてしまい……どうか、お許しくださいい聖女さま……」

ようやくふらふらと立ち上がった王は、覚束ない足取りで私の前に歩み出ると両手と膝を床につけて頭を垂れた。さすがに国のトップにそんなことをされては私も落ち着かない。謝られたいとは思っていないし、そもそも何も不満はなかったのだ。

目の前で土下座されながら謝られると私もどうしたらいいのか分からなくなってしまう。とにかく顔を上げてほしいと、自分も両膝をついて話すことにした。

「あの、私は今まで充分に生活を助けていただいておりましたし、私も勘違いされやすい格好をしておりましたし……何も謝られることはないと思いますので、どうか頭を上げてください」

「夜中に不躾にお呼び立てしてしまったというのに、なんとお優しいお言葉……まさに、聖女さま。本当に、申し訳ございませぬ……」

ようやく顔を上げた王はまだ涙を流していたが、それでも頭を下げ続けられるよりは気が楽だ。手を貸しながら立ってもらおうとしたらそれは断られてしまった。聖女に手を貸してもらうなんてとんでもない、という理由で。……こういう特別扱いは慣れないしまったく嬉しくない。

「聖女さま、まずは休まれてください。すぐにお部屋を用意させていただきますので……宰相」

国のトップである王に丁寧な言葉を使われ、気を使われるほどに聖女の立場というのは尊いものであるらしい。私としては困惑するばかりである。

宰相と呼びかけられてこの時まですっかり放心していたと思われる丸めがねの男性が慌てたように立ち上がり、深く頭を下げた。

「はい、直ちに。聖女さま、申し訳ございませんが暫くお待ちを。……そして騎士ネルヴェア＝リオネルよ。今までご苦労であった。其方(そのほう)に与えた全ての任を解く。このお方に相応(ふさわ)しい者はこちらで改めて選別する故、聖女さまをお部屋までお連れした後は下がるがよい」

「……は？」

私に対して大変申し訳なさそうにしていた顔は、リオネルに向けた瞬間に厳しく蔑(さげす)むような顔に変わる。あまりの変わり身の早さについ声を上げてしまった。吃驚(きっきょう)した顔でこちらを見る宰相だが、驚いたのはこちらの方である。何故そちらが驚いた顔をするのかまったく理解――できなくもないが、したくはない。

「この方以外の補佐も護衛もいりません。私が聖女であると知る前からずっと支えてくださったのは、この方でした。他の方は信用できません」

「し、しかし聖女さま、その者は……」

「元々は六名の勇者とやらに選ばれるはずだったとも聞いております。何も、問題はないでしょう」

それ以上話を聞きたくなかったのもある。語気を強めてそう言えば、相手は押し黙った。そもそもリオネルに欠点らしい欠点などないはずだ。髪の色以外に付け入られるような隙を作らないようにしていたことは、彼の話から想像できる。

「宰相、聖女さまに意見などするものではない」

「……はい。失礼いたしました。お部屋の仕度が整うまでしばし、鳳凰の間でお待ちくださ い」

王がリオネルをどう思っているかは分からないが、この国の宰相という立場にある人間が快く思っていないことはすぐに知れた。ついでに時折私の背後に鋭い視線を向けている、王の護衛の騎士も同じだ。

私が早足で部屋を出ようとしたのは、そういう場所に長くリオネルにいてほしくなかったからである。こんな場所にずっといたなら、全てを隠すような鎧を着るようになってしまうのも当然に思えた。

「鳳凰の間までご案内いたします。……そのようなお顔をされなくても、私は大丈夫ですよ」

いつも通りの柔らかい声に少しだけ肩の力が抜けた。これで悲しそうな声色をしていたら色々と許せなくなってしまうところだった。

「……私は今どんな顔をしてますか」

「私のために怒ってくださっているお顔です」

それはよくない顔だ。両手で顔をもみほぐしておく。あれしきで表情を保てなくなってしまうとは、私もまだまだ未熟者である。

誰もいない廊下をリオネルに先導されながら歩いた。普段は私の後ろをずっと彼がついてくる形なので、その背中を見て歩くというのは不思議な気分だ。私の歩幅をよく知っているだけあって、いつも通りの速度で歩いてくれるのでついていくのも苦にならない。そんな私の後ろには白馬が続いており、こういう一列並びでマップを歩くゲームがあったな、とぼんやり思い出した。

「こちらです、どうぞ」

立派な装飾が施された扉をくぐり、調度品に飾られた部屋の中に入る。中に自分たち以外の人間がいないことにほっとしながら、体が沈むほど柔らかい長椅子に腰掛けた。寝不足の体には少々堪える座り心地である。

私が座って体勢を安定させると、聖獣が定位置になりつつある膝に頭を載せた。

「マコトさん、お話ししておきたいことがあります」

「あ、はい。何でしょう?」

「……私は、貴女さまの補佐と護衛の他に、もう一つ任務を請けておりました。監視の任です」

私の横に膝をついたリオネルから説明された内容は、考えてみれば当然のことだった。彼は私の補佐と護衛をしながら、何か特別なことがあれば国に報告をするという役割を与えられていたのだ。

私の特殊な事情を鑑みればそれがない方がおかしい。しかしリオネルはその任務を半ば放棄していたと言う。

「貴女さまが誰かに利用されるのではないかと、そう思うと……義務を果たすことができず」

私に言葉の魔法があると分かった時からずっと、国への報告は「異常なし」としていたらしい。特殊な魔法が使え、それは薬草を一日で育てたり、天気を変えたりすることができるような力であること。ひらがな以外の文字の知識があること。この国にまだ存在しない言葉を使うこと。そして、聖女である可能性があったこと。全ては報告するべき事象だったが、黙認し続けた。……私のために、だ。

それはずっと真面目に、誰かに蹴落とされるような隙を見せぬようにしていた彼が初めて作った隙、罪である。

「私の場合、国家反逆罪とされてもおかしくはありませんが……」

「なんですか、それ。そんなのおかしいです、聖女の権力を振りかざしてでも止めます」

聖女という立場を受け入れきれない私だが、使えるものならば使う。職権乱用なんて普段なら絶対にしてはならないと考えている。それでもリオネルのためなら躊躇いなどない。

そもそもこの国は聖女第一。私が聖女だと知らなかったとしても、結局は聖女である私のために動いていてくれたリオネルだ。罪に問わない方法などいくらでもあるはずである。……罪に問う方法もいくらでもあるのだろうが。

とにかく私がそれくらいの我侭を言っても、この国の上層部は聞いてくれそうなほど聖女に親切だ。

眠気も相まって思考能力が落ちているのかそういう考えにしかならない。この国にはたしかに世話になった恩があるけれど、それは急に異世界に呼び出され元の世界へ帰れなくなったことへの贖罪に等しい。だから私はもう、呼び出されたことについてとやかく言うつもりも、それに対する恨みや怒りの感情も一切ない。

けれどリオネルに関しては別だ。この人はこの世界で唯一の、私にとって大事な人なのだから。彼の代わりなど存在しえないのである。

「マコトさんは、私にお怒りにならないのですね。隠し事をしていたというのに」

「それはお互い様じゃないですか。……私だって、性別を隠してました。本当はまったく、正直者ではないんですよ」

リオネルは私のことを「この世の誰よりも正直者」と評していた。本当は違うのだと、何度思ったことだろう。嘘は言えずとも本当のことを隠し続けることはできた。それでも好きだと言ってくれたのだから幻滅はされなかったのだろうけれど、ずっと騙してきたのだという罪悪感はいまだに胸の中にある。

「お気づきでないかもしれませんが……貴女さまは表情に出やすいのですよ。よくばつの悪そうな顔をされていましたので、元より嘘は苦手なのでございましょう」

「……顔に出しているつもりはありませんでした」

「ええ。ですからやはり、貴女さまは正直者なのですよ」

見えない鎧の中で彼が笑っているのが分かった。自分で自分を見るためには何かに映して見るしかない。鏡や、水や、そして人に。この人の目に映る私は正直者であるのだろう。リオネルにとっては誰よりも、私が正直に生きているように見えているのだ。

「リオネルさんだって鎧を着てても結構、感情が分かりやすいですよ」

「そう、なのですか?」

「はい。顔は見えないのに、不思議と」

勿論全ては分からないが喜んでいる時などは特に伝わってくる。ただ他の人間と話している時は分かり難いので、これは私に心を許してくれているという証拠なのかもしれない。

「……貴女さまの前では、気が抜けているからかもしれませんね」

「今は少し、恥ずかしがってるんじゃないかと」

「……本当にお分かりになるのですね」

また一段と恥ずかしそうになった。その反応が可笑しくて小さく笑う。気が抜けたのか、眠気を思い出すように欠伸が出た。

この部屋は客間であるのか、机を挟んで長椅子が二つあるだけだ。眠るための部屋は今用意してくれているらしいが、あとどれくらいかかるのだろうか。

「椅子で少し横になられますか？」

「いえ、それをしたら寝てしまいそうなので……リオネルさんは大丈夫ですか？」

「三日くらいなら眠らずとも活動できるように訓練していますので、問題ありません」

それはすごい。しかし体の負担は相当なものではないだろうか。私は少し馬車に揺られて眠ってしまったけれど、護衛でもある彼はそうもいかなかったことだろう。活動できるとはいっても疲れは溜まるはずだ。そしてこの城の中では気が休まらないに違いない。これではリオネルが疲れきってしまう。

（神に祈れば回復できるんじゃないかな）

それは眠気でまともな思考を失いかけていた私の、完全に誤った判断であった。

「リオネルさんの疲れが癒されるように、神に祈ります」

「……疲れは感じなくなりましたが……今、魔力を使われたら……」

「………ほんとだ、眠気が増しました」

それから数分の間は眠気との格闘だった。リオネルが話し相手になってくれる中、何度仔馬を抱き枕にして寝落ちてしまいそうになったことか。ようやく部屋が整ったと呼ばれた時にはもう瞼がほとんど開かなくなっていた。

リオネルに手を引かれながらそれなりの距離を移動し、連れて行かれた部屋で、何とか開いた目で大きな寝台を確認した頃には思考する力は半分も残っていなかったと思う。

すぐに衣を脱ぎ捨て、足袋もさっさと脱いで寝てしまおうとそういう気分になっていた。

「マコトさま……!!　それはおまちください……!!」

落ちかけていた意識はリオネルの慌てた声で少しだけ戻ってきた。そういえばリオネルに寝台まで連れてきてもらったのだから傍にいるのは当然である。そして呼び方が元に戻ってしまっているくらいに、何故か動揺していた。

「足を、晒されるのは……閨への誘いとなります、ので」

それはたしかにいただけない。そう思ったのを最後に私は柔らかい布団に体と意識を沈めた。

睡眠。それは切り離せない煩悩の一つ、体の生命活動維持に大切な本能。眠らないのは体に毒だと言い切れる。

睡眠が足りなければ人間の思考力はとことん低下するのだ。理屈の通らない理論を振りかざしてしまったり、それを実行してしまったりするのである。そして私は眠たいのに魔力を消費するという馬鹿なことをやらかして、意識を保てず眠ってしまったのであった。

（……寝る前の行動をほとんど思い出せない……リオネルさんに魔法を使った以降記憶がない……）

つぶらな赤い瞳で見つめてくる馬の顔を撫でて体を起こし周囲を確認する。随分豪華な部屋で寝ていたらしい。寝台の傍の台には衣が丁寧に畳まれていて、寝落ちしそうな私がこんなに綺麗に畳めるとは思えないので、リオネルがやってくれたのだろう。

「……リオネルさん、は……」

部屋の中には見当たらない。見える場所にリオネルがいない、それだけで不安に襲われた。ここは王都の、王が住まう城。色素の薄い髪色の貴族に対する差別が当たり前に存在している場所。私が眠ってしまっている間に何かあったのではないか。

そんなことを考え始めた時、突然扉が開いたことに肩を跳ね上げるほどに驚いて、現れたのが見慣れた黒い鎧であることに心底ほっとした。鎧に似合わない可愛らしい籠を抱えた彼は私に一度頭を下げ、部屋の中の小さなテーブルに向かっていく。

「お目覚めでしたか。起こさぬようにと入室の合図を控えたのですが……失礼いたしました」

「ああ、いえ。大丈夫です。それよりもすみません、自分だけ寝てしまって」

　体は起こしているもののいまだ寝台の中である。だらしないことこの上ないので、リオネルが背を向けている間に寝台から降りた。すぐ傍にきっちりと並べられていた草履をはいて立ち上がる。

「マコトさんの魔法で私には疲れがありません、ので……」

　籠をテーブルに置き振り返ったリオネルは一度固まった後、そっと顔をそらした。裸足を見られた時と似たようなリアクションだが今回はきちんと足袋もはいているので違う理由だろう。

「……お召物が少し、乱れていらっしゃるようです」

「あ、すみません。直します」

　普段眠る時は作務衣に着替えている。しかし今回は上の衣を脱いだだけの白衣姿だ。これは昔ならば下着に相当する代物であるが、ここまですっぽり体を覆うものを着ていて下着を晒している、という感覚は現代人にはない。

　僧衣では必ずと言っていいほど中に白衣を着ている。そしてこれは腰の位置で帯を巻くためその位置が括れる女性が着ると崩れやすい。そのせいか寝ている間に少々はだけていたようだ。それでも多少着崩れているだけで肌が露出している訳ではないのだが、不格好なので手早く直すことにした。

私が帯に手をかける前にこちらを見ないよう背を向けるあたり、リオネルは大変紳士である。

一度帯を解き、白衣の合わせ目をキッチリ整えて着付け直す。私もリオネルも喋らないので衣擦れの音だけが部屋を支配していた。

この着替えにかかる時間など微々たるものである。慣れてしまえば白衣を着るのには一分もかからない。畳まれていた衣にも袖を通し、近くの鏡で身なりを確認する。

性別がばれてしまって隠す必要がなくなった分、気が抜けてしまっているようだ。申し訳ないことをしてしまった。

「お待たせしました。すみません」

「いえ……軽食を作ってまいりましたので、よろしければどうぞ」

「ありがとうございます、いただきます」

リオネルが持ってきた籠の中身はおにぎりだった。魔力を消費したあとは睡眠と栄養を体が欲する。魔力不足による空腹に、シンプルな塩結びが染み渡るようだ。私が堪能するおにぎりに白馬が物欲しそうな目を向けている気がしたのでそちらには薬草を与えておいた。

目が覚めた時彼がいなかったのはこの食事を用意していてくれたからだろう。本当にまったく、痒いところに手が届くというか、いつもありがたい。

「……リオネルさんがいないと気づいた時は心配しました。私が眠っている間は何もありませんでしたか？」

「何もなかった、とは言えませんが……」

私が眠っていた数時間の間に色々と動きがあったことをリオネルが教えてくれる。それを聞かされながら食事をしたが、せっかく美味しいおにぎりの味がぼやけてしまうような話だった。

リオネルは上層部に呼び出され報告を怠ったことで苦言を呈されたものの、私が彼を気に入っていると理解させられた宰相は特に罰則を与えることができなかったようだ。ひたすら嫌味と皮肉を聞かされたくらいであったと笑って言われて、私としてはそれでも大変不愉快な話である。……罪にならないのはよかったけれど。

聖女の彼女、もとい上坂聖という女の子にも事情聴取が行われた。彼女は私と同じように特別な魔法を持っていた。それはどうやら愛に関するものであったようで、六名の勇者はすっかり彼女の恋の奴隷――盲信者となっており、彼女が聖女でないことを受け入れられない状態だという。私に飛び掛かろうとしたイフリーオの様子を考えれば、他の五名も推して知るべしというものだ。

そして彼らの魔法は解くことができずお偉いさん方は頭を抱えている、とそういうことらしい。いくつもの条件をクリアした優秀な六名が使いものにならないのは確かに大変困るのだろう。

「それに彼女はもう聖女としてのお披露目を済ませてしまっていますので……」

それもまた問題だ。聖女は既に盛大なパレードでお披露目され、絵や写真で顔が知れ渡っている。今さら「実は間違いでした」と公表したらあらゆる問題が起きるだろう。

現在、上の方では責任の擦り付け合いすら起きているとリオネルは言う。つまり何故私の性別を確かめなかったのかとか、聖女である可能性を考慮しなかったのかとか、そういう話だ。

私が大変紛らわしい格好であったのも原因なので少しばかり申し訳ない。あれは不幸な偶然が重なったのだ。私の胸がもう少し大きければ――いや、これは私のせいではない。断じて違う。

「目覚めたら今後について話し合う会議に参加していただけないかと、国王陛下が仰せですが」

「それなら行きますよ。私にもお願いしたいことがありますしね」

「では、そのように伝えて参ります」

国が私の意見を聞いてくれるというのはありがたい。私にも望みがあるからだ。

それを伝えにいったリオネルの戻りが思っていたよりも遅く、心配になってきたところで彼は戻ってきた。入室の許可を得て部屋に入った彼が、予想外の姿だったことに驚いて固まってしまう。

「……リオネルさん、その格好は……？」

「聖女さまと国王陛下の参席する場には、正装でなければ入室不可とのことでしたので」

鎧ではなく、正装と呼ぶに相応しい立派な装束を身に着けている。和風のあしらいが入りつつ西洋の軍装に近いデザインで、元々は騎士団に所属していたというからそちらの制服なのかもしれない。

(とても似合う。本当に似合うけど……)

好いた相手の普段見られぬ姿に感動する人間は少なくないはずだ。凛々(りり)しさが際立つその格好にときめかなかったと言えば嘘になる。しかし、ここは〝王城〟なのだ。

「……嫌がらせ、ですよね」

ここではリオネルの白金の髪が蔑まれ、差別される。私にとっては好ましいそれも、この世界の人間にとっては人格ごと否定してしまえる要素。それをあえて晒せというのが嫌がらせでなくてなんだろうか。

「しかし正論です。私も納得しております」

「でも……」

「自分でも思っていたより落ち着いておりますので、ご心配なさらないでください」

言葉通り、彼はいつもの優しい笑みを浮かべていた。無理に笑っている様子もなく、ただ穏やかだ。それがとても不思議だった。

これはリオネルにとって消えない心の傷に触れる出来事であるはずだ。それなのに彼は落ち着いていて、私の方が動揺してしまっている。

「これはマコトさんのおかげでしょうね」

「……私の？」

「はい。……貴女さまと共に在れると思うと、それだけで不思議と力が湧いてきます。他の誰の視線も恐れるに足りないと思えてくるのですよ」

　本心からそう言っているのだと伝わってくるような温かい声だった。私の存在が彼の支えになれているというなら、これほど誇らしいことはない。リオネルが受け入れているなら、私も受け入れるべきだ。

「それなら……よかったです。私もリオネルさんがいてくれるから、心強いです」

「……私は、貴女さまが望む限りずっとお傍にいます」

　それは騎士の忠誠のようであり、恋人の甘い告白のようでもあり、どちらとも取れる台詞で返答に窮した。困った私はどうにか話を変えてこの空気から逃れようと話題を探す。

「えと……その格好……とても、似合ってます。格好いいです」

「……はい」

　とても感情の込められた「はい」だった。おそらくそこには喜びや気恥ずかしさなど様々な感情が混ざっている。短いのに熱が感じられる声だったせいで、先ほどから上がり続けている私の体温はさらに上昇していく。どう考えても話題転換に失敗したと焦っていたら、眼前にぬっと白い顔が突き付けられた。

　自分も褒めてほしいと言わんばかりに輝く赤い瞳と目が合う。

「……あなたは可愛いよ、よしよし」

白馬の頭を撫でて再びリオネルに視線を戻したら、彼はいつも通りに笑ってこちらを見ていた。……この仔馬は私がリオネルばかりを注視するのを許さない節がある。

それから一時間ほど経ち、小さな部屋で会議が開かれた。参加者は国の最高位である国王と、進行役の宰相、前にも見た護衛の騎士と、私とリオネル、そして元聖女の上坂聖だった。ちなみに六名の勇者は私を前にすると危害を加えかねない状態であるので、隔離されているという話である。愛の魔法とはなんと恐ろしい力であろうか。

「我々としては、聖女さまには今後この王城に住み、聖女さまとして過ごしていただきたいのですが……しかし、まあ、その、こちらの方が聖女さまとして国民にも知られておりますので……今後も、年明けの宴などには参加していただかなければ信用問題になり……」

宰相が言い難そうにするのも分かる話だ。つまり国は聖女を間違えたという事実を隠したいのである。私を表舞台に立たせるのは都合が悪いので、これからも表向きは聖に聖女を務めさせて何もなかったように振舞わせたい。そして私には表に出ず裏で聖女としての役目を果たしてほしい。国としてはそれが最善策だとしても誠実さを欠いた話である。

「もちろん聖女さまの望みにはできうる限りお応えいたしますし、不自由は一切させるつもりはございませんので……納得していただけないかと……こちらの方には表舞台に立っていただくだけで、普段は聖女さまとして扱いはしませんので……」

先ほどから汗を拭う手が止まらない宰相もなかなかに辛い立場だろうが、私は下を向いて震えている聖の方が心配だ。彼女は妊娠初期の不安定な状態でもあるのだからあまりストレスがかかる状況にいてほしくない。

(私が表舞台に出ないのは大賛成なんだけど王城にいるのはちょっとな……リオネルさんが苦しいだろうし)

彼にとっては針の筵のような場所だ。私はそんな場所を歓迎することはできない。どうにか上手い提案はないかと考えていた時だった。

「私が聖女だって、貴方たちが言ったんじゃないですか！　だから、私は……！」

勢いよく立ち上がった少女が、目に涙を溜めながら叫ぶように言った。聖の言葉通りこの国の人間がまず彼女を聖女だと言ったのだ。彼女はその通り振舞っていただけで、聖女という広告塔になってしまったことに責任はない。

この子が取るべき責任とは、六人と関係を持ってしまったということ。これも問題ではあるけれど、彼女が聖女として広められたことは彼女の責任ではない。

「しかし貴女では聖獣を育てられないのです。聖獣は、聖女の元にしか現れないのですから」

宰相のその言葉を聞いた時、私の中に一つの疑問が浮かんだ。聖女の役目は二つあると聞かされている。しかし本当に、そのどちらも国を救う聖女としての使命なのかと。

「……すみません、一つ確認させてください。聖女の使命、というのは……聖獣を育てることと、子供をなすことでしたよね」

「ええ、そうでございます」

「聖獣のことは分かるのですけど、子供は何故ですか？　聖女の子にもまた、聖獣を育てるような特別な力がある、ということでしょうか？」

リオネルの話では聖女の前にしか聖獣は現れないという話だった。そもそも聖女の子孫の前にも聖獣が現れるなら、何度も異世界から聖女を呼び出す必要などないはずだ。十二年だけ聖女が世話をしたら聖獣はまた姿を隠すのだから、子供に世話役を引き継ぐ必要もない。子孫を残さねばならない理由がまったく分からなかった。

「いえ、そういう訳ではございません。ただ、魔力の強い聖女さまのお子もまた、強い魔力を持って生まれるのです。ですから……」

聖女の子を王族や貴族に取り入れることで強い魔力を残しやすくなる。つまりは貴族の魔力を保つために聖女の子が欲しいという話であった。聖女にしかできない魔を祓うという行為とは別次元の内容で拍子抜けしてしまう。それはこの国の〝貴族の都合〟でしかない。その自覚があるから無理やり結婚させるのではなく、六人もの精鋭を揃えてお膳立てをする形なのだろう。

「聖獣はその人に育ててもらって、私が子供を産めばいいじゃないですか！　私だって、私だって強い魔力があります!!　私の魔力は歴代聖女の中でもずば抜けてると、貴方たちがそう言ったじゃないですか!!」

　ボロボロと涙を零す聖をどこか面倒くさそうに見遣る宰相の顔を眺めて、思う。国の上層部にも責任があるというのに、彼らは全てを聖に押し付けようとしてはいないだろうか。

　聖女でない異邦人で、しかも良家の男子六名を彼女以外に従えないような状態にしてしまったのだから良い感情を持てないのは当たり前かもしれないが、それでも彼の態度はあまりほめられたものではない。問題を起こしていなければ真摯に接していたのだとしても、これではあまりにも無責任に見える。

「聖さんがそれでいいなら私もそうしたいですね。それなら私がここに住む必要もないでしょうし」

「せっ聖女さま!?　それは、一体」

「私はあの村で僧侶として今まで通り生活したいのです。聖獣は王都でなければ育たない訳ではないようですし、あの村でもその役目は果たせるでしょう」

　今も私の傍で寛ぐ馬の顔を撫でてやる。私にずっとついてくるのだから聖獣にとって場所は関係なく、ただ聖女の傍にいるのが大事であるのだろう。そして聖獣さえ無事に育つなら国の魔物は減っていくのだ。

　私の発言に宰相は取り乱し、一方の聖はぽかんとした顔でこちらを見ていた。理解できないという表情だ。彼女にとっては聖女という立場が、ここで暮らすことが、華々しいものに思えているのかもしれない。けれど私はそれを望まない。

「村の人々には私が聖女と悟られぬように致します。まあ、もし気づかれたとしてもあの村に住む人は元々いない人間ということになっていると聞きましたし、さほど問題はないのではありませんか？」

「それでは、お子が……!!」

「子供は国を救うことには関係がないのでしょう？　事態をややこしくしてしまった責任はそちらにもありますし、多少の不都合は呑み込んだらいかがですか？」

正直に言えば付き合いきれないという思いでいっぱいだ。当初彼らが私に対し親切だったのは、贖罪であったただろう。それは本当にありがたかったたし、感謝している。けれどこれ以上の醜い内側の事情を見てしまうと、私はこの国を嫌いになってしまいそうだ。

私が聖女としてこの国の魔を祓う仕事をすることに異論はない。だからその他は好きにさせてほしい。

「聖女さまの望みは……オルビド村で暮らすことなのですか」

それまでずっと黙り込んでいた国王の発言に場がシンと静まり返った。宰相はとても分かりやすい人間だが、この国王は正直よく分からない。その茶色の目はただ静かに私を見つめている。

「はい。私は今まで通り、オルビド村で暮らしたいと思っています」

「では、伴侶はどうなさるおつもりでしょうか。聖女さまは体の時が止まっております。聖女であることを隠し、僧侶として暮らされるなら……性別もまた、隠し続けるのでありましょう。それでは、時を動かすことができませぬ」

僧侶になれるのは男だけだ。今の発言はそれを黙認しても良いという意味にもとれる。ただしそれは村人に隠しきれるならばという条件付きなのだろう。そして「時を動かせなければ誤魔化し続けることはできないぞ」と暗に言われているのだ。

「伴侶となる方はもう、既に決まっております。村人でもありませんし、ご心配なく」

「お待ちください聖女さま！　それは、つまり、聖女さまと婚姻するのは、リオネルということではないですか……!?」

私の事情を知っており、村で共に生活し、村人でない人物となればリオネル以外に存在しない。それに思い当たって慌てて声を上げたのは、王の側に控える護衛の騎士であった。この会議以前、王と面会した時もリオネルを睨んでいた人物なのでその反応は予想の範疇ではある。こちらを――正確には私の背後のリオネルを睨んでおり、距離がなければ今にも掴みかかりそうな勢いだ。

「リオネルは報告の義務を怠り、自分だけが聖女さまに取り入ろうとしたのでしょう。このような男を傍に侍らせておくのは聖女さまのためになりませぬ」

この騎士はリオネルに対する嫌悪と悪意を隠さない。隠す必要がないと思っている。私の後ろでリオネルはどんな顔をして彼の言葉を聞いているのだろう。幾度、こんな言葉を掛けられ続けたのだろうか。

(きっと……リオネルさんが私に会わせたくなかったのは、この人だ)

それからどうにか私を説得しようと、私にとって一番大事な人への悪態を垂れ流す口を王も宰相も止めようとしないのは、私の気が変わった方が良いと思っているからなのか。……逆効果でしかないのだが。

「口を閉じなさい」

「ッ……!?」

普段であればそのような言葉遣いをすることはない。私は偉くもなければ敬われるような人間でもないからだ。それでも命じるように言ったのは明確に魔法とするため。それ以上聞くに堪えない言葉を発することができないようにするためだ。

口を閉じろと言ったのだから、その騎士はこのままだともう一生口を開けることはできない。

……私が許すまでは。

「私の魔法は言葉の魔法であるそうです。このように命じれば、人はその通りに行動するしかなく……人以外、自然にも干渉できます。あらゆる事象を、口にするだけで思うままに起こすことができると」

もちろんデメリットもある。嘘が言えず、意識していない時でも魔法が発動してしまい、自分で使う魔力の調整ができず意識を失うことだってある。けれど重要なのはそこではない。私が願えば何でも、人の命すら容易く手折ることができてしまうということが伝わればよいのだ。

「あ、もう口を開けて良いですよ」

「っ……は、……せ、聖女さま……私は、ただ……」

「もし、この方に何かあった時は……私も何を言ってしまうか分かりませんね。人を、国を滅ぼすような呪詛を、この口が零すかもしれません」

　これは脅しだ。こんなことをするのは柄じゃない。笑顔を貼り付けているものの、心臓はバクバクと音を立てている。けれどここでリオネルを護ることができるのは私だけだ。

　彼はずっと私のためを思って行動してくれていた。たしかに彼が逐一私の様子を報告していれば、私はこちらに連れ戻されて性別がばれるのも早かったかもしれないが。私はあの村での生活を望んでいて、リオネルはそれを護ってくれていたのだ。それを悪しざまに罵られるのも、それを理由に遠ざけられるのも納得がいかない。

　脅しも聖女特権もすべて利用して、これが悪業でいつか己に返ってくるものだとしても甘んじて受け入れよう。いつも支えてくれる彼を、私だって護りたいのだ。

「それで、私の望みは叶えてくださいますか？」

　決定権を持っているのは騎士でも、宰相でも、元聖女の少女でもない。まっすぐに見つめた国王は、穏やかに微笑んで見せた。

「聖女さまの、おおせのままに」

私の脅しの効果かどうかは定かでないが、その後の会議は大変スムーズに進んだ。結論として私は今後も村で僧侶を続けられる。ただ聖女であることを隠し続けるためにも卵が孵った後から聖獣が私の元を旅立つまでの期間は城で過ごすことになった。この馬も、今後生まれてくる聖獣も私の側を離れようとはしないだろうから、ということだ。この生活も十二年の間だけで済むならと思うべきか、十二年もあるのかと嘆くべきかは微妙なところである。

聖は表向きの聖女として今後も式典などに顔を見せる。例の六人の扱いはまだハッキリと決まった訳ではないが、やはり誰か一人を選んで急ぎ結婚式を執り行うらしい。生まれた子の親が誰であったとしてもその夫婦の子とし、将来は王族に取り入れられる。

選ばれなかった五人はどうなるかといえば、なんと聖にそのまま仕えるという。愛の魔法とは大変根深いものであるらしく、彼らは聖なしに生きていけないのだそうだ。……哀(あわ)れなことである。

ちなみに私に危害を加えようとしたイフリーオだが、未遂だったこと、私に怒りがないことなどを理由に不問となった。聖におかしなことがなければ六名はしっかり仕事をこなせるし、おかしな行動もしないらしい。優秀な人材を失うのは国としても困るのだろう。

六名の能力を失わないためにも聖には今後も普通に生活してもらう。勿論聖女とされていた頃(ころ)のように贅沢(ぜいたく)な暮らしはできないが、表向きは不当に扱われることもない。

つまり聖女である私が聖と六人の扱いに不服がないなら色んなことを闇に葬るというか、臭いものに蓋をするというか、何もなかったことにしてしまおうという話だ。

　大人の事情というものである。国がそうやって闇を呑み込むというなら別段構わない。私の望みは通させてもらったのだから、文句はない。もし問題が起きた時は自分たちで処理してくれればそれでいい。

「なんで……貴女は、聖女じゃなくていいの……？」

　会議の後、聖は私にそう言った。随分しおらしく大変気落ちしている様子である。自分の行いを振り返って反省したのかもしれない。彼女が私に話しかけることは周りから止められることもなかったので、暫く私も話を聞くことにした。

「私はずっと聖女でいたかった。だって、皆優しくしてくれるし、望みは何でも叶えてくれるし……でも、朝起きたら違ってたの」

　彼女が目を覚ますと自分を取り巻く状況が一変していた。昨日まで自分を敬い、頭を下げていた人々からお前は聖女ではない偽者だと罵られ、六人は庇ってくれたが、それは魔法のせいだこの悪女めと吐き捨てられたという。

　混乱の最中とはいえ、勝手に聖女だと祀り上げておいてよくもそのような酷いことが言えたものだ。彼女の行いも悪いが、他の面々に非がない訳でもないだろうに。

「私、きっともう普通に暮らせないと思ってた。貴女も私を許さないと思ってたし……」

「私は別に、聖さんに何かされた覚えはないのですが」

「だって、本当なら貴女がここで楽しく暮らせるはずだったんでしょう？　それなのに貴女は隠れ里みたいな場所に送られたって聞いて……」

彼女にとって一番良い生活が、城での豪勢な暮らしだったのだろう。同じものを私も当然望むと思っているからそういう考えになる。私が彼女の獄中生活を望めばその通りとなる可能性だってあったので、何もかも気にしていないように見える私が不思議に思えるのだ。

しかし私にとっては小さな村で穏やかに過ごす日々が一番の望み。ここで暮らすのは、気が休まらない。

「私は村での生活が気に入っていましたからね。それよりも貴女はこれからが大変ですよ。責任を……取らなくては、いけないんですから」

「……ごめんなさい。私はこんなことになるなんて思ってなかったの……」

聖も私と同じように体の時は止まっていたはずだった。そしてそれは、結婚すれば動くものだと思い込んでいた。一昔前の日本女性ならそれで間違いなかったのだろう。そしてその価値観で行動していた貴族たちも、まさか聖女が結婚する前から時を動かすようなことをしてしまうとは思わなかった。

勘違いをしたまま、物事は進んでしまった。彼女は本当に軽率な行いをして、本当に面倒くさい事態を引き起こしてくれたが、それに憤慨するのは私の役ではない。説教をするのも私の役ではない。不誠実なことをされた六人が怒るべきなのだ。……まともな思考は残っていないらしいから怒れないかもしれないけれど。

それでも彼女はこれから自分がやったことの責任を取らなくてはいけない。

「謝る相手は、私ではないと思いますよ」

「そう、ですよね……ごめんなさい」

これからどうするべきか、それは彼女自身が決めることだろう。泣いても悔やんでも過去には戻れず、やってしまったことをなかったことにはできない。

魔法ですっかり正気を失ってしまった六人は、彼女が責任を持って管理しなくてはいけないのだ。彼女がいなくては彼らは廃人となってしまう可能性すらあるのだから。毎日六人と顔を合わせて、罪悪感に囚われたとしてもそれは彼女の軽率な行いが引き起こしたことが原因である。

償うならばどうやって償っていくのか。己を罰するならばどのような罰を与えるのか。すべては今後の彼女次第だ。それによって未来はいくらでも変わるだろう。少しでも良い方向に進んでいけばいい。

人は、縁があればどんな罪でも起こす。誰にでも間違いはある。それを外野が延々と責め立ててもどうにもならない。しでかしたことを忘れぬよう心に刻み、この先をどうするのか、自分を見つめなおしていくしかないのである。

「……頑張って、くださいね。子供を産むのは女性にとって、大変なことですし……」

「ありがとう、ございます……本当にお坊さんみたい」

「みたい、ではなくて一応そうだったんですよ。……最近までは」

新米も新米の僧侶ではあったが、ほんの数ヶ月前まで私は仏教というものを頂く僧侶であった。それがお盆の仕事中に突然異世界に聖女召喚されてしまい、今や異世界の聖女である。

「……その人、恋人？」

「えっと……はい」

聖が私の背後に視線を向ける。私から三歩と離れることのない護衛がそこにいるはずだ。気配を消して会話には口を挟まないものの、ずっと聖の言動を注視していたことだろう。

「素敵な人だね。……あ、他意はないの。ただ……貴女も幸せだったなら良かったって思っただけだから……」

それを聞いて私は微笑んだ。彼女も根が悪い人ではない。救いようもない人間というのもいるだろうけれど聖は違う。きっとこれからやり直せる人だ。私は彼女の手をそっと掬い上げ、冷えた指先を軽く握った。

「聖さん、どうかお元気で。私は貴女を心から応援しています」

「……うん、ありがとう。……頑張ります」

最後にほんのりと苦しさを滲ませながらも笑う彼女に、これからの努力の分だけ穏やかな未来が訪れるよう願うばかりだ。

会議は終わり聖とも穏やかに別れて私の憂いもほぼ晴れた。リオネルや聖獣と共に、滞在中の自室として用意された部屋へ戻る。この部屋は聖獣が旅立ち、私が村に帰る日まで使わせてもらう場所だ。近くにリオネルの部屋も用意してもらうことになっているし、生活に困ることがないように計らってくれるらしい。さすが聖女、至れり尽くせりである。

「ありがとうございました」

「……急にどうしたんですか？」

部屋の長椅子に座って一息ついたところで突然リオネルに感謝の言葉を貰った。彼は私の傍に膝をつき、翡翠色の瞳でまっすぐに見つめてくる。

「私は、貴女さまに護っていただきましたから」

思い当たるのは王を護衛していた騎士の件だ。私の後ろにいた彼がどのような思いをしていたかは分からない。けれど今、柔らかな笑みを浮かべているのを見れば、なんとなく想像はできるのだ。私は、私なりにリオネルを護ることができたらしいと。

「私はいつもリオネルさんに護られてますよ。……いつもありがとうございます。たまには、私が貴方を護ってもいいでしょう？」

「しかし、騎士である私が護っていただくなど……情けなくはございませんか？」

「そんなことはないですよ。人には誰でも弱いところが、あるんですから」

弱点がない完璧な人間などいない。人は機械でも仏でもないのである。だから人は集団で暮らし、己でできないことを他人に補ってもらい、己もまた他人の足りないところを補い、そうして生きていく。それが人間社会というものだ。

「一緒に帰りましょうね。とりあえず、年明けまではなんとしても私がリオネルさんを護りますので」

「騎士として賜るべき言葉ではないのでしょうが……ありがとうございます」

軽く苦笑いされた。しかし私は真剣だ。リオネルを良く思わない人間というのは、本当にいるのだから。私に分からないような嫌がらせを仕掛けてこないとも限らないのである。

やはりここでは常に気を張ってしまう。早くあの村へ帰って、また平和にのんびりと暮らしたい。

「私も……マコトさんを補佐し、お護りいたします。ずっと、この先も、いつまでも共に」

まるでプロポーズである。いや、それはもう済んでいるようなものだが。何だか恥ずかしくなってそっと顔を逸らしたらその先に白い面長の顔があった。肩が跳ねるほど驚いたものの、変な声は出さずに済んだ。

聖獣はキラキラした目でじっと私を見ている。こういう時にその純粋な目を向けられると何故かとてもいた堪(たま)れない気持ちになるので、とりあえず頭を撫でておいた。そうすれば大人しく目を閉じるからである。

（いや、まあ……おかげで変な空気にはならないんだけど）

もう一度リオネルを見てみれば彼は苦笑気味に馬を眺めていた。この馬ははたして救世主なのか邪魔者なのか。

もう暫く、年が明けるまではこの聖獣も共に過ごす仲間だ。立派に育ってもらってこの国を救ってもらうとしよう。それまではリオネルとの距離もそう変わらないはずである。

終章　帰る場所

時は流れ、大晦日(おおみそか)の朝。聖獣はリオネルよりも大きな白馬となって旅立っていった。そうなればもう王都に用などない私たちは、さっさと城を後にする。

王城での生活はおおむね良好――といいたいが思い出せば胸糞(むなくそ)悪くなる出来事もあるので記憶の奥底に封印しておく。とりあえず私とリオネルに結婚してほしくない層がいることだけは確かである。城を離れれば会うことはなくなるので、できるだけ速やかに仕度を済ませて出てきたのだ。

「ちょっと清々(すがすが)しい気持ちですね」

馬車に乗り込み、そう言いながらいつも膝(ひざ)に載っていた頭を撫(な)でようとして、手が空を切った。私が座るといつもここに頭を載せていたので、撫でることがすっかり癖になっていたのだがもう聖獣はいない。何だか少し寂しい気分だ。

「寂しくお思いですか？」

「ええ、まあ……子供みたいなものでしたし」

聖獣は普通の動物ではないので大して手はかからない。だがそれでも、ずっと自分に甘えてついて回り、少しずつ大きくなっていく姿を見ていれば親のような気持ちになるものだ。短い期間だったがそれでも、巣立っていく姿を見送れば胸に来るものがある。

「あの、リオネルさん？　どうしました？」

目の前の黒い鎧が何やら考え込んでいるように見えたので、特に何も考えずに尋ねた。

「子供のことを考えておりました。……貴女さまの子は、とても可愛いだろうと」

尋ねなければよかった。頬に集まる熱を自覚して俯く。そもそも私の子とはつまり、彼の子でもあるということが分かっているのだろうか。

しかしそれは結婚してからの話である。私たちはまだ恋人状態であって夫婦ではない。いや、いずれは夫婦となる予定だが、余計なことを考えてしまったのだ。……できないと分かっていても煩悩を追い払いたい。

「……そのような反応をされると堪らない気持ちになるのですが……」

「……それ以上言わないでいいですから……」

馬車の中はなんともいえない空気に満たされた。今までなら何だかんだと白馬がこういう空気を壊してくれていたけれど、そんな癒しの聖獣はもういないのである。

とてもむず痒い空間に無言の時が流れている。それから何度か言葉を発したものの、会話はすぐ途切れてなくなってしまう。前に二人でまともに会話することもなく村へ向かった時も苦行であったが、これはこれでかなり辛かった。

村に到着する頃にはすっかり気疲れしており、ようやくこのなんともいえない空気から開放されるとほっとしながら馬車を降りた瞬間。私は熱烈な歓迎を受けた。

「僧侶さま!!　お帰りなさいませ!!」

「お待ちしておりました、僧侶さま!!」

そこには懐かしい顔が並んでいる。ざっと見積もって五十人の、村の人間全てのお出迎えだ。

以前これを目にした時は呆然としたものだが今は心から安心する。初めてこの地を訪れた時は彼らの期待に応えられる気もせず、不安であったことを思い出した。

(皆、私が帰るのを待っててくれたんだ……)

温かい気持ちで胸がいっぱいになる。ここが、私にとっての安住の地。私の帰るべき場所だ。

「ただいま、帰りました」

私たちを温かく迎えてくれるこの村でまた、リオネルと共に過ごすことができる。私はそれを心の底から喜ぶことができた。

私はこの国の聖女として召喚されたが、この村の僧侶でもあるのだ。

それがこの先もずっと変わらぬことでありますようにと、心の中で神に祈った。

番外　僧侶としての聖女

王城で暮らし聖獣を育てるにあたって、何よりも必要なのは私が育てた薬草だ。植木鉢でもいいので育てる場所が欲しいと要望を出すと即座に用意するという返答があった。

植木鉢ではなく、薬草園の一角を私のために整えてくれるらしい。聖獣が育たなくて困るのはこの国なので特別待遇という訳でもないのだろう。

「マコトさん。薬草園の準備が整ったとのことですが、いかがなさいますか？」

「もちろん、すぐに行きます」

私の膝の上に頭を載せて寛いでいた白い頭をぽんぽんと触ると、仔馬は素早く体を起こした。

聖獣は大変頭が良く、こちらの意思を読み取ってくれるのであまり手がかからない。

（聞き分けが悪いのはお腹が空いた時くらいかな。薬草をあげたらすぐに大人しくなるけど）

おかげで薬草の消費が思ったよりも早い。私の薬草は育ちが異様な速度とはいえ、備えあれば患いなしである。早めの行動は大事だ。

リオネルの案内で薬草園に向かう。薬草園とはいうが、そこは巨大な研究施設のような様相だった。僧侶と彼らの作る魔法薬は国を支えるものでもあるし、設備は充実していて当然なのかもしれないが予想外の姿に驚く。

（もっとこう、青空の下に畑がたくさんあるみたいな風景を想像してたな……）

魔法道具で環境を完全に整えられた畑が温室の中に広がり、見慣れた薬草たちが育てられている。スプリンクラーのような魔道具も全ての畑に完備、魔法の照明と暖かさで成長促進効果もあるのだろう。

「聖女さま、よくぞおいでくださいました」

「あ……お久しぶりです、先生」

入口のあたりで足を止めている私たちに声を掛けてきたのは見覚えのある人物――この世界に来たばかりの私に、僧侶としての仕事を講義してくれた初老の男性である。

「お久しぶりです。聖女さまに先生と呼ばれるのは身に余る光栄であります。是非、私のことはローランドとお呼びください」

「……はい」

私に仕事を教えてくれたのは彼なのだから、先生であることには変わりない。それでも彼のような態度がここでは一般的だ。ここにいては、私はあまりにも特別に扱われすぎて居心地が悪い。

そしてリオネルも。彼は城で過ごす間「聖女といるなら正装でいるように」と命じられているため、素顔を晒（さら）している。他人に出会うと気配を殺して私の背後に立つが、彼の髪は悪い意味で目立ってしまう。

「……それにしても聖獣とは神々しいですなぁ」

ローランドもちらりと後ろのリオネルに視線を向けて、すぐに目を逸（そ）らし仔馬の方を見ながら笑顔になった。彼はリオネルの存在を無視することにしたらしい。これでも嫌味の一つも漏らさないだけマシな部類である。

「聖女さまの畑までご案内しましょう」

「はい、お願いします」

綺麗（きれい）に耕された小さな畑に案内される。家庭菜園に向いていそうな大きさだ。急ぎで用意したので狭くて申し訳ないと謝られたが、植木鉢でもよかったくらいなので問題はない。

「ではさっそく使わせていただきますね。あとは……水差しを貸していただけますか？」

「水差しですか？　水を遣（や）るなら魔道具がありますが……」

「いえ、水差しの方が都合が良いのです」

困惑顔で水差しを探しに行ったローランドを見送り、畑に薬草の種を蒔（ま）いていく。スプリンクラーで水を撒（ま）くよりもずっと効率のいい薬草の育て方が、私にはあるのだ。

「戻ったら軽食をご用意いたしましょう」

「ありがとうございます。……これはお腹が空きますもんね」

「魔力を消費すれば当然です。……しっかり食べて回復してくださいね、マコトさん」

優しく穏やかな声で気遣ってくれる彼が微笑んでいたので、私も笑い返した。私が王城の暮らしを不安にならないのは彼がいてくれるからだ。リオネルは私が傍にいるから落ち着いていられると言っていたが、それは私の台詞でもある。

水差しを手に戻ってきたローランドに礼を言い、さっそくそこに魔法の水を作り出した。そして魔法の言葉を使いながら、種を蒔いた部分に水をかけて回る。水を遣り終えたら私の奇行に目を白黒させている彼に軽く挨拶をして、さっさと部屋に戻った。

「お疲れさまでした、マコトさん。厨房へ行ってまいりますね」

「私も行きます」

「……はい。では一緒に」

この城の中でリオネルを一人にするのは心配だった。私がいない場所で、彼がどんな扱いを受けるかは想像に易いからだ。しかし向かった先の厨房には人がいなかったため、ほっと胸を撫でおろした。

思っていたよりも小さな厨房だ。もしかすると使用人用の場所だろうか。

「今朝炊かれた米がありますね。握り飯にいたしましょう」

「あ、それなら私も作ります。絶対やりますからね」

おにぎりであれば私だって作れる。これは言葉の魔法となったのか、リオネルは苦笑するだけで私を止めることはなかった。

　私が米を握り、リオネルは付け合わせの卵焼きを作る。仔馬は興味深そうにおにぎりに巻く海苔を見ていたが、口にすることはなかった。出来上がったものを簡単に皿に盛って籠に収めたら厨房をさっさと退散する。部屋に帰るまで誰にも会わずに済んだのでつい「ミッションコンプリート！」などと思ってしまった。

「空腹に染みわたる美味しさですね……卵焼き美味しい。リオネルさんの味がします」

　ここでは三食豪華な料理が出される。見目も味も最高級品なのは私でも分かった。しかし家庭の味というか、リオネルの手料理が恋しくなってしまうのだ。優しい味わいの甘い卵焼きとしょっぱいおにぎりが最高の組み合わせである。

「そのように喜んでいただけると、私はとても満たされた心地になります」

　テーブルの向かい側で、おにぎりと卵焼きを堪能する私をリオネルが微笑みながら見ている。魔力を消費した私のための軽食だからか、彼は一切手を伸ばそうとしない。

「リオネルさんも食べませんか？」

「いえ、マコトさんのための食事ですから」

「おにぎり一つだけでもどうでしょうか？　……珍しく、私が握ったので」

　料理は普段なら手を出せない領分だ。ある意味、これは初めて私が作ったともいえる一品である。それともおにぎりを料理と呼ぶのはおこがましいだろうか。それを食べてほしいと思うのは、傲慢だろうか。

「……では、一つだけ」

リオネルは食膳の言葉を唱えると一番小さなおにぎりを手に取った。そういうところが彼らしい気遣いだな、と笑ってしまう。それを口に運んだ彼は、一口をゆっくり咀嚼するとじっと手元のおにぎりを見つめた。

「……どうしました？」

「いえ。ただ、握り飯とはこのように美味しいものだったかと……食べきってしまうのが、もったいないくらいです」

それはどういう意味だろうか。色々と考えてみる。他者の手料理など彼は長らく食べていないだろうからそれで美味しく感じたのか、私がリオネルの料理を喜ぶように、私が作ったおにぎりを喜んでくれているのか。

それは分からないけれど、間違いないのはその顔に浮かぶ幸福の感情だ。そんな顔を見られたことが、私はとても嬉しかった。

「もう一個どうぞと言ってもリオネルさんは食べてくれないでしょうから……また作った時には食べてくれますか？」

「……是非、頂きたいと思います」

リオネルが幸せそうに微笑むので、私も心から笑える。そんな私たちの空気を察知したのか、仔馬が後ろからぬっと顔を出して私を見つめてきた。……この聖獣は私とリオネルがいい雰囲気になると必ずと言っていいほど存在を主張してくるのである。

「あなたのご飯は明日になれば新鮮なのができるから楽しみにしててね」

そして翌日、薬草園。もう薬草は育ったはずだと思いながら訪れた私たちを、ローランドが興奮しながら迎えてくれた。

「おお、聖女さま！　私はもう、あのような奇跡を目にしたのは初めてで……！」

「え、あ、はい」

「貴女さまは生徒の頃から優秀で試験を一度で合格してしまった時も度肝を抜かれておりましたが、今日は顎が外れるかと思いましたぞ！　ええ、一刻ばかり放心しておりましたとも！」

「そ、そうですか……」

昨日はリオネルを意識的に無視していたローランドも、今日は興奮しすぎて私以外の姿が目に入らない様子である。食い気味の彼に再び案内された私の畑は、数名の僧侶と思しき黒服の人たちに囲まれていた。

「聖女さま、どうすればこのように薬草が育つのですか!?」

「私はこのように大きく育った薬草の姿を見たことがありません！　ぜひ、ぜひ後学のために一株……！」

そして彼らもまた興奮激しく、私に詰め寄ってくる。見兼ねたリオネルが前に出て押しとどめる勢いであった。そんな中引きつった笑みで固まる私を置いて仔馬は畑に向かって駆け出し、薬草バイキングを楽しみ始める。私に迫っていた僧侶たちはそれに気づいて悲鳴のような声を上げた。

「ああ！　一番立派な薬草が……！　さすが聖獣……っ」

「ああっそれは最も熟れた実……っ私が欲しかった……っ」

大興奮から一転、青ざめた僧侶たちは畑の方へと駆け出し、しかし聖獣たる白馬を止める訳にもいかず膝から崩れ落ちている。研究、仕事熱心なのだと褒めるべきなのかもしれないが付いていけない。

「もう放っておいていいですかね……」

「よろしいかと」

王城の暮らしはあらゆる意味で気苦労が絶えない。そんな人間の感情などいざ知らず、白馬だけは満足そうに目を輝かせ、僧侶の嘆きをＢＧＭに薬草を食い荒らしていた。

あとがき

はじめまして、こんにちは。Mikuraです。本作をお手に取っていただきありがとうございます。

まずはとても大事なことを申し上げます。本作品はフィクションであり、現実のどのような団体とも関係がございません！　私自身とある宗派の仏教を学問として学びましたので参考にはしましたが、まったく関係がございません。フィクションです。大事なことなので二度言いました。

本作は元々「仏教って面白いな、もっと手軽に触れてもらえないかな」という軽い気持ちで書き始め、仏教的な知識や小ネタを交えてWEBで連載していたものです。書籍化にあたり仏教的な部分を削り、異世界中心の価値観へ視点を当てたのがこちらの書籍版になります。お楽しみいただけていれば幸いです。

このお話を書いたのはもう四年も前ですが、長い間ずっと好きだと言ってくださる読者様の声もありましたので、書籍化できたことを本当に嬉しく思っております。

本作を書きながら頂いた質問で、世間一般的な認識と私の知る仏教の知識に結構なずれがあることに気づかされました。仏教と神道、寺と神社、仏と神あたりの堺が曖昧であったり、僧侶は男性のみではないのかと尋ねられたり、僧侶が剃髪でないことに驚かれたり……。本作を読みながら不思議に思ったことがあっても、あまり気にしないでください。特定の宗派を書いたつもりはないのですが、調べると参考にしている宗派は特定できてしまう気がします。どうか気にしないでください。

色々と書きましたが価値観による差別に苦しむリオネルと、価値観と常識の違いに戸惑う真が出会って、二人が居場所を得ていくのがお話の中心です。私はどうやら深い傷を持つ人と、それを救う人の組み合わせが大好きなようです。書いていてとても楽しかったです。

そして本作のキャラクターたちを魅力的に描いてくださった風ことら先生、本当にありがとうございます。和風テイストの入った異世界っぽい服装というアバウトな注文でこんなに素晴らしいデザインを描いてくださるなんて感謝に堪えません。服のデザインが本当に好きでして……。デザイン画を皆様に見て頂きたいくらいです。

最後になりましたが、本書が出来上がるまでに携わってくださった皆様、いつもお世話になっている担当様、ありがとうございました。

そして、この本を読んでくださったあなた様にも、深く感謝を。またどこかでお会いできますように。

IRIS ICHIJINSHA

聖女召喚されました、僧侶です 男と勘違いされて隠れ里でのんびり暮らすことになりました

2023年6月1日　初版発行

初出……「聖女召喚されました、僧侶です」
小説投稿サイト「小説家になろう」で掲載

著　者■Mikura

発行者■野内雅宏

発行所■株式会社一迅社
〒160-0022
東京都新宿区新宿3-1-13
京王新宿追分ビル5F
電話03-5312-7432(編集)
電話03-5312-6150(販売)

発売元：株式会社講談社
(講談社・一迅社)

印刷所・製本■大日本印刷株式会社

ＤＴＰ■株式会社三協美術

装　幀■世古口敦志・前川絵莉子
(coil)

ISBN978-4-7580-9552-5

この本を読んでのご意見
ご感想などをお寄せください。

おたよりの宛て先

〒160-0022
東京都新宿区新宿3-1-13
京王新宿追分ビル5F
株式会社一迅社　ノベル編集部
Mikura先生・風ことら先生